Unter dem Pseudonym May Brooke Aweley wagte die neugierige Berlinerin den Sprung von schicksalhaften Geschichten in die Welt der Thriller. Seit ihrer Jugend ist sie dem Ruf ihrer Passion zum Schreiben gefolgt. Ihre Bücher stürmten in kürzester Zeit die E-Book-Bestsellerlisten.

May B. Aweley pendelt zwischen ihrer Wahlheimat Berlin und einer idyllischen Kleinstadt in Niedersachsen, wo sie sich mit ihrer Familie von den Inspirationen der Großstadt zum Schreiben zurückziehen kann.

Weitere Existenzlos der Autorin:

Puppenbraut
Der Angstheiler
Lauf, Sophie
Erlöse uns
Erinnerung aus Glas
Trau. Ihr. Nicht
Titel in der Regel auch als E-Book erhältlich.

Eine Polizistin, Alicia Juárez, wird im Central Park bewusstlos aufgefunden. Dank der Hilfe ihrer Kollegen wird sie zum nahe gelegenen New Yorker Hospital gebracht, wo sie einige Zeit später ihre Augen öffnet. Sie leidet an retrograder Amnesie.

Während sie versucht, ihrer Vergangenheit auf die Spur zu kommen, findet man Beweise eines längst vergessenen Geheimnisses.

May B. Aweley

Existenzlos

Thriller

Impressum

Bibliografische Information der Deutschen Nationalbibliothek:
Die Deutsche Nationalbibliothek verzeichnet diese Publikation in der Deutschen Nationalbibliografie; detaillierte bibliografische Daten sind im Internet über http://dnb.dnb.de abrufbar.

Weitere Informationen: http://www.facebook.com/MayBrookeAweley

© 2013 May B. Aweley

Lektorat & Korrektorat: Elke Krüßmann, Sabine Steck & Aaron K. Archer
Covergestaltung: Sabine Zindler & Aaron K. Archer

Bilderrechte © photographmd @ fotolia

Herstellung und Verlag: BoD – Books on Demand, Norderstedt

ISBN: 9783749483204

Für meinen Mann.
Dank Dir habe ich es geschrieben.

»Das Licht glaubt,

es wäre schneller als alles andere.

Aber egal, wie schnell es sich bewegt,

die Dunkelheit ist immer schon vorher da

und erwartet das Licht bereits.«

[Terry Pratchett, britischer Schriftsteller]

PROLOG

Freitag, 21. 09. 2007, Livingston, in der Nähe von Taylor Lake

Sie stöhnte kaum wahrnehmbar. Jeden einzelnen Knochen ihres Torsos konnte sie schmerzhaft spüren, als hätte man sie mit Tritten traktiert. In ihrem Kopf dröhnte es entsetzlich. Widerwillig versuchte sie, ihre Augen zu öffnen. Schließlich gelang es ihr. Um sie herum herrschte völlige Dunkelheit.

Ihre Peiniger hatten Hände und Füße der Gefangenen mit Lederriemen an einer Liege festgebunden, als sie noch vom Schlag auf den Hinterkopf bewusstlos war. Als wüssten sie über die Kraft ihres vom Überlebenswillen beherrschten Körpers Bescheid. Unter anderen Umständen sicher ein Kompliment.

Wo hat man mich hingebracht?, überlegte sie, den Kopf zaghaft zur Seite neigend, um unnötige Schmerzen zu vermeiden. Ihr Körper tat höllisch weh. Es war aber nicht die Zeit, in Selbstmitleid zu ertrinken. Sie musste einen kühlen Kopf bewahren.

Noch immer wusste sie nicht, was diese Männer mit ihr vorhatten. Oder warum sie als Zeugin einer so unfassbaren Wahrheit nicht auf der Stelle beseitigt worden war. Ganz offensichtlich brauchten sie sie noch zu irgendeinem Zweck.

Wenn die Gefangene etwas ganz genau gelernt hatte, dann, dass manchmal die kleinste Information über Leben oder Tod entscheiden konnte. Zu Letzterem war sie noch nicht bereit.

Ihre Augen hatten sich in der Zwischenzeit beinahe vollständig an die Dunkelheit des Raumes gewöhnt. Ein beißender Geruch drang bis in ihre Lungen hinein.

Es riecht..., sie suchte nach einer passenden Assoziation, *so eigenartig muffig. Feucht oder steril. Vermutlich eine Mischung aus beidem.* Es stockte ihr der Atem, als sie einzelne Umrisse schemenhaft erkennen konnte. *Wie…. Desinfektionsmittel.*

Offenbar war sie in einem krankenhausähnlichen Saal an einen OP-Tisch gebunden. Schrecklicher als diese plötzliche Erkenntnis war das Bewusstsein, dass dies kein Traum, sondern brutale Wirklichkeit war. *Wie komme ich hierher?*

Chaotisch wanderten ihre Gedanken im Kopf hin und her und erzeugten ein beklemmendes Gefühl aufsteigender Panik. Sie versuchte, sich zur Ruhe zu bringen, um nicht vor entsetzlicher Angst zu hyperventilieren. Welche Handlungsalternativen standen ihr jetzt zur Verfügung? Wie viel Zeit hatte sie?

»Ihr hättet mit ihr etwas vorsichtiger sein können«, hörte sie die ihr vertraute spanische Muttersprache. Die Sprecherin schien aufgeregt zu sein. »Was ist, wenn ihre Organe dabei beschädigt wurden? Innere Blutungen können wir nicht gebrauchen. Sie kosten Geld. Und es ist noch nicht entschieden, ob sie nicht doch für die Spende taugt.«

Die Worte: »Organe«, »beschädigt«, »Geld«, »Spende« ließen die Gefangene erschaudern. *Bin etwa ich damit gemeint? Soll das meine Bestimmung sein, für die sie mich ausgewählt haben?*

Es fiel ihr zunehmend schwerer, nicht zu hyperventilieren. Auch ihr Magen rebellierte von dem Zeug, das sie ihr verabreicht hatten. Mit aller Kraft wehrte sie sich gegen die aufsteigende Übelkeit. Der Knebel in ihrem Mund würde sie gnadenlos ersticken.

Langsam versuchte sie wieder auszuatmen, um nicht innerlich zu explodieren. Ihre Peiniger sollten nicht erfahren, dass sie wach war. Jeder noch so kleine Vorteil war jetzt notwendig, wenn sie zum Kampf um Leben und Tod bereit sein wollte.

»Sorry, wir konnten nicht anders. Sie hätte sich gewehrt. Das konnten wir nicht riskieren«, entgegnete eine schrille männliche Stimme. *Tatsächlich,* erinnerte sich die Gefangene, *war ich in dem Büro und suchte nach Informationen über meinen Vater. Dann fand ich den Notizblock und las von ihr. An mehr kann ich mich nicht erinnern, doch so, wie mir der Kopf wehtut, dürfte es mit einem Schlag auf den Hinterkopf geendet haben.*

»Die war in Uniform. Vermutlich nach der Arbeit, weil ohne Partner. Auch wenn es schon spät war, war es riskant, sie wie gewohnt herauszutragen. Auf der anderen Seite… Ein Cop auf einer Liege hätte schon was«, pflichtete eine weitere, tiefere Stimme mit zynischem Unterton bei. Ganz offensichtlich war es ihren Peinigern nicht bewusst, dass sie der spanischen Sprache mächtig war. Oder es war ihnen schlicht und ergreifend egal. Sie betete um die erste Möglichkeit. Nur Zeugen, die anschließend beseitigt wurden, ließ man mithören.

»Hat man euch gesehen? Erlebe ich Überraschungen?«, meldete sich die weibliche Stimme. Horchte man nur ihrem Klang, dann erzeugte er ein warmes, vertrautes Gefühl. Folgte man dem Inhalt, erschien dieser einfach nur grausam. *Die Frau weiß offensichtlich, dass ich gefangen gehalten werde und tut nichts dagegen? Sie dürfte also eine Komplizin sein.* Seltsamerweise schrieb man Frauen Gräueltaten nicht zu; diese Statistik war gemeinhin bekannt. Doch in diesem Fall schien genau diese Frau eine wichtige Rolle zu spielen, was einer der Entführer, als hätte er diesen Gedanken wahrgenommen, im gleichen Atemzug bestätigte.

»Hey, Chefin! Wir sind ja nicht doof. Wir machen das nicht zum ersten Mal. Alles fein abgewischt, wie sich das gehört. Und wir hatten natürlich Handschuhe an. Es war sogar noch etwas Zeit zu putzen. Zur Sicherheit ist *der Cleaner* noch im Büro«, antwortete die schrille Stimme, enttäuscht darüber, dass weder sie noch *'El Señor'* ihnen genug Vertrauen schenkten.

»Keiner wird sie so schnell vermissen. Wir haben uns unauffällig umgehört. Sie hatte gerade Urlaub«, bekräftigte die tiefere Stimme.

Die Gefangene erschauderte. Wie recht die Männer hatten. *Keiner in meinem näheren Umfeld weiß Bescheid. Jermaine wird mich erst in ein paar Tagen in Malibu Beach erwarten. Sobald er mein Verschwinden feststellt, könnte es aber bereits zu spät sein.* Nackte Furcht stieg in ihr hoch, doch sie versuchte erneut, dagegen anzukämpfen. Nur nicht die Beherrschung verlieren. Denn diese war eine ihrer mächtigsten Waffen in diesem Moment.

Wie konnte ihr das Geräusch der sich öffnenden Tür plötzlich so viel Unbehagen bereiten? Vielleicht, weil sie ahnte, was gleich passieren würde? Grelles Licht erhellte den Saal und ließ keinen Zweifel mehr daran, wozu man diesen Raum brauchte. Und dass es nicht legal sein konnte. Die penibel aufgeräumten OP-Instrumente bestätigten ihre schlimmsten Befürchtungen.

Die Augen der Gefangenen gewöhnten sich nur langsam an das gleißende Licht. Eine sehr schlanke Frau, begleitet von zwei durchtrainierten Männern, betrat das Zimmer. Die Szene war grotesk. Wie aus den üblichen Sensationsnachrichten, in denen eine prominente, wohlsituierte Dame von zwei Bodyguards eskortiert wurde. Nur dass in diesem Fall der Angreifer und nicht das vermeintliche Opfer geschützt wurde.

Das Licht blendete. Dennoch versuchte die Gefangene jetzt um jeden Preis, ihre Augen offen zu halten. Es hatte keinen Sinn, sich schlafend zu stellen. Selbst dem flüchtigen Blick eines ungeübten Menschen mussten die verräterischen Bewegungen ihrer geschlossenen Augen sofort auffallen. Beherrscht war sie schon lange nicht mehr.

Grollende Geräusche entrangen sich ihrer Kehle, deren Ausgang ein stinkender Knebel mit Resten von Magenflüssigkeit versperrte. Sie wollte endlich wissen, warum zum Teufel man sie an diesem Ort gefangen hielt. Genau so reden, wie sie es in der Ausbildung immer eingeübt hatten. Doch die Sätze klangen durch den Knebel wie ein Brei aus hysterischen Lauten.

»Schätzchen, beruhige dich! Es ist alles in Ordnung. Ich will mir nur die Verletzungen anschauen und sie versorgen. Ich bin Krankenschwester.« Die Stimme der Frau klang wieder sehr weich. Erschreckend, dass sie der Gefangenen in diesem Moment offenbar ein gewisses Maß an Geborgenheit vermitteln wollte. Trotz ihres vermutlich mexikanischen Ursprungs sprach sie akzentfreies Englisch.

Die Gefangene versuchte sich soweit zu beruhigen, dass es den Anschein erweckte, sie würde kooperieren wollen. Sie ließ ihre Wunden ohne hektische Gegenwehr versorgen und blieb still. Alles in der Hoffnung, dass man ihre Fesseln lockern würde.

»Es gibt manchmal Momente im Leben, in denen man die Kontrolle verliert - dann kommt es darauf an, Geduld und Ruhe zu bewahren. Alles andere bedeutet Niederlage und ist euer Tod.« Dieser Satz ihres damaligen Ausbilders beim New Yorker Police Departement schlich sich in ihre Gedanken und verbiss sich darin.

Das Vorgehen war vorbestimmt. Zunächst würde sie sich ihrem Schicksal scheinbar beugen, um zur geeigneten Zeit kämpfen zu können. Den Gegner kennenzulernen hatte jetzt oberste Priorität. Das erforderte ihre Kooperation. An diesem Mantra musste sie festhalten. Es gab keine andere Alternative, wenn sie überleben wollte.

»Ich entferne jetzt den Knebel, damit du etwas besser atmen kannst«, hörte sie erneut die Stimme der Frau, die sich als Krankenschwester ausgegeben hatte. Ihre Taktik schien aufzugehen. Der stinkende Lappen wurde entfernt. *Ein Teilerfolg*, dachte sie erleichtert.

»Danke.« Die Gefangene war erstaunt, wie gefasst ihre Stimme klang. Genau das Gegenteil zu ihrem Inneren, das vor Angst bebte. Egal, wie gut man sie auf eine solche Situation vorbereitet hatte – diesmal war es keine theoretische Übung mehr.

»Warum halten Sie mich hier gefangen? Was möchten Sie von mir?«, wisperte sie. Auf gar keinen Fall durfte diese Frau erfahren, dass sie des Spanischen mächtig war. Wenn sie glaubten, dass das einzig Exotische an ihr das Aussehen war, würden sie sich sicher genug fühlen, Informationen in ihrer Muttersprache vor ihr auszutauschen.

»Die Idioten haben dich ganz schön zugerichtet. Du hast einige Prellungen und ein paar Wunden. Ich werde dir ein Schmerzmittel verabreichen und etwas Blut abnehmen. Nur um zu gucken, ob deine Werte in Ordnung sind. Bald kommt ein Arzt zu uns und wird dir alles Weitere erklären. Bis dahin möchte ich, dass du dich gut erholt hast. Wenn du mitmachst, wirst du schnell wieder entlassen.« Der stechende Schmerz einer Injektionsnadel in der Armbeuge begleitete die Worte der Krankenschwester. Die Gefangene schwieg beherrscht. Der Augenblick, sich zu widersetzen, war noch nicht gekommen. *Ich muss geduldig sein!*, ermahnte sie sich von Neuem.

Die Krankenschwester wandte sich in akzentfreiem Spanisch an einen ihrer Bodyguards: »Pepe, du fährst die Ampullen heute noch zu *El Señor*. Fragst du bitte auch nach dem Patienten mit der defekten Leber? Vielleicht haben wir hier auf dem Tisch einen Glücksgriff. Sag ihm, er soll ihr Blut typisieren. Alle anderen Untersuchungen werden wir machen, wenn er wieder in Livingstone ist.«

Eilige Schritte folgten widerstandslos diesem entsetzlichen Befehl, als wäre er alltäglich. Die Gefangene schloss die Augen, um nicht vor lauter Panik loszuschreien.

»Ricardo, du bist jetzt für unsere neue Patientin verantwortlich«, wandte sich die Krankenschwester an den anderen Mann. »Wenn noch mehr Prellungen dazu kommen, werde ich dich persönlich dafür verantwortlich machen. Bis wir uns nicht im Klaren sind, ob wir sie benötigen, wollen wir keine beschädigten Organe riskieren.« Diese Worte ließen die Polizistin bis ins Mark erschaudern.

Reiß dich zusammen! Sonst werden sie merken, dass du es verstehst. Jetzt bloß nicht reagieren, nicht reagieren … Ganz ruhig sein … Augen öffnen … Irgendetwas Belangloses auf Englisch sagen …

»Der Arzt kommt also bald, mich zu untersuchen? Darf ich dann gehen? Mein Freund wird sich sicher Sorgen machen.« Ihre Stimme klang wieder einigermaßen beherrscht. *Sie brauchen meine unverletzten Organe…* Sie bebte innerlich vor Angst. *Ganz sicher wird dann JT nach mir suchen. Ich muss jetzt nur mitspielen und mir nichts anmerken lassen!* Diese gespielte Ruhe verdankte sie dem Training, zu dem der damalige Bureau Chief ihres Abschnitts beim NYPD seine vielversprechendsten Frischlinge geschickt hatte. Unter Stress sollten sie lernen, mit bewährten Methoden einen kühlen Kopf zu bewahren.

»Aber selbstverständlich! Es scheint ein Missverständnis zu sein, weshalb Sie bei uns sind.« Die Krankenschwester verzichtete plötzlich gezielt auf das Duzen. »Die Wunden sehen übel aus; damit können Sie noch nicht laufen. Bedauerlicherweise mussten wir Sie zu Ihrer eigenen Sicherheit fixieren. Nach ein paar Tagen sind Sie aber wieder raus aus dieser Klinik.« Die Krankenschwester zuckte nicht einmal mit der Wimper, als sie ihr diese schamlose Lüge auftischte.

Anschließend, in die Wundversorgung vertieft, bemerkte sie nicht, dass sich bei der Patientin die Pupillen trotz des grellen Lichtes unnatürlich weiteten. Unterbewusste Handlungen waren die einzigen Körperreaktionen, die die Gefangene in keiner Weise unter Kontrolle behielt. Entgegen dem, was sie als *in dieser Situation erwünscht* wusste, keimte in ihrem Inneren pure, animalische Angst auf.

Kapitel 1

Eine Woche später, New York, Mount Sinai Hospital

Langsam erschlaffte das Leben in der sonst sehr belebten Einbahnstraße vor dem Mount Sinai Hospital, Ecke 98th Street.

Die Straßenhändler, die am Tage gewöhnlich Kleinkram: Tücher, Gürtel oder Sonnenbrillen als Souvenir zum Verkauf anboten, packten allmählich ihre Ware zusammen - in der Erwartung des wohlverdienten Feierabends. Somit folgten sie ihren Fast Food verkaufenden Kollegen, die die begehrtesten Plätze - im Schatten der vereinzelten Bäume am Straßenrand - bereits geräumt hatten.

Selbst die zahlreichen penibel angeordneten Reihen der Kübel, die als Sammelvasen für die Blumen am Kiosk an der Straßenecke dienten, lichteten sich. New York City schritt unbemerkt in das Nachtleben über.

Oben, in einem kahl gehaltenem Krankenzimmer des siebten Stocks der Neurochirurgie, versuchte eine Patientin die erneut aufkommende Müdigkeit abzuwehren. Diesmal war sie entschlossen, diesen Kampf zu gewinnen.

»Seien Sie ganz behutsam zu ihr! Sie darf sich nicht aufregen!« Eine gedämpfte weibliche Stimme im Flur hinter der dunkelbraunen Tür erreichte ihre Ohren.

Mühsam öffnete sie ihre Augen. Um sie herum herrschte das gleiche Bild, das sie schon kannte. Eine leere Liege, geweißte Wände, metallische weiße Schränke, die klapperten, wenn das Personal sie zuzog. Ob sie dieses Geräusch störte, vermochte sie nicht zu sagen. Sie wusste es einfach nicht. Auch nicht, ob ihr bestimmte Farben gefielen, ob ihr der Geruch des Krankenzimmers angenehm war oder das angebotene Essen schmeckte. All das waren Fragen, für die sie im Moment keine passende Antwort parat hatte. Geschweige denn dazu, wer sie eigentlich war oder woher sie kam. Ihre Erinnerungen waren vollständig verschwunden.

Die Tür öffnete sich ganz leise. Ein großer, gebräunter Mann Anfang dreißig kam herein. Sein muskulöser Körper war in ein dunkles T-Shirt und Jeans gekleidet, die - wie sorgfältig abgestimmt - eine Einheit zu seinem pechschwarzen Haar bildeten. Für eine außenstehende Person in jeder Hinsicht ein attraktiver Mann, für den körperliche Fitness kein leerer Begriff war. Für die Patientin - ein Fremder.

»Hi, AJ«, begrüßte er sie so behutsam, wie er nur konnte. Der Unbekannte konnte sich nicht erinnern, ihren Namen jemals mit so viel Fürsorge in der Stimme ausgesprochen zu haben. Und das, obwohl sie schon seit ungefähr zwei Jahren Partner waren.

Ihr leises »Hallo« klang eher wie eine Frage, was dem Mann einen kalten Schauer über den Rücken laufen ließ. Die Patientin schloss ihre Augen.

Man hatte den Mann darauf hingewiesen, dass das schöne Gesicht der Latina übel zugerichtet worden war. Ebenfalls, dass sie unter Umständen zu schwach sein würde, seinen Besuch bis zum Ende mitzuerleben. Doch er hatte sich nicht vorstellen können, dass er statt seiner taffen Partnerin ein Häufchen Elend im Krankenbett vorfinden würde. Wut, unendliche Sorge, Hass und eine unbeschreiblich starke Zuneigung überkamen ihn zeitgleich, ohne dass er die einzelnen Gefühle hätte voneinander trennen können. Es gelang ihm nur schwer, Herr seiner Emotionen zu werden.

»AJ, gleich komme ich wieder, okay? Ich gehe nur mal eben telefonieren«, flüsterte er.

In Wirklichkeit wollte er für einen kurzen Moment aus diesem Raum verschwinden. Es erforderte etwas Zeit, für seine AJ stark zu wirken. Ihr Unfall und die gedrückte Atmosphäre des Krankenhauses brachten ihn vollständig aus der Fassung. Er benötigte genauere Informationen. Sämtliche Tatortberichte, die er nebenbei mitbekommen hatte, waren bei ihm zum einen Ohr rein und aus dem anderen wieder rausgegangen. Er konnte an nichts anderes denken, außer sie endlich zu sehen. Mit etwas mehr Vorstellungskraft und einer gesunden, emotionalen Distanz wäre er besser auf ihren schlechten Allgemeinzustand vorbereitet gewesen. Einiges verlief im Leben nicht unbedingt optimal.

An der zentralen Rezeption der Neurochirurgie saßen die Krankenschwestern in ihren Papierkram vertieft. Ganz offensichtlich würde bald die Übergabe der Arbeit an die Abendschicht erfolgen.

Der verdiente Feierabend in einem der härtesten Jobs nahte in großen Schritten. Der Mann wusste, wie viel Stress er dem Pflegepersonal mit seinen Fragen bereiten würde, trotzdem konnte er keine Zeit verlieren. Das war er AJ schuldig.

Entschlossen knallte er seine Dienstmarke auf den mintfarbenen Tresen des Empfangsbereiches. Vielleicht sogar ein wenig zu laut, doch umso stärker war für gewöhnlich die Wirkung.

»NYPD Police Officer Jermaine Thomson«, stellte er sich vor. An dieser Stelle machte er immer eine kurze Pause, um dem Gegenüber den Ernst der Situation begreiflich zu machen. Beide Schwestern schauten gleichzeitig hoch, als hätte man sie gekniffen. Ihre Blicke blieben erwartungsvoll an JT hängen.

Wunderbar, so soll es sein, dachte Jermaine vergnügt. »Meine Partnerin, Alicia Juárez, liegt auf Zimmer 724. Ich würde gern mit dem zuständigen Arzt sprechen. Es ist sehr wichtig. »

Im Grunde genommen wäre er heute lieber inkognito erschienen, ohne seine Position zu missbrauchen, doch dann hätten sie ihn nicht zu AJ gelassen. Aufgrund der Verwirrtheit der Patientin würde man nur Kontakt zu den engsten Familienmitgliedern akzeptieren. Und in diesem speziellen Fall noch nicht einmal das.

Geschwister hatte Alicia keine. Ihre Mutter war bereits tot, und ihren Vater hatte sie nie kennengelernt. Ihre Familie war die gesamte Abteilung des NYPD und seit zwei sehr aufreibenden Jahren auch ihr derzeitiger Partner, Jermaine, mit dem sie außerhalb der Dienstzeit gelegentlich das Bett teilte. Nur unverbindlich - als Freunde, verstand sich.

»Die Liebe verkompliziert alles, JT. Es ist gut so, wie es zwischen uns ist, findest du nicht auch?«, hörte er sie noch vor einem Jahr verführerisch mit ihrer seidigen Stimme in sein Ohr wispern. Irgendwann zwang er sich, es tatsächlich ähnlich zu empfinden. Zumindest für die Zeit, wenn sie zusammen waren. Jermaine hatte keine andere Wahl, wenn er sie nicht verlieren wollte.

»Dr. Simon kommt gleich.« Eine der Schwestern brachte ihn aus seinen Gedanken direkt in die Realität zurück. Die Dienstmarke hatte tatsächlich für etwas Bewegung vor dem ersehnten Feierabend gesorgt, denn die Frauen saßen nicht mehr an irgendwelchen Papieren, sondern wuselten unkoordiniert hinter dem Empfangstresen herum. Ein unerwarteter Ärztebesuch schien Stress auslösend zu sein, doch das interessierte Jermaine nicht sonderlich. Er nickte abwesend, als Zeichen dafür, das Gesagte wahrgenommen zu haben. Doch die Erinnerungen an Alicia ließen ihn nicht mehr los.

Diese Frau war wie ein undurchdringliches Universum voller Widersprüche, das er nicht im Mindesten verstand. Dennoch versuchte er es gern, denn tief im Inneren wollte er ein Teil ihrer Welt sein. AJ war stets sehr attraktiv und beinahe krankhaft resolut. Zumindest nach außen hin. Und diese aufgesetzte Maske nahm sie nicht mal zu Hause ab, wenn sie mit ihm ins Bett ging. Alicia war die Verkörperung von Gleichmut, Freiheit und Optimismus in jeder Lage. Selbst als sie vom Tod ihrer Mutter erfuhr, schien sie sich unglaublich schnell gefangen zu haben. Jeder der Kollegen auf dem Polizeirevier nahm ihr diese Selbstbeherrschung ab. Nur nicht Jermaine.

Nachts, wenn er bei ihr schlief und mitbekam, wie sie schreiend aus ihren Albträumen erwachte, wusste Jermaine, dass neben ihm nicht AJ lag. Für einen Lidschlag war sie die lebendige, verletzliche Alicia, in die er seit Langem verliebt war.

Sobald er aber in solchen Momenten beschützend seinen Arm um sie legte, stieß sie ihn weg und drehte sich sofort zur anderen

Seite um. Irgendwann ließ er es sein. Jermaine wartete dann, bis ihr Atem gleichmäßiger wurde - ein sicheres Zeichen, dass sie eingeschlafen war. Nun konnte auch er seine Augen beruhigt schließen. *AJ hat recht, die Liebe würde alles verkomplizieren*, redete er sich jedes Mal ein.

»Dr. David M. Simon.« Ein Mann in dunklem Sakko stellte sich sehr förmlich vor. Wenn es einen Preis für die beste Darstellung des Stereotyps eines Arztes gegeben hätte, dann hätte ihn dieser Mann garantiert gewonnen. Er war ein kleiner, sportlicher Mensch mit einem Haarkranz und entsprach vollkommen Jermaines Vorstellungen eines Mediziners. Nur der Anzug störte dieses vertraute Bild. Jermaine hätte eher einen Kittel erwartet.

»Ich bin der zuständige Facharzt für Alicia Juárez. Wie kann ich Ihnen helfen?«

»NYPD, Police Officer Jermaine Thomson«, stellte er sich erneut vor. »Wir sind Partner. Da sie über keine Familienmitglieder verfügt, würde ich mich gern im Falle einer Entlassung um sie kümmern. Doch vorher muss ich natürlich die genaue Diagnose kennen, damit ich weiß, worauf ich zu achten habe.«

Der Arzt kaute nervös an seinen Lippen herum. Eigentlich war er an die ärztliche Schweigepflicht gebunden. Seine Patientin war bei vollem Bewusstsein und würde bald entlassen werden müssen, da der Aufenthalt im Krankenhaus mittlerweile keinen erheblichen Fortschritt mehr für sie brachte.

Dass sie tatsächlich keine Familienangehörige besaß, war ihm bereits bekannt. *Vielleicht ist es nicht schlecht, dass sie jemanden für die Zeit der Rekonvaleszenz hat,* versuchte er seinen letzten Widerstand zu brechen. *Verdammt, dieser Mann ist doch ein Polizist. Vielleicht ihr einziger Freund? Und Amy wartet sicher schon ungeduldig. Nichts hasst sie mehr als Unpünktlichkeit, erst recht an unserem Hochzeitstag. Wegen meiner Verspätung werde ich mir ohnehin schon was anhören müssen...* Die Zeit war sehr knapp bemessen, weil er, wie Amy immer sagte, 'mal wieder Überstunden geschoben hatte.'

»Die Patientin wurde vorigen Samstag, am Abend, bei uns eingeliefert, und wegen der schweren Verletzungen bis Sonntag vorsorglich in ein künstliches Koma versetzt. Wir sind selbst erstaunt, wie gut sie sich bisher erholt hat. Zwischendurch durchläuft sie noch Phasen der Erschöpfung, aber ich denke, wir werden sie bald entlassen können. Es wäre wichtig, dass sie zu Hause etwas Hilfe bekommt. Die äußeren Wunden und Abschürfungen haben Sie schon gesehen. Die meisten davon sind bereits auf dem Weg der Heilung. Ihre ... ähm ... Partnerin...«, Dr. Simon wusste diesen Begriff nicht zu deuten. War es 'nur' eine Kollegin, oder steckte doch mehr dahinter?

»Also, meine Patientin, Alicia Juárez«, entschied er sich für die neutrale Variante, »leidet an einer Form von concussion cerebri, anders genannt: Schädel-Hirn-Verletzung infolge äußerer Gewalteinwirkung. Sonst kann ich Ihnen keine genaueren Informationen geben. Es sieht so aus, als hätte man sie angefahren. Sie war bei der Einlieferung bewusstlos. Mehr werden Sie sicherlich von Ihren Kollegen erfahren. Laut unserer umfangreichen CT- und MRT-Bilder verläuft die Heilung des Gehirns ebenfalls sehr zufriedenstellend. Darum haben wir das für die Beobachtung der Patientin notwendige künstliche Koma sehr kurz gehalten.«

»Wann kann AJ... ähm... Alicia wieder nach Hause?«, unterbrach ihn Jermaine plötzlich.

»Genau darin liegt unser Problem. Die Gehirnverletzung blockiert die Hirnareale, die in erster Linie für das episodisch-biografische Gedächtnis zuständig sind.« Dr. Simon warf einen dezenten Blick auf eine der zahlreichen Wanduhren im Empfangsbereich.

Amy wird mich heute für die Verspätung definitiv umbringen, dachte er besorgt. »Um es abzukürzen: Meine Patientin leidet an einer sogenannten *retrograden Amnesie*, das heißt, sie kann sich an nichts mehr erinnern, was ihre Vergangenheit betrifft. Das Einzige, wozu sie fähig ist, sind Routinetätigkeiten wie: das Gehen, Fahrradfahren, Essen. Auch ihr Wissenszentrum, bei dem sie beispielsweise Washington D. C als unsere Hauptstadt erkennt, scheint nicht betroffen zu sein. Die Informationen, die jedoch ihre persönliche Biografie betreffen, sind im Moment nicht vorhanden. Zum Glück scheint sie nicht gleichzeitig an der *anterograden Amnesie* zu leiden, das heißt, sie kann grundsätzlich neue Informationen aufnehmen und sie sich merken. Sollte die Patientin weiterhin darauf bestehen, entlassen zu werden, muss ich wohl einwilligen. Sie braucht aber unbedingt Hilfe zu Hause. Sie müssen sich das so vorstellen, dass sie weder einen Geschmackssinn noch einen Sinn für Ironie oder Anstand besitzt. Selbst das Konkurrenzdenken ist ihr fremd.« *Vielleicht sollte ich es vereinfachen,* dachte der Arzt, als er Jermaines erstaunten Gesichtsausdruck sah.

»Sie wird Hilfe bei einfachsten Tätigkeiten brauchen, wie der Bedienung der Kaffeemaschine oder dem Zubinden der Schnürsenkel. Und Sie müssen sich auf eine unbestimmte Zeit darauf gefasst machen. Im schlimmsten Falle auch für immer. Ich kann Ihnen leider keine genauere Prognose geben. Das einzig Positive ist, dass Frau Juárez fortwährend nach ihrem Zuhause fragt und sich gut erholt. Wenn sie mich als Freund fragen, könnte die vertraute Umgebung zu ihrer Genesung tatsächlich mehr beitragen, als das Bett im Krankenhaus zu hüten.« Dr. Simon schaute den schockierten Polizisten hoffnungsvoll an.

Das waren die unangenehmen Momente in seinem Job: den Angehörigen mitzuteilen, dass sie von heute auf morgen einen Pflegefall zu betreuen hatten. »Hey, es wird aber immer besser, glauben Sie mir«, pflegte er immer zu sagen, in der Hoffnung, dass ihn die Realität nicht einholen würde. Für warme Worte war er jedoch zu sehr in Eile. »Es tut mir leid, wenn ich Sie mit dieser Diagnose allein lassen muss, doch wenn Sie mich jetzt entschuldigen?« Fragend schaute der Arzt dem jungen Polizisten direkt in die Augen. »Heute ist mein zwanzigster Hochzeitstag, und meine Ehefrau wartet schon im Restaurant. Falls Sie weitere Fragen haben, würde ich Sie gern an meine Ablösung verweisen, Dr. Melissa Adams. Ich muss jetzt leider wirklich los, tut mir sehr leid.«

»Vielen Dank, dass Sie sich die Zeit genommen haben.« Jermaine entschloss sich, den Arzt nicht unnötig zu strapazieren. »Falls ich weitere Fragen habe, werde ich Ihre Kollegin ansprechen.«

Der Schreck saß immer noch zu tief. Zerstreut suchte Jermaine nach seinem Smartphone in der Jackentasche. Während er die vertraute Telefonnummer wählte, verabschiedete sich der Arzt hastig. Doch die Welt um Jermaine schien an einem einzigen Ort zu verharren – dem Mount Sinai Hospital. In einer schrecklichen Sackgasse, aus der es kein Entkommen gab.

*****

»Travis? Hi, JT hier.« Jermaine entspannte sich sichtlich, als er eine bekannte Stimme hörte. Die männlichen Kollegen waren für einen kurzen informativen Austausch von Neuigkeiten bekannt.

»Hey! Blöde Sache, Alter! Ich habe es schon gehört.« Stille auf der anderen Seite. »Tut mir leid.« Wie alle anderen Polizisten auf der Wache zweifelte auch Travis nicht daran, dass jeder Mann der Verführung, die die rassige Alicia Juárez mit ihrer Anwesenheit versprühte, erliegen musste. Dass sie scheinbar den ruhigen, disziplinierten Jermaine ausgewählt hatte, war so unglaublich, dass es wie ein Lauffeuer die Runde im Team machte. Es war ein offenes Geheimnis, das man intern nicht ansprach. Doch irgendetwas steckte hinter dem Interesse der beiden aneinander.

»Ich wurde aus dem Urlaub zurückgepfiffen. Bin gerade bei ihr im Krankenhaus. Kannst du mir ein paar Informationen zu dem Unfall geben?« Gekonnt ließ sich JT nicht auf ein persönliches Gespräch ein. Vermutlich ahnte ohnehin schon jeder, dass sie zu zweit eine Reise geplant hatten. Nicht oft nahmen alleinstehende Arbeitskollegen ihren Urlaub zur gleichen Zeit außerhalb der Ferien, ohne dass etwas dahinter steckte. Dies schürte noch mehr Gerüchte, was Jermaine zuweilen sogar gefiel.

Für Alicia schien der geplante Urlaub eine weitaus geringere Bedeutung zu haben als für Jermaine, der sich viel von der abgeschiedenen Gemeinsamkeit versprach. Alles sollte perfekt werden, daher hatte er das Reiseziel sehr sorgfältig gewählt: Ein kleines Haus mit Kamin und Panoramafenster - alles direkt am Strand von Malibu Beach. Es kam ihm entgegen, dass Alicia noch ein paar Tage in New York hatte bleiben wollen, um - wie sie es nannte - ein paar Sachen in Ordnung zu bringen. So konnte er die

Idylle in Ruhe für ihre Ankunft vorbereiten. Aber alles kam anders, als er es sich ausgemalt hatte.

Warum bin ich Idiot schon vorgefahren? Vielleicht wären wir an dem Tag ihres Unfalls zusammen unterwegs gewesen? Dann würde sie nicht hilflos im Krankenhaus liegen, während ich einen Satz Kerzen und Kaminholz beim Walmart einkaufen war! Die Gedanken ließen ihn nicht los.

»JT«, die Stimme von Travis klang plötzlich aufgeregt. »Hat man es dir noch nicht gesagt?«

»Was gesagt?« Diese Geheimnistuerei ging Jermaine gewaltig auf die Nerven, daher fiel die Frage deutlich unfreundlicher aus, als es seine Absicht gewesen war. Nicht für einen Augenblick konnte er ahnen, dass die Antwort auf diese simple Frage sein Leben für immer verändern sollte.

»AJ hatte nicht *nur* einen Unfall, Jermaine. Wir sind damit nicht detailliert an die Öffentlichkeit gegangen, solange uns noch keine weiteren Hinweise vorliegen.« Travis' Stimme klang gebrochen. »Unser Unfall war ein Mordversuch. Momentan gibt es auch schon eine heiße Spur, die von den Jungs verfolgt wird. Alle sind scharf darauf, die oder den Täter in die Finger zu bekommen, kannst du mir glauben. Man hat sie einfach im Central Park aus dem Auto geschmissen. In der Nähe von dem Krankenhaus, wo sie jetzt liegt. Erstaunlich ist, dass sich sogar das FBI für diesen Vorfall interessierte. Sie riefen an, weil sie was von einem Unfall mit einem mexikanischen Opfer gehört hatten. Als ich erklärte, dass es sich hier um eine Polizistin handelte, verloren sie aber das Interesse. Das FBI sucht zurzeit landesweit nach Einwandererinnen, die bestialisch ermordet wurden.« Travis schluckte bei der Vorstellung. »Alicia ist demnach unser Fall, weil sie durch das Opferraster fällt, und natürlich, weil sie gefunden wurde.«

Die Pupillen von JT weiteten sich, während er weitere Informationen zum Unfall wie ein trockener Schwamm aufsog.

*****

»Hi, Alicia.« Jermaine nützte die seltene Gelegenheit, ihren Namen, den er so mochte, zu nennen. Vielleicht erwartete er

22

lediglich eine gespielte Empörung über die Langform ihres Namens, weil er es nicht für möglich hielt, dass sie die Vergangenheit vergessen haben könnte.

Keine Reaktion. Stattdessen starrte Alicia verbissen einen imaginären Punkt an der Decke an. *Sie fühlt sich nicht angesprochen. Vielleicht weiß sie einfach nicht, dass das ihr Name ist,* ging es ihm durch den Kopf. Diese grauenvolle Erkenntnis trieb JT Tränen in die Augen.

Ohne zu überlegen, holte er tief Luft, mit der frommen Erwartung, dass es ihm Mut geben würde. Aber die gewünschte Wirkung setzte nicht ein. Während er sich auf einen Stuhl ihr gegenüber setzte, vermied er zunächst jeden erdenklichen Körperkontakt. Es ging diesmal nicht um seine Bedürfnisse, sondern darum, Alicia das Leben nicht noch zusätzlich zu erschweren.

»Hi«, wiederholte er nochmal. Er berührte ganz sanft ihren Arm. Keine Erwiderung. Erneut setzte er zum Sprechen an, um eine Reaktion ihres reglosen Körpers zu bewirken, als er eine leichte Drehung ihres Kopfes wahrnahm.

Die Bandagen hindern sie bei der Bewegung, dachte er und stand auf, um ihr die Sicht zu erleichtern.

»Alicia, ich bin es, JT. Erkennst du mich?« Ihre Augen verrieten, dass sie es nicht tat. Langsam neigte sie ihren Kopf zum Verneinen. »Wir sind Kollegen beim NYPD.« Unverständnis. »Wir arbeiten als Polizisten… Zusammen… Als Team, AJ…«, war das Einzige, was ihm zur Erklärung einfiel. Selbst unter den Bandagen, voller Blessuren, hatte sie etwas Würdevolles an sich.

Jermaine kämpfte mit dem Gefühl, ihr Gesicht zwischen seine Hände zu nehmen, um sie leidenschaftlich zu küssen – so wie früher. Einfach so, damit alles wieder beim Alten war. Doch er wusste, dass er sie damit nur verwirren würde.

»Alicia, ich brauche deine Hilfe.« Jermaine entschied sich für eine Geradeaus-Taktik. »Kannst du dich an irgendetwas, an ein noch so kleines Detail aus deiner Vergangenheit erinnern? Ich will unbedingt diese Menschen finden, die dir das angetan haben.«

Alicia schaute dem fremden Mann in die Augen. *Wer ist er? Mein Freund oder mein Feind? Wer bin ich? Woher kennen wir uns?* Die Fragen bohrten sich in ihren Kopf hinein.

Erneut fand sie keine Antwort, die sie doch so dringend brauchte. Nein, sie hatte nicht die geringste Ahnung, wer er war oder was sie erlebt hatte. Heute gab es für diese Fragen keine Antworten, einfach so. Müde schloss sie ihre Augen und schlief ein, ohne zu ahnen, dass der für sie Fremde sie noch einige Zeit wortlos beobachten würde, bevor er wutentbrannt das Krankenhaus verließ und im Schatten der leuchtenden Laternen der 98th Street verschwand.

*****

Wenige Minuten später näherte sich ein roter Dodge Challenger der verlängerten 102nd Street, die mitten im Central Park mündete. Der Fahrer blinkte zum Abbiegen und stieg aus dem Auto aus, um die provisorisch angelegte Absperranlage zu verschieben. Es war ein seltsamer Schutz, um das Eindringen in die »grüne Lunge von New York« zu verhindern.

Immer rechts halten, auch die Gabelung rechts passieren, bis ich einen großen Stein neben einem Verkehrszeichen für die Einbahnstraße finde, wiederholte Jermaine kurz die Anweisungen, die ihm am Handy gegeben worden waren.

Die Straße ist für die Lage erstaunlich gut befahrbar, ging es ihm durch den Kopf. Er zwang sich, deutlich langsamer als sonst zu fahren. Das Auto fuhr ungewöhnlich leise, als wäre es beleidigt, dass sein Besitzer die gewohnten 400 PS nicht zur Geltung brachte.

Auch wenn die Anlage sehr gepflegt war, sah man bereits überall die bunten Beweise des Jahreswechsels. Zunehmend entledigten sich die Bäume ihrer Blätter, die seine Scheibenwischer mit einem quietschenden Geräusch zur Seite schoben. In der Dunkelheit konnte Jermaine die Farben nur teilweise erraten. Früher mochte er diese Jahreszeit. *Ist es wirklich schon Herbst? Wann genau habe ich vergessen, wie schön die Welt draußen ist?*

Fast schon sehnsüchtig schaute er auf die vereinzelten Jogger, die dem nieselnden Regen trotzten. Mit spezieller Kleidung ausgestattet, liefen sie ihre täglichen Runden an der frischen Luft. Im Gegensatz zu den stickigen Räumen eines Fitness-Centers, das Jermaine nach der Arbeit sporadisch besuchte.

Plötzlich sah er es.

Diese Stelle musste es sein. *Genau so hat Travis den Platz beschrieben, an dem sie AJ fanden.* Jermaine hielt den Wagen abrupt an und setzte den Warnblinker. Sicherlich würde er keine Spuren des Verbrechens mehr finden. Er wusste nicht, was ihn dazu trieb, die Stelle erneut aufzusuchen, doch seit dem Augenblick, als er Alicia im Krankenhaus sah, fühlte er, dass er zu dem Ort musste. Dem Ort, an dem er seine Partnerin verloren und eine pflegebedürftige Freundin zurückbekommen hatte. Gedankenversunken stieg er aus.

Sie hatte bisher sehr viel Glück im Leben gehabt.

Schon seit jeher sah man Alicia als die heißeste Kandidatin aus den eigenen Reihen für das FBI an. Jemand an der Spitze des NYPD hatte das ebenso empfunden und sie in unterschiedliche Direktionen eingeschleust, um ihr einen allgemeinen Überblick zu verschaffen. *Einen Blick über den Tellerrand,* so nannte man es.

Sofort hatten die Kollegen, die man zum Unfallort gerufen hatte, erkannt, um wen es sich eigentlich handelte. Trotz der zahlreichen Blessuren. Wen wunderte es noch, dass diese Nachricht blitzschnell die Runde machte? Zum morgendlichen Schichtwechsel war praktisch jeder Polizist in New York darüber im Bilde, dass Alicia Juárez überfallen und ohne jegliche Dokumente und ohne Dienstwaffe zum Mount Sinai Hospital gebracht worden war.

Nur Jermaine ahnte nichts und hatte begierig in der Strandhütte auf sie gewartet. Niemand außer AJ kannte den Standort oder die Telefonnummer. Sie wollte spontan nachkommen, wenn sie etwas herausgefunden hatte.

Was dieses *Etwas* war, ahnte er nicht. Nun lag sie im Krankenhaus, ohne Gedächtnis, ohne Vergangenheit, ohne erkennbaren Lebenswillen. Und ganz sicher ohne dieses *Etwas*, das ihr offenbar wichtiger als die Erholung mit Jermaine gewesen war.

Unabhängig davon, ob es Neider oder Gönner unter den tratschenden Polizisten in ganz New York gab, war eines klar: Die *Hüter des Rechts* griff man nicht ohne Konsequenzen an. Dieser scheinbar aussichtslose Fall bekam oberste Priorität.

Im Prinzip hätte jeder AJ angefahren haben können: auch Kids, die eine Mutprobe in einem gestohlenen Wagen veranstalteten. Im Central Park gab es lediglich Reifenspuren, die wenig brauchbar waren, keine Zeugen und keine Dokumente. Der Regen an dem Tag, als man AJ wie einen Sack Kartoffeln im Schlamm liegend vorgefunden hatte, hatte gleichzeitig alle brauchbaren Beweise dieser hinterhältigen Tat weggespült.

An dieser Stelle wäre es ebenfalls möglich gewesen, einen Menschen in die Büsche zu zerren, um ihn zu ermorden, ohne dass es Zeugen gegeben hätte. Geschweige denn, ihn einfach kurzerhand aus dem Auto rauszuwerfen. Sooft er die Szene im Kopf durchspielte, hatte Jermaine keine Ahnung, warum Alicia in einer regnerischen Nacht noch unterwegs war. *Wie passte all das zusammen?*

Wenn man es realistisch betrachtete, waren die Chancen relativ hoch, dass man schweren Herzens den Fall bald ad acta legen würde. Es sei denn, sie würden mit dem sprichwörtlichen »Gottessegen« noch irgendwelche brauchbaren Spuren oder Zeugen finden. Alles, was sie derzeit hatten, war eine mit der Zeit schwindende Hoffnung.

Kapitel 2

Die Eingangstür fiel leise ins Schloss. Unendliche Stille. Alicia Juárez, wie man sie nannte, öffnete langsam wieder ihre Augen.

Diesmal war es nicht die gewohnte Umgebung des Krankenhauses.

Stattdessen lag sie in einem gemütlichen Bett in einem Schlafzimmer, das von Bordeaux-Tönen dominiert war. Sie fragte sich, ob sie diese Farbe vor ihrem Unfall gemocht hatte. In diesem Fall war sie unsicher. Die Antwort darauf entzog sich ihrem Erinnerungsvermögen.

Ihr angeblicher Kollege und jetziger Pfleger, Jermaine Thomson, der sich persönlich JT nannte, erklärte ihr, dass sie in dieser Wohnung fünf Jahre ihres Lebens verbracht haben sollte.

Alles, woran sie zurzeit dachte, kam ihr fremd vor. Selbst die Tatsache, ob sie gern grübelte. Alles. Das Nichts umzingelte ihre Gedanken wie eine Löwin eine Gazelle kurz vor dem finalen Todesbiss.

Ihre Täuschung war offensichtlich geglückt. Eigentlich tat sie nur so, als würde sie schlafen, um endlich allein in dieser Wohnung zu sein. Ohne ein weiteres Augenpaar, das jede ihrer Bewegungen auswertete, um alle möglichen Gefahren von ihr abzuwenden.

Interessiert schaute sie sich um.

Zwei Tage waren bereits vergangen, seit man sie aus dem Krankenhaus entlassen hatte. Unter der Prämisse, dass die Patientin sich besser zu Hause erholen würde, willigte man in ihren eigenen Wunsch ein. Jermaine, der sie im Krankenhaus immerzu besucht hatte, zog kurzerhand bei ihr ein. Und das, obwohl er ihr so fremd wie ihre eigenen Gefühle und Empfindungen war.

In diesen beiden Tagen ließ er sie kaum aus den Augen, als wäre sie eine zerbrechliche Figur aus Porzellan, die man auf einem wackeligen Untergrund aufgestellt hatte. War er etwa früher ihr

Freund oder gar Lebensgefährte gewesen? Damals, als man ihr noch nicht ihr *Ich* gestohlen hatte: das kostbarste Gut, das ein Mensch je besitzen konnte. Vielleicht ...

Eines Tages würde sie die Antworten auf alle ihre Fragen finden. Aber zuerst musste sie sich auf die Suche nach etwas begeben, das so viel existenzieller war. Etwas, das sie aus dem Krankenhaus getrieben hatte, aus ihrer derzeit depressiven Stimmung.

Sie musste herausbekommen, wer zum Teufel Alicia Juárez *vor* dem Unfall gewesen war.

Energisch zog sie die Bettdecke zur Seite. Wenn Jermaine ernsthaft dachte, dass sie noch tief schlief, würde er sich allerhöchstens für eine Stunde entfernen, um für sie da zu sein, wenn sie wieder aufwachte. Wie für ein kleines, pflegebedürftiges Baby. Die Zeit drängte. Eilig streifte sie die am Bett stehenden schwarzen Ballerinas über und machte sich auf den Weg, die restliche Wohnung zu erkunden.

Der angrenzende Raum unterschied sich gravierend von dem, in dem sie die letzten Tage verbracht hatte. Jermaine hielt sich sehr streng an die ärztliche Anweisung, sie liegen zu lassen, was vielleicht gar nicht so verkehrt war. Plötzlich hatte sie ein schummriges Gefühl, das sicherlich aus dem raschen Aufstehen resultierte. Bisher waren ihre Versuche, senkrecht zu stehen, eher langsamerer Natur.

Mit einem leichten Schwindelgefühl konnte Alicia die offene Tür vom Badezimmer erreichen. Sie torkelte an einer Küchenzeile vorbei, die unscheinbar ins Wohnzimmer überging.

Gewiss war die Küche mit ihren metallischen Türen und der Ausstattung sehr modern. Auch die Verbindung zwischen der Küche und dem Wohnbereich, die lediglich durch einen kleinen Bistrotisch getrennt wurden, hatte einen stilvollen und atelierähnlichen Charakter.

Dennoch konnte man einen gewissen Mangel spüren. Etwas, das wahnsinnig schwer mit Worten zu fassen war ...

War dies früher überhaupt mein Geschmack?, dachte Alicia, die sich langsam an den Namen gewöhnte, mit dem man sie fortwährend anredete.

Trotz des aufkommenden Schwindelgefühls versuchte sie, dieses ungreifbare Gefühl in Worte zu kleiden. Prüfend suchte ihr Blick die Umgebung ab.

Nichts war ihr vertraut. Weder der Name, noch die Welt, in der sie vor ihrem Unfall gelebt zu haben schien. Bei der Suche nach ihrem eigenen *Ich* musste sie sich auf die Informationen verlassen, die ihr die fremde Umgebung suggerierte, um die verstreuten Puzzleteile zu einem Ganzen zu vereinen. *Werde ich damit leben können, was ich über mich erfahren werde?*

Das Wohnzimmer wirkte, ähnlich wie die Küche, sehr steril. Keine Bilder – weder an den Wänden noch auf dem Tisch, keine Pflanzen, keine *unnötigen* Gegenstände, die zwangsweise im Alltag in einer Wohnung herumlagen. Keine Stifte, kein Papier. Die Ausstattung war schlichtweg minimalistisch.

Die dünne Staubschicht, die sich an einigen Stellen auf den Glastisch im Wohnbereich und auf die makellose Ledergarnitur gelegt hatte, wirkte vergleichbar absonderlich. So wie die zusammengelegte Bettwäsche, die Jermaine offensichtlich zur Übernachtung benutzte. Es war zu bezweifeln, dass die Couch zum Schlafen von Gästen diente. Das Zimmer sah aus, als hätte man es aus einem Möbelkatalog ausgeschnitten.

Alicia schaute in einige Schubladen des beeindruckend wirkenden weißen Sideboards mit metallenen Griffen und fand darin einige Schreibutensilien, Tischdeckchen, Rechnungen, Quittungen, Ladegeräte. Alles war der Logik folgend geordnet. Auf dem Möbel selbst lag neben drei Schlüsseln eine Rechnung über den Wechsel des Türzylinders, die Jermaine geistesgegenwärtig vorgenommen hatte.

Staunend wie ein kleines Kind machte sie ein paar Schritte in Richtung der Küche. *Habe ich hier je gegessen?*, dachte sie plötzlich, als sich ihr Magen mit einem lauten Knurren meldete. Die Schwestern im Krankenhaus hatten ihr ein paar Dinge beigebracht, an die sie zu denken hatte, wenn sie zu Hause war. Magenknurren bedeutete eben Hunger, den sie zu stillen hatte.

Die Küche sah unbenutzt aus. Auch hier waren die Inhalte der Schubladen fein geordnet, als hätte man diesen Teil der Wohnung ebenfalls als Kaufimmobilie ausgestellt. *Aß ich nie etwas? Arbeitete ich vielleicht so viel? War das so, weil mir etwas fehlte im Leben? Vielleicht eine Familie?*

Der Inhalt des weitestgehend leeren Kühlschranks verriet über den Bewohner, dass er ein Trinker kohlensäurearmen Wassers war und eine Vorliebe für Salsa-Soßen hatte, die in unterschiedlichen Geschmacksrichtungen darin aufbewahrt wurden. Alicia nahm mit der Kuppe ihres Fingers von jeder Soße eine Kostprobe in den Mund. Irgendetwas schmeckte sie schon, doch was war es? Mochte sie die Schärfe? Das konnte sie nicht sagen, daher schloss sie frustriert den Kühlschrank. *Warum fällt es mir bloß so schwer?*

Plötzlich packte sie der Mut. AJ machte sich auf den Weg in die Richtung, die sie seit ihrem Erwachen aus dem künstlichen Koma konsequent gemieden hatte. Sie musste sich der Person stellen, die ihr gegenwärtig am wichtigsten war. Sich selbst! Zum ersten Mal würde sie eine Antwort bekommen, was sie dabei fühlte, wenn sie ihr eigenes Abbild sah.

Es war das erste Mal, dass sie bei ihrem Toilettenbesuch in dieser Wohnung Licht einschaltete, um sich endlich der Wahrheit zu stellen. Allein.

Im Badezimmer herrschte die gewohnte Kälte, die auch im Wohnbereich zu spüren war. Ein mittelgroßes, gefliestes Bad, leicht verstaubt, jedoch stilvoll. Kleine Schränke, diesmal ohne erkennbare Griffe – auch hier die Zusätze aus Metall: Halter für Toilettenpapier, Mülleimer, Zahnputzbecher. *Mag ich dieses Material oder wollte ich jemandem imponieren?* Das beklemmende Gefühl, entwurzelt in der eigenen Wohnung zu sein, schien sie nicht loslassen zu wollen.

Langsam wanderte ihr Blick zum Spiegel und streifte beiläufig über die zahlreichen Parfümflakons und Schminksachen, die auf der Ablage lagen. Es schien, als wollte sie den Moment hinauszögern, in ihr eigenes Gesicht zu sehen. Doch das Verlangen, das erste Puzzleteil zu finden, war stärker als ihre Angst.

Das bin ich?, dachte sie, als sie in ihr Spiegelbild schaute. Sie überlegte, ob sie mochte, was sie sah. Das Gesicht wirkte schon etwas abgeschwollen, nur einige Stellen wiesen noch eine grüngelbe Verfärbung auf. Ihr Teint war etwas dunkler, als hätte der Sommer noch Spuren hinterlassen, was hervorragend mit ihren weichen, braunen Augen harmonierte. Das kannte sie schon von der Haut an ihren Händen, und trotzdem war es irgendwie neu.

Ihr schulterlanges, dunkles Haar war noch etwas vom langen Liegen zerzaust und hing undefiniert herunter. Es ließ sich erahnen, dass nach etwas Pflege eine Naturwelle zum Vorschein kommen würde. Nachdenklich streifte sie eine prächtige Haarsträhne zur Seite.

Die Erkenntnis traf sie wie ein Blitz. Diese Geste kam ihr so vertraut vor. War dies das erste Puzzleteil, das zu ihr selbst führte?

Langsam ergriff sie die unterschiedlichen Töpfchen mit Schminke. Damit wandte sie ihr Gesicht vom Spiegel ab, als wäre ihr diese erste Begegnung zu viel gewesen.

War es eine Übersprunghandlung, mit dem Puder die Stellen der grün-gelblichen Hämatome überdecken zu wollen? Die Neugier, etwas Unbekanntes auszuprobieren? Oder das Verlangen, sich von dem Unfall zu distanzieren? Sie war sich nicht sicher, was es war. Es fühlte sich gut an, als hätte sie es früher oft getan. Instinktiv machte sie es richtig.

*****

»Bin wieder da«, hörte sie eine Stimme sagen. Vor Schrecken ließ sie den Lidschatten fallen. Die Verpackung zerbrach im Waschbecken und verteilte das feine, graue Pulver.

»Alles okay, AJ?«, hörte sie Jermaines Stimme hinter ihrem Rücken. »Ich meinte… Alicia?«, verbesserte er sich.

Auch wenn er den richtigen Namen viel lieber mochte, war das gewohnte *AJ* nicht mehr wegzudenken. Er würde daran arbeiten müssen, dass sie seit dem Unfall ihr Kürzel nicht mehr mochte. Und an die Tatsache, dass er die Beziehung zu ihr in jeder Hinsicht von Null auf Neu würde aufbauen müssen. Jermaine wollte sie um nichts in der Welt missen. Jetzt, wo sie auf ihn angewiesen war, erst recht nicht!

»Ja, naja«, stammelte sie wie ein Kind, das man bei einer unbedachten Tat ertappt hatte. Es war ihr unangenehm, doch dieser Mann war zumindest ihr einziger Anker.

Der smarte Polizist lächelte aufmunternd in den Spiegel, nachdem er Alicia über die Schulter schaute. Es war die einzige Art von Nähe, die er in ihrem Zustand zulassen durfte. »Halb so schlimm. Ich mache das schon. Willst du dich vielleicht hinlegen?«

Energisch drehte sie sich um, was ihn zu überraschen schien. Das Gefühl von Schwindel kehrte wieder zurück. Ihre Blicke trafen sich, doch die so vertrauten, braunen Augen erschienen Jermaine so herzzerreißend fremd, dass es ihn fröstelte.

Die Situation wurde unangenehm. Alicia senkte instinktiv den Blick und errötete leicht.

»Nein, bloß nicht mehr liegen!«, wisperte sie leise. »Können wir uns nicht lieber auf die Couch setzen?«

»Klar, geh schon vor. Ich packe nur die Einkaufstaschen aus. Möchtest du etwas trinken?«, lächelte er und öffnete den Weg, damit sie sich nicht mehr so eingeengt fühlte. Sensibilität war zwar nicht seine Stärke, doch er durfte sie nicht verschrecken.

»Einen Tee, bitte«, hörte er sie sagen. Seit sie im Mount Sinai Hospital den ersten Tee zum Probieren bekommen hatte, war er zu ihrem Lieblingsgetränk avanciert. Mit Wehmut dachte er daran, dass AJ vor dem Unfall eine leidenschaftliche Kaffeetrinkerin gewesen war. Eine Leidenschaft, die sie beide definitiv verband. Nun war auch diese Gemeinsamkeit verschwunden.

»Kommt sofort«, warf er ein und versuchte seine Gedanken etwas aufzuheitern. Eine Charaktereigenschaft von AJ war definitiv noch vorhanden.

Wenn sie fiel, egal wie tief, raffte sie sich augenblicklich wieder auf. Mit vermehrter Energie. Erneut erwachte Hoffnung in ihm und ließ ihn leise durch die Zähne pfeifen. *Alles wird wieder gut!* Aufgeheitert verstaute er die restlichen Lebensmittel im Kühlschrank.

Als er mit den duftenden Getränken zur Couch kam, fand er AJ in Gedanken versunken vor. Jermaine räusperte sich, um sie nicht unnötig aufzuschrecken.

Wie ich ihr Lächeln vermisse, dachte er schmerzlich, als er die ungewohnt fehlende Reaktion auf sein Kommen sah.

»Jermaine. Hältst du mich für schön?«

Oh Gott, diese Frage hat sie eben nicht gestellt, oder?, ging es ihm durch den Kopf. Diese wahnsinnig aufregende Latina, nach der alle Kollegen — selbst die verheirateten - die Köpfe umdrehten. Die Frau, die selbst mit dem streng zurückgekämmten Haar in ihrer Uniform aussah, als hätte man sie als Model zu einem Shooting beim NYDP eingeladen.

Jermaine wog ab. »Ähm ... Ja, ich halte dich für schön. Und klug. Und ich bin gern mit dir befreundet, nicht nur ein Kollege, wie du dir vielleicht schon denken kannst.«

Sie entgegnete sein Lächeln mechanisch, als könnte sie mit dieser Reaktion wenig anfangen. »Sind wir so etwas wie ein ... Paar?«

»Wir sind Partner«, wich er ihr aus. »Das ist fast wie eine Familie.« Noch war sie nicht bereit, der Wahrheit in die Augen zu schauen. Die Zeit würde für oder gegen sie beide entscheiden, ohne dass er daran etwas ändern könnte. Also verschwieg er ihr, dass sie sich deutlich intimer als Arbeitskollegen kannten.

»Aha«, erwiderte Alicia mit einer traurigen Nuance in der Stimme. Oder hatte sich Jermaine nur getäuscht? Plötzlich kam ihm etwas in den Sinn.

»Hey, soll ich dir etwas über dich erzählen? Wie wir uns kennengelernt haben, oder was mir sonst so alles einfällt?«

Heimlich beobachtete er Alicia, während sie seinen Ausführungen lauschte. Es fiel ihm schwer, sich dem aufkommenden Verlangen, sie zu küssen, zu widersetzen.

In der Hoffnung, dass sich ihre Gedächtnislücken bald schließen würden, beendete er seine Geschichten mit einem herzhaften Lachen. Endlich schien sich die Situation zwischen ihnen zu lockern.

Während er von den gemeinsamen Streifzügen erzählte, fuhr sich Alicia immer wieder mit ihrer Hand über die Haare. Diese Geste war ihm früher nicht aufgefallen. Er fragte sich, ob sie sich das im Krankenhaus abgeschaut hatte oder es schon früher getan hatte, ohne dass er es bemerkt hatte. Irgendwie konnte er es nicht einordnen.

Überhaupt fand er einen neuen Charakterzug an AJ. Während sie früher für alle Menschen unerreichbar schien, wirkte sie jetzt zerbrechlich. Irgendwie ganz nah, fast bodenständig.

Mochte Jermaine diese neue Besonderheit an ihr? Oder wünschte er sich doch die 'alte, coole' Partnerin zurück, mit der er wenigstens von Zeit zu Zeit das Bett teilen konnte? Doch vielleicht wollte er auch das Unmögliche: eine Mischung aus beiden Eigenschaften zur gleichen Zeit.

Diese neue, übermächtige Fragilität von Alicia erweckte den Beschützerinstinkt in ihm. Erstaunt stellte er fest, dass sein starkes sexuelles Verlangen zunehmend einem väterlichen Gefühl wich.

Kapitel 3

Schweißgebadet erwachte Alicia und ertastete ihr noch leicht schmerzendes Gesicht.

Das war doch Blödsinn, versuchte sie sich zu beruhigen. Lag es daran, dass sie noch lange, bis in die Nacht hinein, mit Jermaine über die Vergangenheit gesprochen hatte?

Im Traum war ihr das Gesicht erschienen, das sie mittlerweile aus dem Spiegel kannte. Glasklar sah sie ihre hohen Wangenknochen, die ihr so viel Weiblichkeit verliehen. Während ihr sinnlicher Mund einen Satz auszusprechen versuchte, verblassten plötzlich die Konturen. Immer mehr und mehr, bis sie gänzlich verschwanden. Bevor sie sich schreiend von diesem Schreckgespenst löste, sah sie nur noch eine leere, hautfarbene Hülle, die von ihren gewellten Haaren umrandet war.

Beunruhigt setzte sie sich in ihrem Bett auf und atmete durch. Ihr Puls normalisierte sich. Aus der Küche drang ein Duft zu ihr herüber, der ihr mittlerweile bekannt vorkam. Um die düsteren Gedanken zu vertreiben, konzentrierte sie sich auf das Erraten, was es für Lebensmittel sein könnten. Hastig warf sich Alicia einen Bademantel über und ging in den Küchen-Wohnraum.

»Hi«, Jermaine schien ihre Anwesenheit erahnt zu haben. »Ich habe Rührei gemacht.«

»Hmmm, das duftet aber gut.« Um jeden Preis wollte Alicia etwas sagen, von dem sie dachte, dass es ihm Freude machen würde. Die Schwestern im Krankenhaus hatten das auch immer gesagt, wenn es Essen gab. Es musste so unheimlich nett klingen, denn sie strahlten sie stets dabei an.

Ihr begleitendes Lächeln fühlte sich wie die ersehnte »Normalität« an. Ein Gefühl, das sie gerade dringend brauchte. Aber im Grunde war sie sich nicht sicher, ob ihr der Geruch gefiel.

»Wir haben ihn!«, platzte es aus Jermaine heraus, als sie es sich an dem Bistrotisch gemütlich machten. Alicia schaute verständnislos.

»Wir haben den Typen, der dich angefahren hat!«, wiederholte er deutlich enthusiastischer. »Ich will den Mistkerl in die Finger bekommen, daher werde ich dich nach dem Frühstück kurz allein lassen. Wäre das für dich okay?«

Alicia dachte nach, ohne den wahren Gehalt dieser Information wahrzunehmen. Wenn sie allein war, konnte sie sich noch weiter in ihrer Wohnung umschauen. Das war wohl mehr als in Ordnung, daher nickte sie.

»Was ich schon weiß, ist, dass unsere Kollegen gestern von der DEA (*Anm. des Autors: »Drogenvollzugsbehörde«*) einen heißen Tipp über eine neue Designerdroge bekommen haben. Im Rahmen einer Razzia wurden mehrere Minderjährige verhaftet. Stell dir mal vor, einer davon hat heute früh gezwitschert, dass er Informationen zu dem Unfall im Central Park hätte. Er würde alles sagen, wenn wir ihm einen Deal anbieten. Offensichtlich hofft er auf mildernde Umstände, was die gefundenen Drogen betrifft. Du kannst dir kaum vorstellen, was auf der Dienststelle los ist. Alle wollen den Mistkerl, der dich erwischt hat, in die Hände bekommen. Ich muss dringend hin!«

War das für sie gut? Oder schlecht? Vielleicht wieder ein neues Puzzleteil zu ihrem Selbst? Was würde sie erfahren? Sprachlos schaufelte sie das Rührei in sich hinein, ohne den Geschmack im Gedächtnis zu behalten.

*****

Wie erstarrt saß Alicia am Bistrotisch, noch lange, nachdem die Tür hinter Jermaine ins Schloss gefallen war. Im Moment überschlugen sich die Ereignisse in ihrem Kopf.

Für einen Augenblick wollte sie die Zeit anhalten, damit sie die Begebenheiten ordnen konnte. Auf eine seltsame Art fühlte sie sich ihrer Existenz beraubt. Ein Mensch ohne Geschichte, ohne Leben. Würde es überhaupt jemand berühren, wenn sie es hier und jetzt beendete? Wollte sie weiter so leben? Sie war sich dessen nicht sicher.

Die Stille genießend ging sie ins Schlafzimmer, wo Jermaine ihre Kleidung wie für ein Kleinkind vorbereitet hatte. Grausamer Stillstand. *Warum hatte ich keine Familie, bevor der Unfall kam? Keinen Mann und auch keine Kinder? Oder wenigstens ein Tier? Nur eine Wohnung, in der Leere und Einsamkeit herrschten?*

Während Alicia ihre etwas weit geschnittene Jeans überstreifte, fiel ihr ein Bild auf der Kommode auf. Sie nahm es in die Hand. Es war ein gewöhnliches Foto, wie man es sonst vermutlich auch fand. Ein Kind von ungefähr fünf Jahren, das von einer Frau umarmt wurde.

Für Außenstehende war es der Inbegriff von Liebe zwischen einer attraktiv wirkenden Mutter und einer süßen kleinen Tochter. Die Ähnlichkeit der beiden ließ sich nicht verleugnen. Doch Alicia empfand keine Verbindung zu dieser Frau, die bereits tot war, wie es ihr Jermaine am Vorabend sanft beigebracht hatte.

Sie ist so wunderschön. Warum fühle ich nichts?, dachte sie wütend und warf das Bild aufs Bett. Tränen der Enttäuschung schossen ihr in die Augen. Zum ersten Mal seit dem Unfall gab sie sich einer tiefen Traurigkeit hin.

*****

Das Klingeln des Telefons unterbrach ihre Starre. *Wie lange habe ich auf dem Bett gelegen?*, fragte sich Alicia zerstreut, während sie nach dem Mobilteil suchte. Nach weiteren zwei Tönen fand sie es und nahm mechanisch ab.

»Alicia?« Sie erkannte Jermaines Stimme.

»Ja«, antwortete sie leise. Bisher hatte sie nicht in der Gegenwart von anderen geweint, und sie glaubte instinktiv, dass es besser sei, dass er es nicht erführe.

»Hi, ich bin's, Jermaine. Ich wollte nur sagen, dass irgendetwas bei deinem Unfall nicht stimmt. Wir haben den Typen, der offenbar alle Details kennt und uns sogar deine Tasche gegeben hat. Er soll unter Drogen gewesen sein. Sie hätten dich im Rausch angefahren, dann ganz viel Angst bekommen. Daher nahmen sie dich so bewusstlos, wie du warst, mit. Der Fahrer des Autos, der bereits bei uns in U-Haft sitzt, soll dich dann im Central Park rausgeworfen haben, nachdem sie alle Beweise beseitigt und die Tasche mitgenommen hatten. Wir hätten alle Typen da. An der Geschichte stimmt fast alles.«

»Fast?« Alicia erkannte die Spannung, die er in die Betonung dieses Wortes gelegt hatte.

»Fast. Ähm ...« Jermaine wusste es nicht vorsichtig zu formulieren, also entschied er sich für den direkten Weg. »Diese Tasche, die wir fanden, schien kaum angefasst worden zu sein. Vielleicht hatten die Täter Angst, weshalb sie sie auch versteckt hatten. Jedenfalls fehlte nur Geld. Die ID-Card und den Führerschein haben wir vollständig da. Bei dem Schnelltest konnte man die DNA der Blutspritzer, die man auf der Tasche fand, mit den deinen abgleichen. Sie sind identisch. Aber ...« Die Schwere der weiteren Ausführung lag förmlich in der Luft. Er schluckte, bevor er fortfuhr: »Also, diese Dokumente, die man fand, sind auf eine gewisse Emily Stafford ausgestellt. Sagt dir der Name etwas?«

»Nicht im Geringsten«, entgegnete Alicia leise.

Zu fragen, ob Alicia undercover gearbeitet hatte, ergab jetzt keinen Sinn mehr. Selbst wenn sie es getan hätte, würde sie sich gegenwärtig nicht mehr daran erinnern. Aber es musste so sein, weil das Bild auf den Papieren ihr unheimlich ähnlich sah, was der Abgleich der Blutproben noch bekräftigte. *Was hast du mir noch verschwiegen, Alicia? Wer bist du?*, dachte Jermaine, enttäuscht darüber, dass sie ihn nicht eingeweiht hatte.

»Pass auf, ich werde noch etwas erledigen, dann komme ich wieder zu dir, okay? Wird nicht lange dauern«, versprach er und beendete in Gedanken: *Ich werde nur mit der Familie von Emily Stafford telefonieren, falls es keine imaginäre Adresse ist, die ich in deinem Portemonnaie fand.*

»Okay, ich komme schon klar«, entgegnete sie vielleicht ein wenig zu überzeugend.

Ich komme gar nicht klar, dachte sie stattdessen, nachdem sie aufgelegt hatte. *Was wird hier wirklich gespielt?*

Eigentlich glaubte Alicia, dass sie nicht mehr weinen konnte, doch die Ungewissheit brannte in ihrem Herzen und trieb ihr weitere Tränen in die Augen. Doch bevor Jermaine zurückkehren würde, mussten die blöden Tränen wieder weg. Entschlossen durchsuchte sie die Schubladen des Schlafzimmers auf der Suche nach einem Taschentuch.

Dieses Zimmer unterschied sich wesentlich von den restlichen Räumen der sonst geordneten Vorzeige-Wohnung. Nicht nur, dass die Einrichtung sehr gemütlich wirkte. Der Inhalt der Schränke war chaotisch zerstreut, völlig durcheinander. Es sah aus, als hätte die Bewohnerin die Seele der gesamten Bleibe in einem einzigen Raum versteckt, während der Rest pure Fassade war. Eine große, nichtssagende Maske zur Aufrechterhaltung persönlicher Makellosigkeit.

Es fiel ihr ein dicker, schwarzer Notizblock in die Hand. Sie hielt inne und blätterte darin. Er war handschriftlich ausgefüllt.

»5. Januar 1984«, las sie die Überschrift. War das ein Dokument? Oder vielleicht ein intimes Tagebuch? Wer mag es geschrieben haben? Neugier packte sie.

»Mein erster Monat in New York ist heute um. Als ich in einem kleinen Kiosk an der Straße war, dachte ich vor Freude, dass ich dir ein paar Zeilen hinterlassen werde, damit du mich in deinem Herzen tragen kannst. Ich werde dir dieses Büchlein als mein letztes Geschenk an dich hinterlassen, damit du weißt, wie stolz deine Mutter auf dich gewesen ist. Es soll dich trösten, jetzt, wo ich dich verlassen habe.

Hey, nicht traurig sein. Tod ist nicht das, woran ich jetzt denke. Ich denke an dich, meine kleine Alicia. Seit ich weiß, dass ich ein kleines Mädchen bekomme, bin ich vor Freude so erfüllt, dass ich zum Himmel schreien könnte. Nun habe ich eine Familie. Dich. Ich habe dich, mein Schatz. Wir werden im Sommer endlich zusammen sein. Alicia und Camila Juárez. Ich hoffe, ich werde meinen Vorsatz durchhalten, dir deine Muttersprache beizubringen. Falls es mir doch nicht gelingen sollte, möchte ich dir meine Gedanken in Englisch niederschreiben, damit du, meine kleine Amerikanerin, es verstehst. Nur du sollst meine intimsten Gedanken zu lesen bekommen. Du und deine Kinder, mein Schatz.

Mein Name ist Camila Juárez, Tochter eines Pastors und einer Sprachlehrerin, geboren in Chihuahua, und das ist auch deine Geschichte…«

Alicia verschlug es die Sprache. Sollte sie etwa ihre Vergangenheit in diesen Zeilen finden? Hielt sie etwa den Rest des Puzzles genau jetzt in der Hand? Aufgeregt las sie weiter.

»Als ich fast dreizehn Jahre alt war, wurde ich von einem Soldaten brutal vergewaltigt. Den Menschen konnte oder wollte die Polizei damals nicht finden. Für mich brach eine Welt zusammen. Ich verlor den Glauben an Gott, den mich mein Vater mein Leben lang lehrte. Zudem erfuhr ich am Tag der Untersuchung dieser Schandtat, dass ich keine Kinder mehr bekommen würde. Wie sich auch meine Eltern bemühten, unseren Wohnsitz zu wechseln - in Chihuahua bekam ich nach einiger Zeit überall einen Stempel: »Mujer violada« (Anm. des Autors: span. für »vergewaltigte Frau«). Noch bevor ich volljährig wurde, verschwand mein Vater plötzlich spurlos und ließ uns allein. Warum? Das weiß ich bis heute nicht. Noch vor Kurzem suchte ich nach ihm, doch alles ohne Ergebnis.

Meine Mutter, deine Oma, bemühte sich sehr lange, für mich da zu sein. Wir lebten in Armut, weil sie für ihre Lehrtätigkeit nur wenig Geld bekam. Und trotzdem fand sie die Zeit, mir Sprachen beizubringen. Ihr Plan war, dass ich eines Tages aus dem korrupten Sumpf von Chihuahua verschwinden sollte – dazu brauchte ich Fremdsprachenkenntnisse: Englisch und Französisch.

Als ich mein 22. Lebensjahr erreicht hatte, starb meine Mutter an Brustkrebs und ließ mich ganz allein. Es ist nicht so, dass ich bis dahin keine Liebe fand. Hin und wieder lernte ich einen Mann kennen, weil man mich für hübsch hielt. Doch ich wollte meine Beziehung nicht auf einer Lüge aufbauen, also erzählte ich den Männern, dass wir nie gemeinsam Nachwuchs bekommen würden. Über kurz oder lang endeten die Beziehungen in einem Fiasko. Dabei kann ich dir nicht sagen, ob mein unerfüllter Wunsch nach einer Familie oder die Männer mit ihren nach Nachwuchs lechzenden Müttern schuld waren. Vielleicht beides.

Doch vor ungefähr einem Jahr, als ich deine schwer kranke Großmutter im Krankenhaus besuchte - Centro Hospitalario International in Chihuahua, traf ich auf eine wundervolle, junge Frau. Diese Krankenschwester hieß Maria Hernández. Sie wollte mich zu einem Mann bringen, der das Unmögliche vollbringen sollte. Sie nannte ihn 'El Señor'. Und wenn es Gott wirklich gibt, dann trägt er den Namen dieses Mannes, dessen Praktiken illegal waren. Aber es war mir egal, denn er erfüllte meinen größten Wunsch: Ich wurde schwanger. Den Namen deines spendablen Vaters werden wir wohl nie erfahren, weil die Aufzeichnungen über diese Schwangerschaft, die es offiziell nie gegeben hat, nicht existieren.

Als meine Schwangerschaft langsam sichtbar wurde, brachte man mich auf illegalen Wegen nach New York, wo 'El Señor' deine Geburt in der Klinik verfolgen wollte. Nur so zur Sicherheit. Ich war ihm sehr dankbar für diesen Schritt. Schließlich schenkte man mir nach dem Tod meiner Mutter ein neues Leben in einem neuen Land jenseits des Sumpfes von Chihuahua. Und um ehrlich zu sein, sind die Leute in New York so nett. Und auch so vornehm. Das ist etwas Besseres, mein Schatz, wo ich dich aufwachsen lassen werde. Ganz im Sinne deiner Großmutter, Gott habe sie selig.

Nun muss ich aber für heute aufhören. Es ist schon spät, und ich habe noch einen Termin zur Untersuchung. Demnächst gibt es von mir noch mehr über dich.

Ich liebe dich aber jetzt schon,

deine Mutter, Camila.

P.S. Wie wundervoll sich das anhört! Ich werde MUTTER! Ich kann es nicht abwarten, so aufgeregt bin ich.«

Alicia ließ die letzten Worte der Freude nachwirken. *Fühlt es sich so toll an, wenn man Mutter wird? Werde ich jemals auch eine liebende Mutter sein?* Zumindest klang es so, als könnte sie es genießen. Sie blätterte zur Mitte der Aufzeichnungen.

»1. Juni 1984«, wenn man das mit der heutigen Zeit vergleicht, dann sind schon 23 Jahre seit dieser Aufzeichnung vergangen, dachte sie mit Ehrfurcht.

»Heute hast du mich wieder ganz schön getreten, meine kleine Alicia. Manchmal fühle ich mich, als hättest du mindestens vier Hände und vier Füße. Aber ich mag das Gefühl. Dann weiß ich, dass es dir gut geht. Jetzt, wo mein Bauch so riesig ist, verzichte ich lieber auf meine Spaziergänge im Central Park. Wir wohnen noch so lange in Harlem, bis ich eine Anstellung gefunden habe. Bis du auf der Welt bist, werde ich mit anderen Einwanderern in einem großen

Haus untergebracht. Alle sind sehr nett, doch für dich habe ich eine andere Zukunft bestellt. Du sollst es eines Tages besser haben, meine Kleine.«

»Alicia?« Jermaines Stimme an der Eingangstür brachte sie augenblicklich in die Gegenwart zurück. In Panik warf sie das Notizblöckchen unter ihren Schlafanzug.

»Ähm, bin gleich da!«, rief sie ihm hastig entgegen. »Sofort, Moment.«

Alicia fand Jermaine auf der Couch im Wohnzimmer sitzend vor. Auf dem Glastisch lag eine schwarze, mittelgroße Damentasche. Er schaute AJ erwartungsvoll an.

»Das ist die Tasche, die man bei dir fand. Schau ruhig rein.«

Vorsichtig nahm sie das äußerst elegante Accessoire in die Hand und wühlte darin herum. Nichts kam ihr bekannt vor. Noch nicht einmal der dicke Schlüsselbund mit einer kleinen Maus als Anhänger. Oder die Identifikationskarte für ein *'International House'*, worauf ihr Bild und der Name Emily Stafford standen.

»Ich telefonierte auch mit der Familie, Alicia, die angeblich die deine sein soll. Sie behaupten, dass ihre Tochter, die dir von der Beschreibung her ähnlich sieht, sich momentan in Australien befindet. Kannst du mir helfen, das zu begreifen? Ich werde das Gefühl nicht los, dass du ein Doppelleben geführt hast.«

Alicia schwieg. Wie konnte sie etwas erklären, was sie selbst kein bisschen verstand? Die Welt stand gerade Kopf.

»Ich möchte diese Familie sehen. Vielleicht kommt dann auch die Erinnerung wieder. Kannst du mich zu ihnen bringen?«

Jermaine wartete kurz, bevor er nickte. »Fühlst du dich stark genug für so etwas? Allein die Fahrt dauert lange. Es sind um die 400 Meilen.«

Werde ich das jemals sein? Stark für meine Vergangenheit?, fragte sie sich ernsthaft.

»Ich fühle mich stark genug«, antwortete sie stattdessen. »Wenn du kurz wartest, dann hole ich nur noch eine Kleinigkeit aus dem Schlafzimmer. Dann können wir los.«

Kapitel 4

Der rote Dodge Challenger, ein Coupé der Extraklasse, um den Jermaine Thomson von seinen Kollegen aus tiefstem Herzen beneidet wurde, näherte sich nach fast sechsstündiger Fahrt der Willow Creek Lane in Richmond (Virginia).

Der Wagen schnurrte leise, während sie eine schmale Zufahrtsstraße zum Haus der Staffords passierten. Trotz der späten Stunde und fehlender Straßenbeleuchtung entging ihnen nicht, dass sie sich in einem idyllischen Wald befanden, der von vereinzelt liegenden Einfamilienhäusern unterbrochen wurde. Es war eine Gegend, wo man Kinder gern aufwachsen sah, fern von der Hektik der Großstadt.

In einem der Häuser brannte im Eingangsbereich Licht.

»Sind wir schon da?«, fragte Alicia aufgeregt. Es waren die ersten Worte, die während der sechsstündigen Reise ihrerseits gefallen waren. Die meiste Zeit hatte sie in dösendem Zustand verbracht, um einem Gespräch zu entfliehen.

»Ja«, entgegnete JT . »Möchtest du sie wirklich sehen?«

»Habe ich eine andere Wahl, Jermaine?«, fragte sie resolut.

Er zuckte mit den Achseln. Nein, sie hatten tatsächlich keine Alternative, wenn sie die Wahrheit erfahren wollten.

»Egal, was passiert, ich stehe dir bei, Alicia«, versuchte er sie zu trösten, während er das Auto neben einem gestapelten Holzhaufen am Straßenrand parkte. Besorgt nahm er wahr, wie Alicia einen tiefen Seufzer ausstieß, bevor sie schweren Herzens die Tür des Wagens öffnete. *Die letzte Zeit war so hart für dich, nicht wahr?*, dachte JT und folgte ihr zum Haus.

Noch bevor sie den Eingangsbereich erreicht hatten, stand plötzlich eine etwas rundlichere Dame in einem rosafarbenen Pullover auf der Schwelle und schaute besorgt zu ihnen hinunter.

Offenbar war die Ankunft der Besucher genau beobachtet worden, was die Stimmung weiter drückte.

Die Besorgnis im Gesicht der Frau wich einem breiten Lächeln, nachdem sie ihre angebliche Tochter, Emily, erkannt hatte. Abigail Stafford machte ein paar Schritte in Richtung ihrer Gäste.

»Mein Schatz, was machst du hier?« Sie schien noch nicht begriffen zu haben, dass die junge Frau, die vor ihr stand, keinerlei Erinnerung an ihre Vergangenheit besaß. »Wir waren uns sicher, dass du in Australien diesen Tauchkurs machst. Hat es dir nicht gefallen?« Abigail enthüllte einen Blick auf ihren Ehemann, Matthew Stafford, der bisher hinter seiner Frau dieser Szene mit Interesse zugesehen hatte.

Sag mal, haben sie nicht begriffen, was ich ihnen erzählt habe?, dachte Jermaine entsetzt.

Alicia schaute verdutzt die fremden Menschen an, ohne auch nur einen Schritt in ihre Richtung zu machen. Schlagartig fühlten sich alle Beteiligten irgendwie unwohl.

»Kommen Sie bitte herein«, bat Abigail JT, um die aufsteigende Anspannung zu lösen.

»Dürfen wir vorher nur etwas an Ihrer Tür ausprobieren?«, fragte Jermaine und bat die verdutzte AJ, ihm den Schlüsselbund aus der Tasche zu reichen. Sie folgte seiner Bitte wie in Trance. Im nächsten Augenblick ging er einige Schlüssel durch. Treffer! Einer darunter passte ins Schloss dieses Hauses.

Während sie am voll beleuchteten Eingang standen, strich sich AJ mechanisch eine dickere Strähne ihres Haares aus dem Gesicht und enthüllte es damit restlos.

»Jesus, Kind! Wer hat dir das angetan?« Abigails Stimme klang entsetzt. Im gleichen Augenblick richtete sich die gesamte Aufmerksamkeit der Anwesenden auf AJ. Ihre Wunden waren zwar schon verheilt, doch ein Teil ihrer Haut zeigte immer noch eine grünlich-gelbe Verfärbung als Folge der Hämatome.

Die Schminke, die sie im Bad gefunden hatte, konnte einiges mit Farbe kaschieren. Begünstigt durch die künstliche Außenbeleuchtung der Veranda und den fehlenden Schutz ihrer dichten Haare, konnte man die dunklen Gesichtspartien nun gut sehen.

Während sie das Haus betraten, fuhr Jermaine fort: »Alicia hat, wie schon kurz besprochen, einen Unfall erlitten. Dieser ist fast zwei Wochen her.« Sie nahmen auf einer mächtigen Ledercouch in der Lounge Platz.

Die Staffords setzten sich in die dazu passenden, gemütlichen Ohrensessel. »Sie kann sich seit dem Unfall an gar nichts mehr erinnern. Heute Nacht fanden meine Kollegen ihre Tasche mit dieser Adresse darin. Und wie wir gesehen haben, passte auch der Schlüssel.«

»Natürlich ist das Emilys Schlüsselbund. Die Maus habe ich ihr geschenkt, als sie ihre Studentenwohnung bekommen hatte. Ein Glücksbringer sollte ... «

»Alicia? Wer soll das sein?«, fiel Abigail ihrem Ehemann ins Wort. Sie duldete keinen Widerspruch. »Emily, soll das ein blöder Scherz sein?«

»Leider nein, Ma'am. Wir verstehen es beide ebenfalls nicht.« Jermaine stellte sich schützend vor die Frau, die er als Alicia kannte.

Abigail versuchte verzweifelt, das eben Gesagte zu begreifen. »Schau mal«, sie erhob sich, um ein Bild von der Wand zu holen. »Hier hast du gerade dein *High School Diploma* gemacht.«

»Oder hier«, sie lief hektisch zur Bücherablage neben dem Kamin und nahm zig Alben heraus. »Es sind alles deine Fotos, Emily!« Wie sehr sich die Gäste bemühten, konnten sie eins nicht leugnen: Die Bilder glichen Alicia, als wären es Fotos von ihr.

Der Blick von Abigail wanderte wirr zwischen ihrer angeblichen Tochter und dem Polizisten hin und her. Sie wusste nicht, ob das fehlende Verständnis der derzeitigen Lage dem Jetlag oder der Tatsache entsprang, dass sich ihre Tochter offenbar einen grausamen Scherz mit ihnen beiden erlaubte. Obwohl sie beide schon vor zwei Tagen aus Europa zurückgekehrt waren, konnte Abigail ihre Schlafstörungen immer noch nicht in den Griff bekommen. Sie hoffte, dass sich ihre Konzentration bald wieder einstellen würde.

»Matthew, sag doch auch mal was!«, bettelte sie bei ihrem Mann um Unterstützung.

»Also, Sie wollen behaupten, dass diese Frau, die wir, seit sie ein Säugling war, aufgezogen haben, nicht unsere Tochter ist? Sie soll einen Unfall gehabt haben? Und uns, ihre Eltern, vergessen haben?«

»Ich weiß wirklich nicht mehr, was ich glauben soll«, antwortete Jermaine ruhig. »Deshalb sind wir hier, um Antworten zu finden. Doch alles, was wir zu hören bekommen, wirft weitere Fragen auf.«

»Aber Emily ... Kannst du uns wirklich vergessen haben? Uns? Wie kann das sein?« Tränen standen der liebenden Mutter in den Augen. »Wie kannst du es vergessen haben? Das begreife ich nicht! Nichts, gar nichts kommt dir bekannt vor?«

Abigail hielt inne. »Dein Zimmer! Das ist es. Das haben wir dir nicht gezeigt. Vielleicht erinnerst du dich dann? Komm mit!« Mit diesen Worten zog Abigail ihre angebliche Tochter wie ein kleines, trotziges Kind an der Hand mit sich, in der Hoffnung, dass dies die Lösung für den ganzen Spuk sei. Schweigend trottete Alicia hinterher, während die Männer betreten in der Lounge zurückblieben. Um einem Gespräch auszuweichen, konzentrierten sie ihre Blicke auf das Holz im Kamin, das vom Feuer graziös zum letzten Tanz umarmt wurde.

*****

»Könnte ich für einen Augenblick hier allein sein?«, fragte die junge Frau.

»Aber natürlich, was immer du willst, Emily«, antwortete Abigail. »Ich werde uns einen Tee vorbereiten. So, wie du ihn magst.« Mit diesen Worten verließ sie das Zimmer.

Alicia schaute sich um. Es war ein Mädchentraum mit Pferdepostern, Schminksachen und in einem dezenten Altrosa gehalten. Ein absoluter Wohlfühlraum für ein pubertierendes, von seinen Eltern geliebtes Mädchen. Fast so, als wäre die Zeit stehen geblieben.

Vorsichtig nahm sie einige Gegenstände in die Hand, als wären sie aus zerbrechlichem Glas. Ihr erging es nicht anders als sonst in letzter Zeit. Nichts erinnerte sie daran, dass sie schon mal in diesem Zimmer gewesen sein könnte.

Sie wollte den Raum schon wieder verlassen, als sie ein starker Drang überfiel. Ohne es zu verstehen, öffnete sie den Kleiderschrank und suchte in der hinteren Ecke nach irgendetwas. Sie ahnte nicht im Geringsten, wonach.

Während sie die fein geordnete Kleidung verschob, kam ein kleines abgebrochenes Stück des Schrankbodens zum Vorschein. Nur noch einmal verschieben, schon würde sie *es* in der Hand halten. Nur noch kurz in dem kleinen Loch pulen.

Aufgeregt spürte sie, wie ein kleiner, kalter Gegenstand in ihrer Hand auftauchte. Es fühlte sich an wie eine Kette mit einem Anhänger. Aufgerichtet atmete sie tief durch, ehe sie die Hand öffnete.

Wie Blitze durchfuhren sie merkwürdig vertraute Bilder. Ein Junge lächelte sie an; sie lächelte zurück; ein Kuss; Kribbeln im Bauch; ausgestreckte Hand und ein kleines Herz-Medaillon mit einer Kette; ein Versprechen: *»Ich werde dich für immer lieben«*, ein genervtes: »Tom, komm jetzt sofort nach Hause!« im Hintergrund, und schon waren die Bilder verschwunden.

Ich bin doch zu Hause, fühlte sie es plötzlich in ihrem Herzen. Das war das erste Mal, dass sie etwas Vertrautes empfand. Und dennoch verschwand das warme Gefühl so schnell, wie es gekommen war. *Bloß raus hier!*, dachte sie aus purem Selbstschutz.

*****

»Alicia leidet an einer sogenannten retrograden Amnesie infolge des Autounfalls, von dem ich sprach. Sie kann sich weder an den Unfall noch an ihre Vergangenheit erinnern. Die Ärzte sind unsicher, was ihren Zustand anbelangt. Möglicherweise wird ihr Gedächtnis schubweise zurückkommen. Im schlimmsten Falle aber bleibt es so, wie es jetzt ist. Momentan ist sie vom Dienst befreit, doch ich weiß nicht, wie es mit ihr weitergehen soll. Ich hege die Vermutung, dass sie aus irgendeinem Grund ein Doppelleben geführt haben könnte. Näheres weiß ich aber nicht. Alicia ...«, abrupt unterbrach Jermaine seine Erklärung, als er sie die Treppe herunter kommen sah.

»Ich bin nicht Alicia«, antwortete Emily bestimmt. »Ich glaube, ich heiße wirklich Emily Stafford«, setzte sie mit Tränen in den Augen nach. Diese ständige Änderung ihres Lebenslaufes forderte ihren Tribut. »Ich glaube, ich war schon mal hier.«

»Gott sei Dank!«, entfuhr es Abigail, als hätte ihre Tochter plötzlich vollständig ihr Gedächtnis wiedererlangt.

»Wie kann das sein? Das ist ... Das ist ... Unmöglich. Selbst als das NYPD die Blutspuren auf der Tasche untersuchte, schienen sie zu denen, die sich in Alicias Akte befanden, zu passen... «, stotterte Jermaine verwirrt.

»Gab es an Alicia etwas ganz Besonderes? Etwas, das nur sie charakterisierte? Bin ich vielleicht auch Alicia? Oder krank? Habe ich womöglich eine gespaltene Persönlichkeit?«, fragte Emily erschrocken.

Jermaine überlegte kurz. Nun war der falsche Zeitpunkt, mit irgendwelchen Geheimnissen hinter dem Berg zu halten. Sie brauchten alle Klarheit. Mittlerweile war es egal, ob er Alicia intim kannte und somit befangen war.

»Irgendwann hatte sich Alicia eine winzige, unscheinbare Möwe im Flug auf den unteren Teil ihres Bauchs eintätowieren lassen. Als Zeichen der Freiheit. Alicia leidet an Klaustrophobie, was, wie sie glaubte, sie bei ihrer Ausbildung zur FBI-Agentin behindern würde.

Wenn ihre Ängste auftauchten, konzentrierte sie sich auf ihre Möwe. Es schien ihr zu helfen. Ihre Therapeutin, die sie privat aufsuchte, nannte es klassische Konditionierung mithilfe eines Ankers. Ob das stimmt oder nicht, kann ich nicht sagen. Alicia schien es jedenfalls zu helfen.«

»Dann kann ich nicht Alicia sein.« Emily fiel Jermaine ins Wort. »Ein Tattoo wäre mir längst aufgefallen«

»Boah«, Jermaine ließ sich kraftlos gegen die Ledercouch fallen. »Jetzt verstehe ich rein gar nichts mehr! Du siehst wie Alicia aus, bist es aber nicht? Sie hatte doch keine Geschwister! Wie ist so etwas möglich? Die Wahrscheinlichkeit, dass zwei Menschen beinahe den gleichen genetischen Fingerabdruck aufweisen, wird, soweit ich mich an meine Ausbildung erinnere, auf 1 zu 30 Milliarden geschätzt. Es sei denn ...«

»... es sei denn, dass wir eineiige Zwillinge sind!«, beendete Emily den Satz und richtete ihren Blick auf ihre Mutter.

»Bei dem Schnelltest für die Tasche wurden nur die Sequenzen der DNA erfasst, die für euch beide identisch sind. Offenbar sind die Kleinstveränderungen der Gene, die bei eineiigen Zwillingen auftreten, nicht aufgefallen«, ergänzte Jermaine mechanisch.

»Jetzt brauche ich einen Scotch!«, erklärte Matthew Stafford den Anwesenden, in der frommen Erwartung, beim Trinken Gesellschaft zu bekommen. Da eine drückende Stille den Raum erfüllte, entschied er unaufgefordert, vier reichlich gefüllte Gläser auf den Tisch zu stellen.

Die Fülle an Informationen lag zwischen ihnen wie eine verdichtete, schwarze Wolke und war bereit, ihnen die Luft mit Gewalt abzuschnüren. Noch nie hatten sie mit Emily darüber gesprochen, dass es in ihrem Leben etwas gab, das sie schon längst hätte wissen müssen.

*****

Emily Stafford hatte einen winzigen Makel in ihrem Stammbaum, denn sie war das Ergebnis einer *illegalen Adoption*. Nun war es an der Zeit, der Wahrheit ins Auge zu schauen.

Abigail nahm einen kräftigen Schluck aus ihrem Scotchglas, bevor sie das wohlgehütete Geheimnis der Familie preisgab.

»Ich kenne Matthew schon seit der Junior High. Wir behielten den Kontakt, selbst als wir später an unterschiedliche Universitäten gingen. Matthew zog nach New York um und wurde Lehrer; meine Eltern und mich verschlug es nach Kalifornien, wo ich Psychologie studierte. Ungefähr zwei Jahre nach unseren Abschlüssen trafen wir uns wieder, in Richmond, bei einem Fest. Unsere Jugendliebe erwachte aufs Neue. Wie es dann immer so kommt, bemühten wir uns recht lange, eine Familie zu gründen, doch es wollte nicht klappen. Fast hätten wir uns von diesem Traum verabschiedet, als unsere damaligen Bekannten uns von einer Adoptionsagentur berichteten. Der Name war ...«, Abigail überlegte angestrengt.

»ICCA, International Child Care Agency, soweit ich mich erinnern kann«, warf Matthew Stafford ein.

»Ja, genau. Der Name kommt mir bekannt vor... So muss es gewesen sein.« Emilys Mutter leerte das Glas mit einem weiteren Schluck.

»Wir machten damals einen Termin und man lud uns zum Gespräch ein. Da wir damals nur über Matthews Einkommen als Dozent verfügten, kam es uns gerade recht, dass die Agentur keine Fragen über unsere Lebensumstände stellte. Man zeigte uns einen Katalog mit unzähligen Kindern, die nach Alter sortiert und mit einem Preis versehen waren. Ältere Kinder waren billiger als Säuglinge. Wir entschieden uns für ein kleines mexikanisches Mädchen. Ein kleines Baby, das wir Emily nannten und für die gesparten 12.000 Dollar kauften. Auch wenn es illegal war, bereuten wir nie, es getan zu haben. Soweit ich weiß, stand die Organisation eines Tages vor Gericht wegen illegalen

Menschenhandels. Doch den Weg zu den Adoptiveltern wie uns fand man nicht, weil diese Verkäufe nicht dokumentiert wurden. In Angst um unser Kind vernichteten wir alle Informationen, die die Adoption betrafen. Wir wollten Emily nicht verlieren.«

Die Anspannung in Abigails Stimme stieg ins Unermessliche. Nun schien die Vergangenheit sie eingeholt zu haben. Vielleicht war es dieser Moment, vor dem sie sich so fürchtete: ihrer Tochter die Wahrheit zu gestehen.

Die Zukunft würde ein Strafmaß über die Schwere ihres Fehlers festlegen. Und sie hatten keine Kontrolle mehr darüber. Was ihnen blieb, war zu warten und die Entscheidung zu akzeptieren.

»Eines Tages«, beendete Abigail ihre Geschichte, »entschied sich unser kleines Mädchen, Richmond zu verlassen und ein Jurastudium in New York anzufangen. Egal, wie sehr es schmerzte, mussten wir dich gehen lassen – auch auf diesen 'verflucht gefährlichen' Australientrip. Zur Ablenkung machten wir fast zur gleichen Zeit eine Europareise. Und ich verdamme diesen Tag, an dem wir buchten, obwohl uns unser Mädchen zu Hause gebraucht hätte.«

Eine peinliche Stille folgte - gefüllt von unausgesprochenen Selbstvorwürfen der Eltern, die ihr Kind ihr Leben lang belogen hatten.

»Sie konnten doch nicht ahnen, was Alicia, ich meine, Emily, passieren würde!« Jermaine versuchte die Situation in geschulter Weise strikt nach dem Polizeihandbuch zu entspannen. Jedes Blockieren des Erzählflusses würde jetzt kontraproduktiv sein und ihn weit von der Frage zurückwerfen, wo sich Alicia gerade befand. Es konnte kein Zufall sein, dass Emily genau dann aufgetaucht war, als ihre Schwester verschwand. »Waren in diesem Katalog auch andere Babys in Emilys Alter?«

»Unglaublich viele! Man konnte sich praktisch einen Menschen zum gewünschten Geburtsdatum aussuchen. Aber so ein kleines, mexikanisches Baby gab es nur ein einziges Mal. Ich weiß es noch ganz genau, weil 'so jung wie möglich' unser damaliges Entscheidungskriterium war. Sie war das jüngste Kind in diesem Katalog.«

*****

Nach diesem anstrengenden Abend ließen sich die nächtlichen Besucher kampflos zu einer Übernachtung bei Familie Stafford überreden. Es war deutlich zu spät, ein Hotelzimmer vor Ort aufzusuchen.

Jermaine war es recht, denn mittlerweile hatte er einige Gläser Scotch intus, was ihn fahrunfähig machte und einen gemütlichen Platz im Gästezimmer garantierte.

In der Hoffnung, dass ihrer Tochter noch einige Details zu ihrer Vergangenheit einfallen würden, wurde sie im Bett ihres ehemaligen Kinderzimmers untergebracht.

Hundemüde wälzte sich Emily von der einen zur anderen Seite, ohne den nötigen Schlaf zu finden. Ungeordnete Gedanken ließen sie nicht mehr los. *Warum hat mich meine Mutter nicht behalten? Wollte sie mich nicht? Ist Alicia meinetwegen verschwunden?*

Leise, um ihre Eltern im Nebenzimmer nicht aufzuwecken, schlich sie sich die Treppe hinunter.

»Jermaine? Schläfst du schon?«, wisperte Emily, während sie wahrnahm, wie sich sein Brustkorb regelmäßig auf und ab bewegte.

Das ist doch albern! Beim Zurückgehen stieß sie sich versehentlich am Couchtisch an. *Verflucht, wie das wehtut!* Ihr unkontrolliertes »Shit!« schreckte Jermaine auf, der reflexartig zu seiner Kleidung griff, wo er die Waffe versteckt glaubte.

»Verflucht, Alicia! Hast du mich gerade erschreckt!« Es dauerte einige Sekunden, bis er die neue Situation erfasst hatte. *Meine Knarre ist im Auto*, ging ihm durch den Kopf.

»Emily, nicht Alicia«, verbesserte sie ihn. »Entschuldige bitte. Ich konnte nicht schlafen. Ich habe mir überlegt mir, wie wir weiter vorgehen werden ... «

»WIR?«, fiel ihr Jermaine ins Wort. »Wir werden hier nichts tun, Emily. Nur ich! Du lässt dich in Virginia von deinen Eltern gesund pflegen, und ich werde ganz New York auf den Kopf stellen, damit ich Alicia finde.«

»Kommt nicht in Frage!« Ihre Stimme klang entschieden.

Ihr Zwillingsschwestern habt den gleichen Sturkopf, dachte Jermaine mit steigender Angst, dass genau diese Eigenschaft Alicia bereits in Schwierigkeiten gebracht hatte. »Ich kann nicht auf dich aufpassen, Mädchen. Das ist zu gefährlich! Ah, was soll's? Wir reden nach dem Aufstehen ausführlich darüber, okay?« Mit diesen Worten drehte er sich zur Seite und ließ Emily in ihr ehemaliges Kinderzimmer zurück trotten.

Als sie einige Stunden später von dem mittlerweile bekannten Geruch gebratener Frühstückseier geweckt wurde, lag auf ihrer unordentlich hingeworfener Jeans ein Zettel mit der Aufschrift: *Es tut mir leid, dass ich dich nicht mitnehmen kann, Emily. Du musst mich verstehen. Bei deinen Eltern bist du besser aufgehoben. Ich werde Alicia finden und zu dir bringen, das ist versprochen! Ruf mich jederzeit an, wenn du mich brauchst. Jermaine.*

Daneben lag eine Visitenkarte mit einer New Yorker Anschrift, die ihr gänzlich unbekannt war. Selbst wenn sie in der Stadt wäre, könnte sie die Wohnung nicht aufsuchen, in der sie die letzten zwei Tage verbracht hatte.

Kapitel 5

Langsam öffnete die Gefangene ihre Augen. Das Zeug, das sie ihr gestern zur Beruhigung in die Venen gespritzt hatten, verursachte bei ihr höllische Schmerzen in den Gelenken.

Wie lange halten sie mich hier schon gefangen? Hat überhaupt einer mitbekommen, dass ich verschwunden bin?, ging es AJ nicht aus dem Kopf.

Nach der letzten Untersuchung war sie offenbar in ihrem benommenen Zustand auch in einen anderen Raum gebracht worden. Langsam hob sie ihre schmerzenden Glieder, um sich ein Bild von der düsteren Umgebung zu machen. Es war ein ca. 6 qm großer Raum mit einem kleinen, vergitterten Fenster fast an der Decke.

Die Wände waren mit Matten gepolstert. Offenbar, damit sich die panischen unter den Gefangenen nicht verletzen konnten, falls sie tatsächlich als Versuchskaninchen gehalten wurden. Draußen schien es schon dunkel zu sein, was im Herbst am späten Nachmittag durchaus schon vorkam. Ihre Chancen, aus dieser Zelle auszubrechen, standen bei Null. Immerhin hatte sie, im Gegensatz zu dem früheren Ort, wo man sie festhielt, die Möglichkeit, sich dank des kleinen Fensters zeitlich zu orientieren.

Warum habe ich bloß JT nichts von meinen Plänen erzählt?, dachte sie entsetzt. »Mit jedem verstrichenen Tag schwinden die Chancen, das Opfer zu befreien«, klang in ihren Ohren die Stimme ihres Ausbilders in Quantico. *Und ich werde in einigen Tagen nur noch als eine Niere oder eine Leber im Körper eines Menschen enden, der sich eine Transplantation außerhalb der Liste der UNOS (Anm. des Autors: United Network for Organ Sharing, also Organvermittlungszentrale) leisten kann.* Tränen stiegen ihr in die Augen. So wollte sie garantiert nicht enden.

Plötzlich hörte sie ein lautes Maunzen. Das Rascheln der herumliegenden Blätter begleitete schnelle Trippelschritte. Das Geräusch kam fluchtartig und entfernte sich wieder.

Vermutlich eine Katze auf der Jagd. Oder ein Revierkampf unter Tieren. Die Lautstärke der Schritte und das Rascheln der Blätter zeigten, dass sie vermutlich im Keller untergebracht war. Erst das obere Fenster schien also ebenerdig zu sein. Der Rest lag unter der Erde.

Mühsam hob sie ihren Kopf an und stützte sich am Arm auf. »Heeeeeeyyyy!«, rief sie, so laut sie konnte. Stille. Sie horchte weiter. *Bin ich an diesem gottesverlassenen Ort ganz allein?*

»¿Hay alguien aquí?«, flüsterte plötzlich eine weibliche Stimme. *Träume ich das etwa? Liegt es vielleicht an den Medikamenten?* Sie lauschte in die Stille des Raumes. Als sie bereits aufgeben wollte, hörte sie es erneut.

»¿Hay alguien aquí?«

Mühsam rappelte sie sich von der Pritsche hoch, auf die man sie gebettet hatte, und drehte sich in die Richtung, woher sie glaubte, die Stimme gehört zu haben. Sie schien direkt aus der Wand zu kommen.

»Estoy aquí. Mein Name ist Alicia Juárez. Ich bin Polizistin«, flüsterte sie ebenfalls leise. Ihre Peiniger schienen es nicht begriffen zu haben, dass sie der spanischen Sprache mächtig war. Solange es nicht notwendig war, würde sie sich ihnen auch nicht unnötig verraten. Wer weiß, wozu diese Information noch gut war.

»Die Wand am Fenster. Rechts davon. Hinter der Matte. Da ist ein Loch«, hörte sie die weibliche Stimme sagen. Erwartungsvoll folgte sie den im Befehlston ausgesprochenen Worten.

In der Tat.

In der Wand, ganz versteckt, befand sich ein kleines, unscheinbares Loch. Sie stützte sich an der an die Backsteinwand angebrachten Matte ab. Noch immer fühlte sie sich etwas schwach auf den Beinen.

Während sie stand, ertastete sie noch etwas. Sie steckte ihre Hand tief hinein. *Ein kalter Gegenstand ... Ein Metallgriff?*, ging ihr durch den Kopf, als sie versuchte, es zu befreien. *Vielleicht ist es eine Waffe?*

Die Lücke zwischen der Polsterung und der kalten Wand war so eng, dass sie mit einem ungewollten Zischen bemerkte, wie Teile ihrer Epidermis der Hand von der porösen Wand abgeschabt wurden. Sie zog ihre Hand jammernd heraus.

Es ist ein scharfkantiger Löffel, dachte sie enttäuscht, als sie auf ihre Finger schaute. Blutig abgerieben hatte sie ihre Haut. *Wofür? Für einen Gegenstand, den man lediglich zum Pulen im Backstein benutzen konnte.*

»Mein Name ist Mónica Lavat Torres, bitte, helfen Sie mir!« AJ schaute durch das Loch. Es war deutlich zu dunkel, und das Loch viel zu klein. Die ausschließlich spanisch sprechende Frau klang verzweifelt. »Sie haben mein Baby!«

»Was für ein Baby? Wer soll es haben?« *Was weiß diese Frau?*

»Sie sagten, dass mit meinem Baby etwas nicht stimmt. *El Doctor* kommt bald, dann lässt er mich frei. Wie die andere Frau, Graciela. Sie war in dem anderen Raum. Dann haben sie sie mitgenommen. Seitdem ist sie nicht wiedergekommen. Sie sagten, sie wäre endlich gesund. Doch warum halten sie uns fest? Warum ist mein Baby nicht bei mir? Warum bin ich in einer Irrenanstalt, wie sie sagen? Ich bin doch nicht verrückt! Ich habe Angst!« Mónica Lavat Torres brach mit einem hysterischen Weinkrampf zusammen.

»Pssssssssst... Querida mía! Pssssst ... Alles wird gut!«, versuchte sie die junge Frau flüsternd zu beruhigen. »Sind hier noch andere Frauen?«

»Nicht ... nicht ... mehr ... Wir waren noch drei ... Oh Gott, mi bebé ... Mi bebé ... Mi bebé ...« Ihr Schluchzen steigerte sich zum Schreien, als AJ Schritte hallen hörte.

Mónica schien sie nicht bemerkt zu haben. Plötzlich hörte man ein lautes Klatschen. Der Schrei der Frau brach abrupt ab, und etwas fiel wie ein nasser Sack zu Boden. Bleierne Stille.

»Boah, ging mir das Geschrei auf die Eier«, hörte sie eine bekannte Stimme sagen. *Das dürfte Ricardo sein, der andere Aufseher, von dem ich bei meinem Ausbruch die Schelte kassierte. Es wird der Kleinen morgen richtig wehtun!*, dachte Alicia bitter.

»Pass bloß auf die auf, sonst gibt es wieder Ärger von der Chefin. Hast du sie nur im Gesicht getroffen?«, fragte Pepe in makellosem Spanisch.

»Sí. Ich habe ihr andauernd gesagt, sie soll es lassen. Hier hört sie eh niemand. Wir sind mitten im Wald. Aber hört sie auf mich? Nö«, antwortete Ricardo einen Augenblick später.

Es hat also keinen Sinn, hier zu schreien. Dann muss es irgendwie anders gehen, schlussfolgerte AJ haarscharf.

»Warum sind die Weiber so doof und schreien immer? Bis 'El Señor' aus New York da ist, dauert es noch etwas. Wir müssen zusehen, dass sie uns bis dahin nicht wieder aufwacht. Zum Glück ist es heute mit der vorbei. Doofe Gans!«

»Willst du heute den Transporter rumfahren, Pepe? Meine Frau bringt mich um, wenn ich wieder über Nacht verschwinde. Ich habe versprochen, mich morgen um das Baby zu kümmern, während sie zu dem Großen ins Krankenhaus fährt. Er hatte wieder einen Schub, hat sie mir vorhin am Telefon gesagt. Wir brauchen mehr Kohle für eine weitere Chemotherapie.«

»Du weißt, Bruder, für euch tue ich alles. Fährst du dafür die Lieferung nach New York, wenn der Chef mit der fertig ist? Es ist wie immer eilig. Das dauert auch nicht lange. So auf dem Weg nach Hause. Es gibt heute einen dicken Batzen Geld!«

»Fahr diesmal die Leiche etwas weiter weg, als wir es sonst tun, okay? Du weißt ... Alle Organe raus - und den Körper irgendwo verstecken. Dann schmeißt du alles andere unterwegs in den Fluss, wie wir es immer machen. Je später sie sie finden, desto besser!«

Zum ersten Mal wünschte sich Alicia Juárez, dass sie die spanische Sprache nie gelernt hätte.

Bei den letzten Worten gefror ihr das Blut in den Adern.

Kapitel 6

»Tick-tack-tick-tack ...« Eine schlichte Wanduhr in ihrem ehemaligen Kinderzimmer unterbrach die vollkommene Stille. Die ersten Sonnenstrahlen liebkosten ihr Gesicht und sorgten für ein sanftes Erwachen. Doch damit hatte es sich auch schon. Ein weiterer Morgen im Elternhaus brachte weder eine Verbesserung ihres Zustandes noch Erholung mit sich.

Mittlerweile wurde das Wetter zunehmend unbeständiger. Ein heller Vormittag war kein Garant dafür, dass es am Nachmittag so bleiben würde. Zwischendurch wehte böiger Wind. Der Herbst hielt langsam auch in Richmond Einzug.

Abigail Stafford schien es zu genießen, ihre Tochter nach Strich und Faden zu verwöhnen. Es erinnerte sie an die schönen Zeiten, in denen sie sich zu Hause um Emily kümmern durfte, ohne ihrem beruflichen Alltag nachzugehen.

Während Matthew Stafford die samstäglichen Überstunden am nahe gelegenen College verrichtete, nahm sich seine Ehefrau am gleichen Tag vor, das Lieblingsessen ihrer Tochter vorzubereiten - einen Barbecue-Eintopf mit einem selbst gemachten Himbeer-Cheesecake, ihre absolute Spezialität.

Nachdem sie in der Praxis mit der Bitte um einen verlängerten Urlaub angerufen hatte, nahm sich Abigail vor, einem der wichtigsten Fälle in ihrer Karriere als Psychologin zu helfen - ihrem einzigen Kind. Mit Zufriedenheit tauschte sie den bequemen Schreibtischplatz gegen eine Küchenschürze, was sie zu entspannen schien.

Emily sah diese idyllische Atmosphäre mit deutlich anderen Augen. Weder die Fürsorge ihrer Mutter, noch die schöne Wohngegend, die sie für gelegentliche Spaziergänge nutzte, schienen sie von der Tatsache abzulenken, dass irgendwo dort draußen ihre Schwester dringend Hilfe brauchte.

Was kann ich bloß von Richmond aus tun, wo nicht einmal Jermaine mit dem gesamten NYPD es vor Ort schafft, sie zu finden? Diese Frage beschäftigte ihre Gedanken deutlich mehr als die Tatsache, dass ihr Erinnerungsvermögen immer noch verschwunden war.

»Emily, ich habe deinen Lieblingstee vorbereitet.« Abigail nützte den Vorwand, um nach ihrer Tochter zu schauen. »So, wie du ihn magst: Himbeertee mit etwas Zucker. Den habe ich deinetwegen extra aus Europa mitgebracht. Aus einem englischen Laden«, bekräftigte sie geheimnisvoll.

»Danke sehr!« Das Wort »*Mutter*« brauchte wohl noch etwas Zeit.

Wie sehr sich die Eltern auch eine gewisse »Normalität« wünschten, sie brachte es noch nicht über ihre Lippen. Um Abigail zu gefallen, nippte sie an dem Glas. *Habe ich das wirklich gern getrunken? Mag ich es überhaupt?*

»Schmeckt sehr lecker«, log sie, um ihrer Mutter eine Freude zu machen.

»Sehr schön, mein Schatz!« Ein zartes Lächeln huschte über Abigails Gesicht. »Möchtest du dich vielleicht mit mir unterhalten? Oder etwas allein sein?«

»Ich glaube, ich werde mich nach dem Tee noch ein wenig hinlegen, wenn das okay wäre? Nachher würde ich gerne spazieren gehen.«

Abigail nickte zufrieden. »Dann mache ich mich auf in die Küche. Möchtest du den Umzug zum Columbus Day sehen? Der ist am Montag. Wenn du willst, könnten wir dich hinfahren.«

»*Columbus Day*?«, fragte Emily interessiert.

Abigail lachte. »Das ist ein Feiertag zur Ehrung von Christoph Kolumbus, der am 12. Oktober 1492 in der Neuen Welt gelandet ist. An diesem Tag findet ein Festumzug in New York statt, den wir uns früher gern angeschaut haben. Dein Vater hat sich den Montag sowieso freigenommen, und ich habe meinen Urlaub verlängert. Was meinst du?« Dass sie die Feier mit einem Besuch in Emilys Studentenapartment verbinden wollte, verschwieg sie lieber. Sie durfte keinen Weg zur Genesung ihres Kindes auslassen.

»Der Festumzug klingt großartig«, warf Emily ihr zu. Abigail erhob sich begeistert über ihren spontanen Einfall und verließ das Zimmer ihrer Tochter. Alles lief nach Plan.

Als Emily sicher war, wieder allein im Zimmer zu sein, nahm sie Jermaines Visitenkarte vom Nachttisch. *Wer weiß, wozu ich sie noch brauche?*

Sie öffnete ihre Tasche. Das darin versteckte Tagebuch ihrer leiblichen Mutter kam zum Vorschein. Sie holte es heraus.

Im gleichen Moment fiel ihr der Führerschein ein. *Das ist es doch? Warum habe ich nicht gleich daran gedacht? War dort nicht mein Geburtsdatum drauf? Es war doch der 26. Juni 1984, oder?*

Sie blätterte hektisch bis zu diesem Datum. Verwundert kam sie ins Stocken.

Es war unglaublich, doch es gab keinen Eintrag. Die Aufzeichnungen endeten genau eine Woche vor ihrer Geburt. Sie überflog ein paar Zeilen. Ihre Mutter freute sich zunehmend auf die bevorstehende Niederkunft und ließ zwischendurch verlauten, dass das Ende der Schwangerschaft anstrengend sei. Nichts Besonderes.

Warum denn diese lange Pause?, dachte Emily, als sie das Datum der nächsten Eintragung las. *War die erste Zeit mit Alicia für sie vielleicht zu stressig, dass sie keine Zeit gefunden hatte, etwas hineinzuschreiben? War etwas Anderes vorgefallen, das plausibel machte, warum sie ihr zweites Baby zur Adoption freigegeben hatte? Also ein Teil von Emilys eigener Geschichte?* Sichtlich betrübt las sie den ersten Eintrag nach der Geburt.

»8. September 1984.

Liebste Alicia,

diesmal möchte ich einen Brief an dich schreiben, um meine Dämonen loszuwerden. Sollte es tatsächlich so sein, dass ich langsam verrückt werde, werde ich alles Erdenkliche tun, um dich nicht zu verlieren, mein größter Schatz. Ich liebe dich mehr als alles andere auf der Welt.

Schon seit 76 Tagen kenne ich dein Gesicht. Genau seit zehn Uhr am Abend des 26.06., als die Entbindung in der Klinik stattfand. Der Doktor mietete sich diese Räume aus Kostengründen immer abends für seine persönlichen Privatpatienten. Mir war alles recht, denn ich hatte ihm schon so viel zu verdanken. Gutmütigkeit sollte man nicht überstrapazieren, mein Kind. Das muss ich dir beibringen.

Der Doktor sagte, dass du ungünstig liegst und deshalb ein Kaiserschnitt notwendig sei. Schade, denn gern hätte ich deine Geburt ohne Vollnarkose erlebt. Heute noch wünsche ich mir heimlich, die Erste gewesen zu sein, die dich in den Armen hielt – nicht das Pflegepersonal. Traurig ist, dass sich dieser Wunsch nie wieder erfüllen wird, weil schwanger zu werden in meinem Fall ein einmaliges Wunder war. Von ganzem Herzen hätte ich dir ein Geschwisterchen gewünscht, denn ich weiß genau, was es heißt, Einzelkind zu sein, wenn die Eltern eines Tages tot sind. Es tut mir sehr leid.

Dabei müssten alle meinen trüben Gedanken verschwinden, weil du mich in letzter Zeit sogar mit einem 'richtigen' breiten Lächeln begrüßt. Ich liebe es! Ich müsste überglücklich sein. Was dich betrifft, bin ich es auch uneingeschränkt.

Da wären wir wieder beim eigentlichen Thema. Es gibt in unserem gemeinsamen Leben eine Fülle von Momenten, in denen ich mich so gern an dich kuscheln würde, um etwas Schlaf nachzuholen. Einige Mütter tun das gern, doch ich habe schreckliche Angst, meine Augen zu schließen.

Seit deiner Geburt plagt mich Nacht für Nacht der gleiche, wiederkehrende Albtraum, den ich nicht loswerde. Er ist so real, dass es mir erscheint, als hätte ich es tatsächlich erlebt. Ich erschrecke dich jedes Mal, wenn ich schreiend aufwache.

Mit der Zeit wird es immer detaillierter, immer erschreckender, sodass ich manchmal denke, wahnsinnig zu werden. Ich esse kaum, schlafe wenig. Von

Zeit zu Zeit habe ich Wahnvorstellungen. Oder werde ich tatsächlich wahnsinnig?

In diesem Traum liege ich wieder im Kreißsaal. Ich werde für die Operation vorbereitet – genau wie damals.

Die anwesende Krankenschwester schließt mich an Schläuche an, die mich zügig in einen ruhigen, angenehmen Zustand versetzen. Bis dahin scheint alles in bester Ordnung zu sein. Ich schließe die Augen, wenn es heißt: »Bitte relaxieren!« Daraufhin kann ich mich nicht mehr bewegen.

Plötzlich höre ich eine männliche Stimme, die mir bekannt vorkommt.

»So, dann wollen wir mal unseren kleinen Goldesel rausholen, Maria. Wurde schon jemand von der ICCA benachrichtigt, das Baby abzuholen?«

»Aber klar, Schatz. Ich werde es rüberfahren! Schade, dass es diesmal nur ein einziges Mädchen ist. Wir hatten früher schon deutlich mehr Glück gehabt«, antwortet eine Frau mit einer Stimme, die mir so bekannt vorkommt.

»Dann bist du dir gar nicht bewusst, wie viel Glück wir tatsächlich in diesem Fall hatten. Ich kann es selbst nicht glauben, dass ich durch die starke hormonelle Behandlung noch zwei Babys aus diesem Wetback (Anm. des Autors: abschätzige Bezeichnung für Einwanderer) rausbekommen werde. Wir müssen nehmen, was wir kriegen. Vielleicht sollten wir die Auslese für die Zukunft etwas verbessern.«

In diesem Moment will ich etwas sagen, mich einmischen, doch ich kann nicht, weil ich wie gelähmt bin. In meinem Mund erahne ich einen Schlauch, der meinen Körper für die Zeit der Operation am Leben halten soll. Er lässt aber auch keine Möglichkeit der Äußerung mehr zu. Mein Bauch ist bedeckt mit Tüchern. Aus der Entfernung höre ich das Klappern von Instrumenten, die ich nicht zuordnen kann. Zwischendurch verlangt der Arzt nach Tupfern. Wie kann ich es am besten beschreiben? **In diesem Moment fühle ich mich lebendig begraben.**

Für einen Lidschlag steht plötzlich alles still. Kein Klappern, ein Zustand höchster Konzentration. Wie bei einer Zaubershow - unmittelbar vor dem großen Finale.

Dann: ein herzzerreißender Babyschrei.

Der Arzt ruft: »Das erste Mädchen ist da!«

Bewegung im Saal. Die Tür öffnet sich. Weitere Anspannung.

Dann wieder Babyschrei. »So, das zweite Mädchen ist da. Was macht die Patientin? Was? Tachykard? Sofort Propofol erhöhen! Die ist doch total unterdosiert!«

Die Dunkelheit zieht mich in ihren Bann. Ich scheine in ein tiefes Loch zu fallen, in einen dunklen Brunnen, aus dem es kein Entkommen gibt, bis ich schreiend aufwache und dich, mein Kleines, wecke.

Dabei war mein Kaiserschnitt so gelungen. 'El Señor' erklärte mir zu diesen Albträumen, dass es möglicherweise ein postoperatives Trauma sei. Womöglich werden die Bilder dadurch hervorgerufen, dass meine Eltern die Geburt ihrer wunderschönen Enkelin nicht miterleben konnten. Möglicherweise lebten die Ängste meiner Vergewaltigung wieder auf? Das könnte tatsächlich sein. Dieser Arzt ist so gütig. Er verschrieb mir Tabletten, Beta-Rezeptorenblocker, damit dieser Albtraum ein Ende hat und ich dich trotzdem stillen kann.

Nun, mein Schatz, werde ich mich bemühen, meine Ängste deinetwegen zu begraben. Du hast Anrecht auf eine fröhliche Mutter, die ich dir geben werde. Ab sofort werde ich mich vollständig auf dich konzentrieren, mein kleines Wunder der Hoffnung. Es wird wieder besser! Versprochen.«

Emily starrte die letzten Zeilen wie erstarrt an. Das war also das Geheimnis ihres Daseins. Wie entsetzlich!

Ich bin also das inoffizielle Baby einer arglosen Einwanderin, deren berechtigte Ängste mit Arzneimitteln bekämpft wurden? Ein Kind, das es offiziell nie gab? Keine Geburtsurkunde, kein Lebenslauf, keine Wurzeln bis zur Adoption - nur ein Preisschild auf dem namenlosen Produkt der Grausamkeit eines Arztes. War ich bei meiner Geburt einfach **EXISTENZLOS***? Oder hat sich diese Frau alles nur eingebildet? Warum aber dann diese Ähnlichkeit zu Alicia Juárez?*

Emily spürte, wie sich ihre Kehle langsam zuschnürte. Lautlos schluckte sie, in der Hoffnung, dass sich die aufsteigende Galle nicht in Erbrechen manifestieren würde. Hatte Alicia nach dem Tod ihrer Mutter genau dieses Buch gelesen? War das der Grund ihres Verschwindens? Wenn ja, dann musste Emily noch weitere Hinweise darin finden.

Ihre leibliche Mutter schien im Laufe der Zeit tatsächlich etwas mehr Freude am Leben mit ihrem Baby gefunden zu haben. Vielleicht halfen auch die Tabletten, wer weiß? Die Einträge waren nicht mehr so traurig wie der zuletzt geschriebene. Eher belanglos. In jedem Eintrag konnte man den Stolz einer Mutter herauslesen, die sich an ihrem Kind erfreute.

Das waren sicherlich Parallelen zu Abigail und Matthew Stafford, die sich ebenfalls liebevoll um Emily gesorgt hatten. So eine Bindung zu Eltern entstand dort, wo der Samen vom Kinderwunsch die blühende Pflanze der Erfüllung zur Folge hatte.

Finanziell hatte es Emily ebenfalls an nichts gefehlt. Ein großes, gemütliches Kinderzimmer, ein Garten und das finanzierte Studium an der größten Universität in New York. Diese Umstände waren ein Riesenglück, und dennoch gab es da draußen jemanden, den sie gern unbedingt kennenlernen wollte. Nein, musste. Ein Stück ihres Selbst.

Emily überflog die restlichen Seiten. Dafür, dass der Notizblock einen Teil ihrer Lebensgeschichte enthielt, war er sehr unscheinbar - mit einem schwarzen Einband. Und doch so kostbar. Die filigrane Schrift ihrer leiblichen Mutter kam ihr zunehmend vertrauter vor. Traurig, dass diese Frau die Wahrheit über ihre verlorene Tochter nie mehr erfahren würde. Über Jahre hinweg hatte sie sich nicht geirrt ...

Wie waren ihre letzten Jahre?, ging es ihr durch den Kopf. Ja, genau. Wie ging es ihrer Mutter zum Schluss? Sie blätterte zu der letzten Aufzeichnung.

»1. Juni 2007«

Wahnsinn, dachte Emily, *jetzt haben wir Anfang Oktober. Die letzte Aufzeichnung ist also gerade vier Monate alt.*

»Ich bin so aufgeregt, ich kann es gar nicht besser ausdrücken, mein Schatz. Heute Vormittag traf ich unter meinen Auswanderinnen, die ich in Englisch unterrichte, eine Frau, die behauptete, ihre junge Freundin hätte gerade entbunden.

Und jetzt halte dich fest! In der gleichen Klinik, UND sie behauptet, sie hätte Drillinge zur Welt gebracht! Dabei hat man sie mit nur einem einzigen Kind nach Hause entlassen! Auch sie wurde künstlich von 'El Señor' befruchtet. Mittlerweile ist er dort der Divison Chief, also ein ganz Großer. Und immer mehr zweifle ich an seiner Güte. Ich spüre, dass dort etwas faul ist. Und ich werde es heute erfahren. Bald ist dein Geburtstag, und ich spiele hier Sherlock Holmes, statt Vorbereitungen für deine Party zu treffen. Egal, alles wird pünktlich aufgeholt, wenn ich endlich weiß, was dort hinter geschlossenen Türen geschieht.

Ich bin so aufgeregt, mein Schatz, dass ich diese frischgebackene Mutter kennenlernen werde. Am liebsten hätte ich dich mitgenommen, doch ich weiß, wie schwer dich deine FBI-Agenten-Ausbildung in Quantico in Beschlag nimmt.

Bestimmt werde ich kaum erwarten können, dir all die Neuigkeiten zu erzählen. Du größter Stolz meines Lebens. Kann das ein Zufall sein mit dieser Mutter? Ich glaube es nicht! Genau genommen habe ich es nie wirklich glauben wollen, aber jetzt erfahre ich vielleicht mehr.

Vor lauter Aufregung mache ich nur Unsinn. Kannst du dir vorstellen, dass ich meine Brille irgendwo verlegt habe und sie schon seit einer Stunde suche? Dabei muss ich bald los; zur Not ohne Brille. Ganz blind bin ich dann ja nicht. Von Nahem sehe ich ja alles.

Wie aufregend… Heute erfahre ich endlich, ob ich mich die ganzen Jahre nur geirrt habe, oder ob in der Klinik … tsächl … twas … hief … ief …«

Emily fiel es schwer, den letzten Satz zu entziffern, weil die Tinte etwas verwaschen war. Sie strich über das gewellte Papier.

Tränen … Jemand hat über diese Blättern geweint, dachte sie. Im gleichen Augenblick wurde ihr klar, dass es nur eine einzige Person gewesen sein konnte, die bedauerte, für ihre Mutter nicht da gewesen zu sein: Alicia Juárez, die Polizistin, die liebende Tochter.

Betrübt wollte sie das Tagebuch zuklappen, als sie bemerkte, dass auf der rechten Innenseite, an der letzten beschreibbaren Stelle, etwas geschrieben stand. Wäre es mit Tinte gewesen, wie es ihre Mutter vorzog, wäre es ihr vermutlich gar nicht aufgefallen. Durch das Blättern bewegte sich ihr Daumen über den kurzen Text, durch einen Bleistift eingedrückt im Papier. Aufgeregt schlug sie die Seite auf. Es war eine Telefonnummer.

Wie von einer Wespe gestochen lief sie durch das gesamte Zimmer – auf der Suche nach einem Telefon. Schließlich fand sie das Mobilteil auf einer Kommode. Zitternd wählte sie die Nummer und wartete das Freizeichen ab.

»Behavioral Analysis Unit des FBI, McMelma. Wie kann ich Ihnen helfen?« Josh erfreute sich daran, dass der Spruch aus seinem Mund wie aus der Pistole geschossen kam. Ohne zu überlegen, einfach mechanisch. Er war neu im Team, daher wollte er so viel richtig machen, wie es nur ging.

Stille folgte. Als er schon auflegen wollte, hörte er plötzlich eine unsichere, weibliche Stimme.

»Ich heiße Emily Stafford, ich bin die Schwester von Alicia Juárez. Vermutlich brauche ich Ihre Hilfe.«

Josh schluckte lautlos. »Also hat AJ Sie doch gefunden? Warum brauchen Sie meine Hilfe?«

»Das weiß ich noch nicht, aber ich werde es noch herausfinden!«

Kapitel 7

Das Telefon klingelte Emily aus dem Schlaf. Es dauerte einige Minuten, bis sie sich erinnern konnte, wo sie war.

New York, Wellington Hotel, wir wollen uns heute den Columbus Day ansehen. Jetzt klingelt das Telefon, und ich weiß nicht mal, wie spät es ist.

Automatisch griff sie in die Richtung, in der sie den Hörer vermutete.

»Habe ich dich geweckt, Emily?«, Jermaines Stimme klang angeschlagen.

»Wie spät haben wir es?«

»Acht Uhr …, sorry … Ich weiß, dass ihr gestern erst sehr spät in New York angekommen seid. Konntet ihr euch etwas von der Stadt ansehen?«

»Kaum. Nur ein kleiner Spaziergang am Broadway, dann ein Drink am Kamin in der Lobby, nichts Bewegendes …« *Erstaunlich, wie sehr ich ihm in den paar Tagen ans Herz gewachsen bin. Oder klammert er sich an mich, weil er den Gedanken an Alicia nicht loslassen will?*

Mehrmals täglich rief Jermaine bei ihr an, um sich nach seinem *Sorgenkind* zu erkundigen. Als wäre sie sein Lebensanker. *Abigail und Matthew sind sicher bereits auf den Beinen, was man von mir nicht gerade behaupten kann.*

»Wir wissen noch gar nichts über das Verschwinden von AJ. Ich komme keinen einzigen Schritt weiter. Die Einwanderinnen, die von curer Mutter unterrichtet wurden… Erinnerst du dich? Das war doch dein Tipp… Tja, sie drehen sich sofort um, wenn sie nur die Andeutung einer Polizeiuniform erspähen. Am liebsten würde ich diese Geburtsklinik, die du mir genannt hast, durchsuchen. Scheint bislang die einzige Verbindung zwischen euch beiden zu sein. Für diese vage Vermutung kriege ich aber niemals einen Durchsuchungsbefehl. Da müsste schon mehr kommen. Auch alles, was ich privat darüber erfahren konnte, ist bereits erschöpft.

Das Krankenhaus scheint absolut sauber zu sein. Und der Oberarzt scheint eine Art Held zu sein, der den armen, kinderlosen Frauen dieser Welt zum Wunder der Schwangerschaft verhilft.« Jermaine seufzte verzweifelt. »Wir haben sogar die Jungs, die dich angefahren haben, erneut verhört. Auch nichts. Du warst einfach nur zur falschen Zeit am falschen Ort. Das gibt es einfach nicht! AJ kann sich doch nicht in Luft aufgelöst haben!«

»Jermaine«, unterbrach ihn Emily. »Wir können uns heute doch nicht sehen. Nach dem Straßenumzug wollen wir in meine Studentenbude. Danach werde ich sicher müde sein. Leider bin ich noch immer nicht fit genug… « In ihrem Kopf entstand bereits ein neuer Plan, in dem sie vorerst keinen Platz für einen verzweifelten Cop vorgesehen hatte. *Tut mir leid, Jermaine, doch ich habe schon etwas anderes in petto.*

»Oh«, klang es überraschend traurig. »Und davor geht es natürlich nicht, weil ich beim Einsatz schon fest eingeplant wurde. Sie brauchen alle verfügbaren Kräfte, falls es am C-Day stressig werden sollte. Mist, ich wäre heute Abend so gern mit dir Essen gegangen.«

Im Grunde genommen wussten sie beide, dass ein Essen im Restaurant derzeit eine willkommene Abwechslung zu den ununterbrochenen Gedanken an AJ gewesen wäre. Die letzten Abende hatte JT in seiner Stammkneipe verbracht, wo er sich volllaufen ließ. Der Gedanke, Alicia zu verlieren, löste bei ihm eine Beklemmung aus, die sich wie eine tödliche Schlinge um seinen Brustkorb legte und ihm die Luft abschnürte. Und auch Emily kam gedanklich nicht von ihrer neu gewonnenen Schwester los.

»Wir werden das bald nachholen, versprochen. Zu Dritt, das habe ich im Gefühl.« Mittlerweile gewann sie mehr Sicherheit darin, Lügen auszusprechen, die Trost spendeten. Oder war es ein Teil ihrer Persönlichkeit, der langsam wieder zurückkehrte?

*****

»Darf ich allein nach oben?«, fragte Emily ihre Eltern, als sie schließlich an der blauen Eingangstür vom International House, ihrem Studentenwohnheim in der Claremont Avenue angekommen waren.

Abigail schaute ihren Mann fragend an. Das Bedürfnis, ihre Tochter beschützen zu müssen, war immer noch stark, doch sie hatte das Gefühl, dass sie ihr zwischendurch erlauben mussten, ihren eigenen Weg zu gehen.

»Ich habe eine Idee, Emily«, übernahm Matthew für seine dankbare Frau. »Wir gehen noch ein wenig hier im Park spazieren, während du dich allein in deinem Zimmer umsehen kannst, wenn das dein Wunsch ist. In etwa 40 Minuten werden wir an der Rezeption auf dich warten. Wäre dir das recht?«

»Das wäre toll.« Emily war erleichtert. *Wer weiß, was mich dort erwartet, was meine Eltern nicht sehen dürfen?* Entschlossen trat sie ein, ohne sich nochmals umzudrehen. Sie hatte einen Plan, und die Zeit drängte.

An der Rezeption meine Identifikationskarte vorlegen, damit ich den Schlüssel bekomme..., erinnerte sie sich an die Worte ihrer Mutter.

Eine dunkelhäutige Dame mittleren Alters saß am verglasten Fenster der in Weiß und Beige gehaltenen Rezeption. Am Tresen in ihre Lektüre versunken, bemerkte sie Emilys Ankommen nicht.

»Ähm ... Hi, meine ID-Karte«, sagte sie verlegen. Die Frau schreckte auf. Ein Lächeln huschte über ihre Lippen, als sie sah, wie schuldbewusst das Mädchen auf ihr Erschrecken reagierte.

»Wie die Zeit vergeht. Der Straßenumzug schon vorbei?« Die Empfangsdame suchte den Schlüssel für Emilys Zimmer.

Als hätte dieser Satz die Situation schlagartig entspannt, erwiderte Emily das geschenkte Lächeln. Scheinbar gehörte der *Columbus Day* zu den absoluten Attraktionen unter den ausländisch anmutenden Bewohnern des Studentenheims.

Persönlich fand Emily die friedliche Demonstration weniger gemütlich. Man hatte ein Stück der 5th Avenue abgesperrt, um den Broadway-Darstellern, Tänzern, Sängern, High-School- und

College-Bands die Möglichkeit zu geben, die Freude über die Entdeckung Amerikas in Form einer Selbstdarstellung auszudrücken. Ein buntes Potpourri aus geschmückten Wagen, wehenden Fahnen, Künstlern, angespannten New Yorker Polizisten und jubelndem Publikum, das dem Spektakel am Straßenrand beiwohnte.

Genervt von der Vielzahl intensiver Sinneseindrücke war sie für die Entscheidung ihrer Eltern dankbar, die Feierlichkeiten vorzeitig zu verlassen. In einem nah gelegenen Steakhaus ließen sie die Erinnerungen aus ihrer Kindheit Revue passieren, während die Kellnerin das Essen servierte. Gleich im Anschluss hatten sie das Wohnheim aufgesucht.

»Ach, gefunden. Im zweiten Stockwerk wurde soeben gewischt. Schön vorsichtig sein, einer Ihrer Kommilitonen ist vorhin ausgerutscht und gestürzt, daher sollte ich Sie warnen.« Die Stimme der Empfangsdame katapultierte sie wieder in die Realität zurück.

Genau, ich weiß ja nicht einmal, wohin ich gehen muss, dachte Emily irritiert. *Also im zweiten Stockwerk…*

Zum Glück konnte man dem Schlüssel die Zimmernummer entnehmen. Sie bedankte sich herzlich und stieg schnell die Treppe hinauf.

*****

Neugierig steckte sie den Schlüssel in die Tür. Nun würde sie endlich erfahren, wer Emily Stafford jenseits der von ihren Eltern geschützten Zone wirklich war. Es war so aufregend, dass ihre Hände wie wild zitterten.

Die Tür sprang auf. Dahinter kam ein kleines, unerwartet spartanisch eingerichtetes Zimmer zum Vorschein: eine Kommode, ein Bett, ein kleines Waschbecken, ein Stuhl. Vermutlich gehörte das Mobiliar zu der Grundausstattung des Wohnheims. Der Raum war sauber, und auf dem Bett lag eine halb gepackte Tasche. *Offenbar hatte ich tatsächlich vor, zu verreisen. Aber was hat mich am Ende davon abgehalten?*

Auf dem Schreibtisch lag ein Papierstapel, der übertrieben geordnet wirkte. Ähnlich wie der Inhalt der Schubladen, in die sie einen flüchtigen Blick warf.

Bin ich eine Perfektionistin? Wie Alicia? Ist das womöglich vererbbar?, überlegte sie, während die Bilder von Alicias Wohnzimmer vor ihrem geistigen Auge erschienen.

Irgendwie war es enttäuschend. Als Emily das Zimmer betrat, erwartete sie, einen Teil der ihr unbekannten, erwachsenen Emily zu finden.

Vielleicht sogar einen Teil ihrer Erinnerungen wiederzuerlangen. Doch es passierte nichts. Stattdessen fand sie einen unpersönlich wirkenden Raum, zu dem sie nicht den Hauch eines Bezuges hatte. Ihr fehlte jegliches Gefühl der Vertrautheit.

Tränen liefen unkontrolliert über ihre Wangen. *Wie lange wird dieser Zustand noch anhalten? Werde ich jemals wieder »die Alte« sein? Genauso fühlen, genauso reden, über gleiche Sachen lachen oder weinen wie früher? Einfach glücklich sein? »Normal« sein?*

Es erschien ihr so, als stünde sie vor einem riesigen Puzzle, von dem sie nur einen geringen Anteil kannte. Diese Aufgabe überforderte sie gänzlich. Dennoch konnte sie nicht aufhören, weiter zu suchen.

Warum? War es nicht an der Zeit, endlich aufzugeben? Alicia zu vergessen und sich nach einer intensiven Therapie umzusehen, wie es ihre Mutter bereits vorgeschlagen hatte? Endlich einen Weg einzuschlagen, der ihr helfen würde, ohne einen Gedanken an andere zu verschwenden? Die Cops waren schon an Alicias Fall dran und kamen nicht vorwärts. Wer war sie schon, dass sie sich einbildete, sie könnte Unmögliches möglich machen?

Heute werde ich McMelma das Tagebuch geben, dann bin ich es endlich los. Kann auch nicht schaden, wenn sich das einer vom FBI ansieht. Wer weiß, ob Alicia gewollt hätte, dass ausgerechnet Jermaine es in die Hände bekommt. Schließlich scheint er bis über beide Ohren in sie verliebt zu sein.

Nur, wie kriege ich es hin, dass wir noch einen weiteren Tag in New York bleiben? Oder dass sie mich für einen Abend aus den Augen lassen? Meine

Mutter hält mich doch für absolut pflegebedürftig. Soll ich Jermaine darum bitten, auf mich aufzupassen? Sie ging zum Waschbecken. Unschlüssig ließ Emily Wasser über ihre Hände laufen und verbarg ihr Gesicht darin. Die eisige Kälte des kühlen Nasses tat ihrer Haut gut. Es entspannte sie, daher verharrte sie für einen Augenblick in dieser Stellung.

Als hätte das Wasser ihre Gedanken kräftig durchgespült, bekam sie wieder neue Energie. *Vielleicht treffe ich im Park auf meine Eltern?*, dachte sie, gewillt, deren Wartezeit zu verkürzen.

Es hatte wirklich keinen Sinn mehr, in diesem Zimmer nach einer Seele von jemandem zu suchen, den es nicht mehr gab.

Zum Gehen entschlossen, tupfte sie ihr Gesicht mit einem kleinen Handtuch ab, das am Waschbecken hing. Durch den plötzlichen Emotionsausbruch und das kalte Wasser lief plötzlich ihre Nase. *Na toll! Kein einziges Taschentuch*, stellte sie entsetzt fest, als sie ihre Habseligkeiten durchwühlte.

Irgendwo hier wird es doch eine Toilette geben. Toilettenpapier wäre durchaus okay. Den Schlüssel vom Zimmer fest umklammernd, machte sie sich auf die Suche.

Soll das ein Badezimmer für mehrere Bewohner sein?, wunderte sie sich, als sie den bis zur Decke gekachelten Raum auf ihrer Etage betrat. An der Wand hingen drei große Spiegel, deren Abschluss jeweils ein Waschbecken mit einer Ablage bildete, das von Döschen, Parfümflakons und Schminksachen überquoll.

Seitlich, auf einer großzügigen Auslage, befanden sich mindestens zwanzig Duschgels, genauso viele Shampoos und Haarpflegemittel. Doch kein einziges dieser Utensilien wies darauf hin, dass sich in der Vergangenheit ein Mann hier aufgehalten haben könnte. Offenbar waren die Nutzer dieses Raumes ausschließlich weiblich. Doch dieser Umstand war Emily recht egal. Ihr Ziel war eine der durch eine Tür abgetrennten Toiletten mitten im Raum, wo sie auf das zweilagige Papier hoffte.

Unerwartet öffnete sich die Tür zum Badezimmer.

»Oh, das tut mir aber ... Emily? Du? Hier?« Sie schaute in die erstaunten Augen einer mittelgroßen Blondine. »Wolltest du nicht nach Australien?«

»Ähm ... Mir ist etwas dazwischen gekommen«, stammelte sie unsicher.

»Ich dachte, du wolltest deshalb sogar ein Semester freinehmen? Hattest du nicht die Nase voll vom Pauken? Warte mal! Deine Alten wollten doch nicht mehr zahlen?«, bohrte die Blondine weiter, während sie Emily intensiver ins Gesicht sah. »Sag mal? Was sind denn das für Flecken in deinem Gesicht? Hast du Make-up drüber...? Hat dieses miese Schwein dich geschlagen?« Ihre Augen wurden mit einem Mal so groß, dass Emily aufgrund der skurril wirkenden Situation beinahe losgelacht hätte.

»Nein, es ist alles okay. Ich bin nur blöd hingefallen.«, beruhigte sie die Unbekannte.

»Wie jetzt? Wo denn? Seit Webster Hall haben wir uns nicht mehr gesehen, und ich dachte damals, dass du am Tag danach weggefahren bist. War doch so geplant, oder?« Sie grübelte kurz nach, während Emily sich eine passende Erklärung zu überlegen versuchte.

»Na, warte! Das war doch dein Neuer, oder? Der Typ ist bestimmt ein reicher Macker, der Frauen schlägt, nicht wahr? Ich meine, eine Einladung für die heißeste Party der Stadt bekommt nicht jeder, du Glückspilz!«

Aha! Deswegen war ich mitten in der Nacht unterwegs, dachte Emily. *Offensichtlich, um meinen »neuen, reichen Macker« zu treffen und mit ihm zu einem der angesagtesten Clubs von New York zu gehen. Und er schien nicht so ein großes Problem damit zu haben, dass ich nicht angekommen bin, sonst hätte er schon im Krankenhaus nach mir gesucht. Schließlich wurde ich in der Nähe vom Unfallort aufgenommen.*

Just in dem Moment kam Emily auf eine großartige Idee. Mit einem schnellen Blick auf die Uhr an ihrem Handgelenk stellte sie fest, dass sie noch ungefähr eine Viertelstunde hatte, bevor ihre

Eltern sie an der Rezeption abholen würden. Sie hatte nur wenig Zeit für ihr Vorhaben ...

»Nein. Nichts davon. Hör mal zu.« Die Fragen der Blondine ließ sie im Raum stehen. »Ich werde dir ein paar merkwürdige Fragen stellen, die dir so verrückt erscheinen werden, dass du denken wirst, ich wäre durchgeknallt. Ich werde sie heute noch aufklären, versprochen. Doch du musst mir so präzise antworten, wie es nur möglich ist. Es geht unter anderem auch um meine Eltern.«

»Schon wieder die?« Die Blondine wirkte amüsiert. »Kein Thema. Du kannst ruhig ausgehen. Ich werde mir mal wieder eine Ausrede einfallen lassen, falls deine Mutter anruft. Tom ist heute auf einer Party mit seinen Kumpels, daher wollte ich sowieso einen Leseabend einlegen. Wenn Abigail anruft, gehe ich wieder ran. Kein Problem, kenne ich schon. Langsam könnte deine Mutter dich aber erwachsen werden lassen. Du bist schließlich kein kleines Baby mehr, verdammt!«

Wieso haben wir bloß die gleichen Gedanken?, dachte Emily. *Das würde bedeuten, dass Abigail nicht nur so besitzergreifend ist, weil ich mein Gedächtnis verloren habe und deshalb pflegebedürftiger zu sein scheine. Sie war es offenbar schon früher.*

War es vielleicht sogar ein Segen, dass ich eine Chance bekomme, mein Leben erneut in den Griff zu bekommen? Erwachsen zu werden?

»Nein, brauchst du nicht«, entgegnete sie eilig, bis ihr plötzlich klar wurde, dass dieser Satz vielleicht zu vorschnell kam. »Oder vielleicht doch? Wir werden sehen. Für heute habe ich tatsächlich ein Date. Davon dürfen meine Eltern aber nichts erfahren. Vorerst zumindest nicht.«

Ihr wurde mulmig bei dem Gedanken, was Jermaine tun würde, wenn er erfuhr, dass sie ihm die Informationen über das Tagebuch verschwiegen hatte. Erst recht, wenn sie nun heimlich zu einem x-beliebigen FBI-Typen lief, wie Alicia damals. Vielleicht war genau DAS der Fehler. Vermutlich würde Abigail sie sogar zu dem Treffen begleiten wollen, wenn sie es erführe.

Zumindest würde Emily Jermaine als Aufpasser bekommen, das stand für sie außer Frage. Doch das war genau das, was sie unter keinen Umständen wollte. *Es darf keiner erfahren!*

»Cool, also ein *böser Bursche*, den du da treffen willst, was?« Die Blondine grinste geheimnisvoll.

»Erkläre ich dir später.« Emily schnitt ihr das Wort ab. »Zunächst antworte mir bitte.«

»Ist ja gut! Ist ja gut! Alles klar. Schieß los. Du scheinst es eilig zu haben.« Mittlerweile klang sie gereizt.

»Als Erstes: Wie heißt du eigentlich?« Emily hatte keine Zeit, sich um die Gefühle ihres Gegenübers zu kümmern.

Bei dieser Frage schaute sie die Blondine entgeistert an. »Ist das jetzt dein Ernst? Willst du mich ...«

Emily schnitt ihr das Wort ab. »Beantworte bitte nur die Fragen! Bitte!«

»Meinetwegen. Ich weiß nicht, was das für ein Spiel sein soll, aber bitte. Okay. Also, mein Name ist Carry Stone, und ich bin deine Zimmernachbarin seit ungefähr zwei Jahren. Verdammt, Emily. Nimmst du etwa Drogen? Was wird hier gespielt?«

»Später, Carry. Weiter! Was studieren wir?«

»Was willst du wissen?« Carry war verwirrt. »Okay, okay... Nur die Fragen beantworten... Ich weiß! Na gut. Du studierst Jura, stehst kurz vor dem Master of Laws. In letzter Zeit warst du etwas auf der Überholspur, daher wolltest du dir eine Auszeit in Australien gönnen, was deine Alten natürlich mal wieder nach einigen Diskussionen abgesegnet haben. Ich studiere Psychologie und muss mir etwas nebenbei verdienen, um mir das Studium selbst zu finanzieren. Da hattest du mehr Glück!«

Der letzte Satz klang so bitter, dass Emily sicher war, dass Carry ihn zum ersten Mal ausgesprochen hatte.

»Oh, Mann, entschuldige. Ich bin so blöd!« Carry umarmte ihre Freundin. »Ich denke, ich habe überreagiert, weil ich seit ein paar

Tagen überfällig bin. Das macht mich wahnsinnig. Tut mir wirklich sehr, sehr leid. Wenn du mir nicht gerade Angst machst, so wie jetzt, sind wir eigentlich die besten Freundinnen, würde ich sagen.«

Nur, dass ich offensichtlich aufgeblasen sein kann, interpretierte Emily das eben Gesagte auf ihre Art. »Tu mir bitte einen Gefallen. Ich brauche ein paar Informationen über meine Vergangenheit. Irgendwelche speziellen Ereignisse. Das 'Warum', wie gesagt, erst später.«

»Okay. Lass mich überlegen. Du telefonierst mit deinen Eltern einmal die Woche, damit sie dich nicht besuchen kommen, was übrigens vernünftig ist. Damit sich deine Mutter nicht in Sorgen wälzt, hat dein Vater die Europareise parallel zu deinem Australientrip gebucht. Wahrscheinlich musste er ihr das Handy wegnehmen, damit sie ihre 'sture' Tochter nicht mit Anrufen bombardiert. Falls Abigail dich nicht erreichen kann, ruft sie gerne bei mir an, was dich wiederum zum Ausrasten bringt. Übrigens, du nennst deine Eltern beim Vornamen. Mittlerweile kommen sie aber damit klar.« Carry schwieg kurz.

»Hmm ... Was noch? Ach, deinen letzten Geburtstag habt ihr in der *Met (Anm. der Autorin: Metropolitan Opera)* gefeiert. Das Stück hieß *The Ghosts of Versailles von John Corigliano,* und du fandest es ausnahmsweise mal nett. Darüber haben wir dann am folgenden Abend gesprochen. Zumal du in der Oper einen Typen kennengelernt hattest. War eine kurze Geschichte. Milo hieß er, glaub ich. Tja, was noch?« Carry grübelte.

»Sag mir meine speziellen Vorlieben. Ein paar davon, bitte. Schnell.«

»Also du magst muskulös gebaute Jungs, Markenklamotten, keinen Honig, Himbeermarmelade, Vollmilchschokolade, heißen Kakao. Wir rauchen gelegentlich, natürlich heimlich, du hast Höhenangst und bist total verpeilt, daher liegt deine Zusatzkreditkarte ganz unten in der Kommode, worüber ich mit dir unendlich viele Diskussionen hatte, dass das leichtsinnig ist. Immerhin lässt du doch deinen Zimmerschlüssel an der

Rezeption. Unsere Zimmer werden auch regelmäßig geputzt. Aber du bist ein unglaublicher Sturkopf - in diesem einen Punkt gebe ich deiner Mutter mal recht. Deshalb 'durfte' ich mit ihr schon einige Male telefonieren. Sie sieht in mir wohl eine Art Mediator zwischen euch beiden. Ach, seit wir uns kennen, hast du schon drei Mal dein Portemonnaie verloren ...« Carry kam sichtlich in Fahrt bei der Aufzählung.

Emilys Blick auf die Uhr verriet, dass sie unten bereits erwartet wurde.

»Hör zu, ich gehe kurz zur Rezeption. Wo wohnst du eigentlich?«, fragte sie ihre Freundin.

»Rechts von deinem Zimmer. Ich hoffe, dass es eine plausible Erklärung für dein seltsames Verhalten gibt, Kleines. Aber schön, dass du wieder da bist. Ich muss dir viel erzählen. Also, bis gleich.«

Wir haben Einiges nachzuholen. Darauf freue ich mich wirklich, Carry. Mit einem kräftigen Ruck öffnete Emily die Badezimmertür und ging eiligen Schrittes hinaus. »Bin gleich wieder da!«, rief sie ihr beiläufig nach.

*****

» ... und dann dachte ich an den letzten Geburtstag. Als wir in der *Met* die Aufführung von *The Ghosts of Versailles von John Corigliano* gesehen haben. Das war so wundervoll. Mir ist auch eingefallen, dass ich Himbeermarmelade und heißen Kakao mag. Und dass ich ein Sturkopf bin.« Sie schluckte kurz. Das waren recht viele Lügen.

»Abigail... Ich habe den Eindruck, dass ich das brauche, damit ich endlich genesen kann. Ich möchte für den Rest der Woche in meinem Wohnheim bleiben. Allein, in meinem Zimmer. Ich werde die Zeit nutzen, die bekannten Orte aufzusuchen und mit meinen ehemaligen Freunden zu sprechen. Soweit ich mich erinnern kann, gab es auch eine Freundin von mir. Wie hieß sie nochmal?«

Alles so realistisch wie möglich darstellen, dachte Emily.

»Meinst du Carry?« Abigail freute sich, ihrer Tochter zu Hilfe kommen zu können.

»Ja, genau ... Carry Stone, glaube ich, nicht wahr?« Sie ließ ihre Stimme leicht verunsichert wirken. »Also, Carry könnte doch ein wenig auf mich aufpassen. Die Ferien sind längst vorbei. Sie wird bestimmt wieder da sein. Und ihre Telefonnummer kennst du doch. Ihr habt schon öfter miteinander telefoniert, wie ich mich erinnere, oder?« Abigail Stafford schaute ihren Ehemann an. Es klang so unglaublich, woran sich ihre Tochter plötzlich erinnerte. Das waren die größten Fortschritte seit ihrer Ankunft in ihrem Elternhaus in Richmond. Matthew lächelte zufrieden.

»Also, ich weiß nicht, wie du es siehst, doch für mich klingt das großartig! Ich würde es riskieren, schließlich ist sie doch kein Baby mehr. Außerdem werden wir auf der Arbeit erwartet.« Verschwörerisch zwinkerte er seiner Tochter zu. »Ich glaube, sie allein zu lassen, wenn sie es unbedingt will, könnte Wunder bewirken. Warum es dann nicht tun, Schatz?«

»Meinst du?« Abigail begrüßte die Idee mit einer gewissen Skepsis. Ein Wochenende ohne jegliche Veränderung und plötzlich dieser Meilensprung? Wie war das möglich? Andererseits konnte man bei retrograden Amnesien nicht wirklich sagen, wann sich die Blockade lösen würde, hatte man Emily im Krankenhaus erzählt.

»Ich meine das ernst!« Die Stimme ihres Mannes duldete keinen Widerspruch. »Emily, wir werden jetzt aus dem Hotel auschecken und dir deine Sachen vorbeibringen.«

Was ist, wenn sie hier ankommen, wenn ich bei dem Treffen mit dem FBI-Cop bin?, dachte sie besorgt. *Es könnte ja passieren, dass sie irgendwo aufgehalten werden. Im schnelllebigen New York verging die Zeit deutlich rasanter als im ruhigen Richmond.*

»Macht euch keine Umstände, Matthew. Wir sehen uns doch bald. Das meiste meiner Kleidung befindet sich ohnehin in meinem Zimmer, schon vergessen?« *Das Wichtigste, das Tagebuch meiner Mutter, habe ich schon dabei*, dachte sie zufrieden.

»Ich freue mich, euch am Wochenende von weiteren Fortschritten zu berichten. Und natürlich wird Jermaine wie ein Schießhund auf mich aufpassen. Dafür wird Abigail schon sorgen, denke ich.« Sie grinste ihre Mutter neckisch an. »Hier kann mir doch nichts passieren!« Um die Richtigkeit der getroffenen Entscheidung zu unterstreichen, setzte sie ein Braves-Kind-Lächeln auf. Eine Umarmung zum Abschied, zu der sich Emily der Sache wegen überwand, besiegelte die Entscheidung zu ihren Gunsten.

Jetzt bloß Nägel mit Köpfen machen, ehe sie es sich noch anders überlegen! Mit einem »Fahrt vorsichtig« drehte sie sich wie gespielt auf der Ferse um. *Und jetzt nichts wie ab zu Carry.* Es gab so Einiges zu besprechen, bevor sie aufbrechen würde.

Abigail und Matthew Stafford sahen ihrer Tochter noch einige Minuten unbewegt nach, während sich die Rezeption vom International House nach und nach mit ungeduldigen Studenten füllte.

Kapitel 8

»Wir werden das nicht tun. Ist mir zu heiß.« *'El Señor'* duldete keine Widerworte. »Sicher wäre sie ein großartiges Ersatzlager, denn ihre Blutwerte sind optimal. Aber Cops könnten irgendwo typisiert sein. Sollte dann etwas schief laufen, sind wir dran!«

Aus dem Besprechungsraums des Bunkers in Livingston drang ein kegelförmiger, greller Lichtstrahl. Er war der Beweis dafür, dass es in diesem dichten Wald auch so etwas wie menschliches Leben gab.

»Was machen wir nun mit ihr?« Unbewusst ahnte Maria, dass ihr Ehemann recht hatte. Cops waren als Fundstück am Waldrand immer eine große Nummer.

»Können deine beiden Affen nicht mal eine Leiche beseitigen, ohne dass man sie findet? Immerhin sucht das ganze NYPD nach ihr. Und die sind nicht zimperlich, wenn sie statt eines »Wetback« eine tote Polizistin finden. Ich werde eine entsprechende Bestellung tätigen. Ein paar Fässer Fluorwasserstoffsäure bei unserem alten Freund.«

»Ich werde Ricardo sagen, er soll sich um die Polizistin kümmern. Pepe ist dafür viel zu dämlich. Und die nötige Motivation wird er finden, wenn wir weitere Kosten für die Chemotherapie seines Kindes aufbringen, da bin ich sehr zuversichtlich«, antwortete Marie. »Wir müssen uns nur ein wenig gedulden, weil er im Moment noch zu Hause aushelfen muss. Sobald es geht, werde ich alles in die Wege leiten.«

»Sehr gut.« Das Gesicht von *'El Señor'* entspannte sich sichtlich. »Hey, keine Sorge. Ich habe schon für Nachschub gesorgt. Diesmal werden wir alle Organe los. Schon bald wird es eine passende Leber und ein Herz für unsere beiden gutbetuchten Säufer-Klienten geben. Die Familien sind bereit, Einiges dafür zu zahlen. Den Rest habe ich schon unter der Hand reservieren lassen. Aber das hat Zeit, ich brauche die neue Errungenschaft erst in einer Woche auf dem Tisch. Du regelst das?«

»Wie immer. Die Jungs werden sich über einen neuen Job freuen. Wer soll unsere Spenderin sein? Wo finden wir sie?«

»Diesmal ist es nicht schwer – mitten im Nirgendwo, New Yorker Ghetto, also kaum Zeugen - Alexander Avenue 126. Die Patientin ist eine gute Bekannte - Patricia Guerrero. Sie liefert immer guten Nachschub an jungen Frauen, ist sehr zuverlässig und dumm genug, es nicht mal zu merken. Doch in diesem Fall passen ihre Werte hervorragend zu unseren aktuellen Kunden. Läuft mal wieder über den noblen Schwarzmarkt. Bald wird ein warmes, naives Mutterherz in einem reichen Brustkorb pochen. Wie rührend!«

Kapitel 9

»… Jermaine. Ich werde jetzt noch etwas lesen und mich danach ein wenig hinlegen. Morgen sehen wir uns zum Brunch. So gegen zehn? Der Tag war anstrengend genug«, log Emily, als sie merkte, dass das Taxi deutlich langsamer wurde.

»Na gut, dann lasse ich dich jetzt in Ruhe«, antwortete Jermaine resigniert. »Ich freue mich schon auf mo…«

»Okay, bis dann. Du brauchst mich nicht abzuholen«, schnitt ihm Emily das Wort ab. Noch ehe sie eine Antwort erhielt, legte sie auf. Er sollte lieber nicht die Stimme des Fahrers hören, wenn sie ankamen.

Es war pures Glück, dass Jermaine auch an diesem Abend seinen Kummer über Alicias Verschwinden in der nahe gelegenen Kneipe zu ertränken versuchte.

Die Gefahr war groß, dass er Geräusche des fahrenden Taxis hätte wahrnehmen können. Doch der Lärmpegel in der Kneipe war unerträglich.

Sobald Jermaine zu der Meinung gelangen würde, dass bei Emily etwas nicht stimmte, würde er keinesfalls davor zurückschrecken, sich mit seinen Bedenken an ihre Eltern zu wenden. Die Tatsache, dass sie allein in New York war, missfiel ihm bereits sehr. Aus welchem Grund auch immer fühlte er sich für die Schwester von Alicia genauso verantwortlich wie für ein Familienmitglied.

Sollte er erfahren, dass Emily die Suche nach ihrer Schwester fortgesetzt hatte, würde sie ihr Kinderzimmer in Richmond schneller hüten dürfen, als es ihr lieb war. Emily schauderte bei dieser Vorstellung.

Plötzlich hielt der Wagen in der Pell Street. Direkt neben einem kleinen, rot gestrichenen Laden mit typisch chinesischem Ramsch, den es in den Straßen von Chinatown im Überfluss gab.

In der Erwartung, dass sich der Taxifahrer geirrt hatte, wartete Emily auf die Fortsetzung ihrer Fahrt.

»Sind da«, hörte sie ihn sagen. »Am Ende der Gasse. Folgen Sie einfach den Leuten.«

Verblüfft bezahlte sie und stieg aus.

Die Situation schien surreal. In einer engen, kitschigen Gasse, die oberhalb von Natrium-Dampf-Lampen gelblich beleuchtet war, tummelte sich eine Handvoll Männer in ziemlich teuren Anzügen. Zwischendurch konnte man auch die eine oder andere schick angezogene Frau erspähen. Sie wirkten in der von den Neonlampen der Schaufenster beherrschten Straße wie ein Diamant auf einem kitschigen Tannenbaum. Äußerst widersinnig.

Nummer neun, Nummer neun, wiederholte Emily unsicher in Gedanken. Über der Nummer 9, Doyers Street, die ihr dieser FBI-Cop genannt hatte, stand ein Schild: »*Gold flower Restaurant*«.

Kein Wort davon, dass sie vor der berühmten »*Apotheke*«, einer der angesagtesten Bars von New York, stand. Hatte sie etwas falsch verstanden? Oder wollte er sie auf den Arm nehmen?

»Ich wollte zu Esteban. McMelma schickt mich«, sagte Emily die von dem BAU-Mitarbeiter *(Anmerkung des Autors: Behavioral Analysis Unit »Verhaltensanalyseeinheit« - eine Abteilung des US-amerikanischen FBI)* am Telefon genannte *Zauberformel* zu einem bullig aussehenden Mann vor dem Eingang zum Restaurant. Eigentlich erwartete sie, dass er ein paar Fragen stellen würde. Doch der Türsteher lächelte sie an und ließ sie mit den Worten »Die beiden sind drin« passieren.

Erst im Innenraum der berühmten »*Apotheke*« verstand sie, was die elegant gekleideten Menschen abends in diese Gasse von Chinatown trieb.

Emily befand sich in einem mit Menschen gefüllten Raum, der tatsächlich wie eine alte Apotheke aus dem vorigen Jahrhundert ausgestattet war. Das gedämpfte Licht drang aus zahlreichen Nachttischlampen und schlängelte sich an der düster wirkenden, mosaikähnlichen Decke entlang, an der weitere kugelförmige Lampen angebracht waren. Diese Komposition schaffte eine gemütlich-düstere Atmosphäre, die die Leute, die auf der Suche nach originellen Locations waren, in Scharen anzog.

Einige der Gäste füllten bereits die Sofas. Die anderen saßen auf den mit rotem Satin bezogenen Beistellhockern im Retrostil und nippten an ihren Cocktailgläsern, begleitet von dezenter Jazzmusik.

Schwer beeindruckt bahnte sich Emily den engen Weg zur Bar. Der Service trug weiße Kittel und mischte nach guter, traditioneller Art die Getränke zusammen. Einer der Barkeeper beugte sich vor, um ihre Bestellung aufzunehmen.

»Ich wollte zu McMelma«, sagte sie etwas lauter, um die Geräusche zu übertönen.

Ein Lächeln huschte über sein Gesicht. »Josh wartet schon. Siehst du die rote Couch links? Da findest du ihn. Er hat schon Getränke geordert. Ich bringe sie gleich an den Tisch.«

»Danke!« Aufregung stieg in ihr auf. Mittlerweile fühlte sie sich, als hätte sie ein Date. *Es hilft nichts. Nun bin ich da und werde es durchziehen*, machte sie sich Mut.

Als sie ihn sah, machte ihr Herz für einen kurzen Augenblick einen Satz. So hatte sie sich diesen Mann nicht vorgestellt. Waren Computerspezialisten nicht langweilige, unattraktive Typen, die in ihre Arbeit vernarrt waren? Zumindest so hatten sie und Carry sich McMelma vorgestellt. Doch diese Vorstellung traf nicht auf den Mann zu, der sich in diesem Augenblick zwei Schritte von ihr entfernt mit einer jungen Frau unterhielt.

Josh McMelma war ein attraktiver, schlanker Mann, vielleicht fünfundzwanzig Jahre alt. Was ihn von den anderen Männern im Lokal unterschied, war der Rollkragenpulli, den er anhatte, und der in diesen Räumlichkeiten vielleicht etwas weniger edel wirkte. Aber er stand ihm wahnsinnig gut.

Da Emily ebenfalls legerer angezogen war, fühlte sie sich gleich deutlich wohler, keinen typischen Anzugträger vor sich zu haben. Josh war offensichtlich ein guter Freund des Hauses. Anders konnte sie sich nicht erklären, weshalb man sie beide so under-dressed reingelassen hatte.

Als Josh sie auf sich zukommen sah, unterbrach er seine Gesprächspartnerin, die sich sofort zurückzog. Höfflich erhob er sich, um Emily die Hand zur Begrüßung zu reichen.

Mit einem Ausdruck des Erstaunens begleitete sein Blick Emily, die sich ihm gegenüber auf einem roten Beistellhocker niederließ.

»Ich bin Emily Stafford, die Schwester von Alicia«, fing sie das Gespräch an.

Josh musterte sie ungläubig und nickte dabei perplex, als hätte man ihm soeben mitgeteilt, dass er sich gerade auf dem Mars befände. »Das ... Das ist unmöglich ... Das kann nicht sein ... Ist das vielleicht ein Scherz, Alicia?«, stotterte er.

»Nein, das ist kein Scherz.« Irgendwie tat ihr diese Bemerkung weh. »Wir sind eineiige Zwillinge und sehen uns anscheinend sehr ähnlich. Das ist auch der Grund, weshalb man mich im Krankenhaus für meine Schwester gehalten hatte. Die Cops, die zum Unfallort gerufen wurden, kannten Alicia vom Dienst und fanden keine Dokumente neben mir liegen. Also war es naheliegend, dass sie mich für ihre Kollegin hielten.«

»Wahnsinn!« Josh versuchte, sich wieder unter Kontrolle zu kriegen.

»Josh, hier sind eure Getränke. Für dich wie immer *Pigmy Gimlet*. Für deine reizende Begleitung habe ich *Desert Rose* vorbereitet. Lasst es euch schmecken.« Als hätte er die Anspannung in der Luft gespürt, entfernte sich der Barmann im Arztkittel genauso schnell, wie er gekommen war, ohne Josh die Möglichkeit zu geben, sich für diesen Extraservice zu bedanken.

»Verzeih mir bitte meine Reaktion. Ich heiße Josh.« Durch diese kleine Unterbrechung schien er sich wieder gefangen zu haben. »Es ist nur so, als würde gerade AJ vor mir sitzen. Dabei weiß ich, dass das gesamte NYPD seit gestern nach ihr sucht. Das hat sich bis zur BAU herumgesprochen, weil wir gerade so ähnliche Fälle auf dem Schreibtisch ...« Josh biss sich auf die Zunge. Er war gerade frisch in der FBI-Spezialeinheit von Scott Goodwin, dem neuen Leiter. Die Informationen zu den Fällen an Verwandte der Kollegen preiszugeben, war nicht gerade professionell. Emily sah aber Alicia so unglaublich ähnlich.

Und falls Emilys Schwester in den Händen von *'Dr. Horrible'* steckte, wie die Cops ihn ironisch nannten, würde man die grausamen Einzelheiten bald in der Öffentlichkeit breittreten. Dafür durfte er nicht seinen Posten gefährden.

»Ähnliche Fälle?« Emily ließ sich nicht beirren.

»Eigentlich handelt es sich dabei um einige aus Mexiko zugereiste Einwanderinnen, die vor kurzem entbunden haben. Steht momentan ständig in den Nachrichten. Mehr als das kann ich dir leider nicht zu den Vorfällen sagen, außer dass in diesem Fall die Sachlage ganz anders ist, als wir es bei deiner Schwester erwarten.«

Richtig überzeugend klang das nicht gerade, dachte Josh zweifelnd. *Ob sie es schluckt?*

An diesem Punkt hatte Emily den Eindruck, dass sie ihn nicht drängen sollte. Sie brauchte seine Hilfe, also wollte sie ihn nicht gleich zu Anfang entmutigen.

»Woher kennst du Alicia eigentlich? Warum habe ich deine Nummer in ihrem Notizblock gefunden?«

Josh lächelte angesichts der Erinnerung. »Vor etwa sechs Monaten, Anfang Mai, wurde ich auf der FBI-Akademie aufgenommen. War ein Deal mit der NSA, den sie mir anboten, nachdem ich während meines Studiums die Datenbank der University of California gehackt und eine weniger nette E-Mail an die großen Sponsoren und den damaligen Chief of Police des LAPD geschrieben habe. Von seiner ausgeprägten pädophilen Neigung wusste damals keiner. Zu diesem Zeitpunkt stand ich bereits unter intensiver Beobachtung, weil ich für Anonymus, eine cybertechnisch aktive Protestgruppe… na, sagen wir mal, 'tätig' war.« Josh lachte auf. »Der Deal war: Entweder Knast oder ab in den Dienst des Staates. Unseren Kanzler hat es dagegen deutlich schlechter erwischt.«

»Der Staat war für dich demnach doch attraktiver?!«

Auf Joshs Gesicht erschienen Grübchen vom Grinsen. Nervös registrierte Emily, wie sehr ihr das gefiel. Der Agent strahlte eine Männlichkeit aus, die sie unerwartet stark anzog.

»Ich war ein wissbegieriger Feigling. Auch wenn ich die Grundidee von Anonymus immer noch in Teilen gut finde. Nur diesmal passiv aus meinem Sessel heraus. So landete ich für siebzehn Wochen in einem der härtesten Trainings meines Lebens in der FBI-Ausbildungsakademie in Quantico. Während meine sportlichen Leistungen eher mäßig waren und ich dafür besondere Nachsicht bekam, gab es eine junge Frau unter uns, die nach beeindruckender Zeit im ›Yellow-Brick-Lauf‹ für eine sportliche Auszeichnung vorgeschlagen wurde. Was war ich damals glücklich, als sich nicht nur die sportlichste, sondern auch die hübscheste FBI-Anwärterin mit mir anfreundete. Wir lernten und trainierten hart zusammen. Wenn die Ausbildung uns körperlich zusetzte, bauten wir uns gegenseitig mental auf. Bis eines Tages der Anruf über den Unfall ihrer Mutter kam.«

»Erzähl mir bitte davon.« Emily bemerkte nicht, wie sehr sich der Raum mittlerweile mit Leuten gefüllt hatte. Ein junges Pärchen setzte sich zu ihnen an den kleinen Tisch. Begierig nippten sie an ihren Cocktails.

»Unsere Ausbildung sollte Ende Juni dieses Jahres abgeschlossen sein. Wir waren sehr zuversichtlich, dass wir es beide schaffen würden. Da ich bereits für eine der besten Spezialeinheiten angefordert worden war, stand für mich zu diesem Zeitpunkt fest, dass ich für meine Probezeit nach New York umziehen würde. Dennoch mussten die restlichen Prüfungen bestanden werden, also saßen wir an einem sonnigen Nachmittag zusammen und büffelten für Psychologie, als Alicias Handy klingelte. Das war das letzte Mal, dass wir uns sahen. Sie stammelte, dass ihre Mutter tot sei, packte ihre Sachen und ging fort, ohne eine freundschaftliche Umarmung anzunehmen. An diesem Abend wollte ich sie auch in Ruhe lassen ... Doch am nächsten Tag erschien sie gar nicht mehr zum Unterricht.«

»Habt ihr euch wirklich nie wiedergesehen?«, fragte Emily leise.

»Nie wieder. Wochen vergingen, in denen ich die Ausbildung beendete und meinen Dienst im New Yorker Büro antrat, ohne dass ich etwas von Alicia hörte. Doch Mitte September klingelte plötzlich mein Diensttelefon. AJ war ganz aufgeregt und bat mich, eine Klinik zu überprüfen. Nichts Geringeres als die Manhattan University. Sie dachte, dass ich vielleicht etwas Ungewöhnliches über ihren Vater und eine ominöse Zwillingsschwester in Erfahrung bringen könnte, da ich ein Hacker bin. Das Krankenhaus war sauber, doch das konnte ich ihr nicht erzählen, weil sie nicht mehr zurückrief. Es gab keinen einzigen Grund, dort eine staatliche Untersuchung zu veranlassen. Da ich gerade viel um die Ohren hatte, versäumte ich auch, sie zurückzurufen. Dann fand ich gestern durch Zufall das Bild von ihr in der NamUs, unserer Vermisstendatenbank. Kurze Zeit später hast du bei mir angerufen. Seltsam.«

»Können wir hier raus? Ich brauche frische Luft.« Emily fühlte sich plötzlich unwohl.

Ein Gedanke huschte Josh durch den Kopf, er stand auf und ging ohne etwas zu sagen an die Bar, um ihre Getränke zu bezahlen. Erst jetzt fiel Emily auf, dass nur ganz wenig vom Inhalt beider Gläser fehlte. Hastig kippte sie ihren Rest herunter.

Sie tat das nicht nur deshalb, weil der Cocktail hervorragend schmeckte. Mittlerweile konnte sie ansatzweise unterscheiden, was ihr schmeckte und was weniger. Vielleicht würde es gar kein so langwieriger Prozess werden, wie der Arzt damals im Krankenhaus prophezeit hatte. Manchmal bekam sie einen Hauch von Gefühl, dass die Erinnerung zurückkehrte, zumindest, was die Gerüche und den Geschmack betraf.

Jetzt hatte sie zusätzlich das Verlangen, diesen starken, scharfen Geschmack des Alkohols in sich aufzunehmen. Beruhigter machte sie sich auf den Weg nach draußen, um vor dem Lokal auf Josh zu warten.

Es dauerte nicht lange, bis sich die Tür öffnete. Ihr Begleiter trat hinaus. »Geht es dir schon etwas besser?«, fragte er besorgt.

»Entschuldige, das war gerade etwas zu viel für mich. Hättest du an einem Spaziergang etwas auszusetzen?«

»Ich habe das Gefühl, ich bräuchte auch etwas frische Luft. Erzähl mir bitte etwas über dich, Emily.«

Das ist das erste Mal, dass er mich namentlich angesprochen hat. Und sogar – im Gegensatz zu Jermaine – mit meinem richtigen Namen, fiel es Emily auf. Ihrer Aufmerksamkeit entging ebenfalls nicht, dass er ihr wortlos einen Arm zum Einhaken anbot.

Dankbar nahm sie die Geste an, nachdem der hastig geschluckte Drink langsam seine Wirkung entfaltete. Obwohl sie ganz klar bei Verstand war, wurden ihre Knie zittriger.

Während sie die zum Teil engen, mäßig beleuchteten Gassen von Chinatown passierten, lockerte der Alkohol ihre Zunge. Alles, was sie über die ihr bekannten zwei Wochen ihres Lebens wusste, sprudelte aus ihr heraus wie aus einem Wasserfall.

Will ich ihm meine Geschichte erzählen oder alle mir bekannten Fakten zusammenfügen, um eine Antwort für mich zu finden?

»... dann fand ich einen Notizblock unserer biologischen Mutter bei meiner Schwester. Ich weiß nicht, ob er zur Lösung des Falles beitragen kann, doch der Inhalt ist so persönlich, dass ich nicht wollte, dass irgendjemand beim NYPD das alles liest. Immerhin sind das die Kollegen von Alicia.« Emily biss sich nervös auf die Lippe. In Gedanken versunken, schien Josh ihre Worte nicht wahrzunehmen. Emily plapperte unbeirrt weiter. »Was wäre, wenn sie sich einfach nur entschieden hätte, eine Auszeit zu nehmen? Vielleicht hat sie etwas überreagiert und ist weggefahren? Soweit ich weiß, war ich vor meinem Unfall in einer ähnlichen Situation. Vielleicht empfinden Zwillinge so etwas auf telepathischen Wegen?«

»Hmm ... Vielleicht?«, sagte Josh eher abweisend, als sie in der Nähe von parkenden Autos am Straßenrand ankamen. Plötzlich stoppte er. »Emily, hättest du etwas dagegen, wenn ich dich zum Essen einladen würde? Ich kenne einen netten Italiener in Brooklyn, das Nuovo Fiore. Es tut mir leid, aber irgendwie bekomme ich gerade einen Riesenhunger. Mein Auto habe ich drüben geparkt.« Es kostete ihn einige Überwindung, diese Frage an seine hübsche Begleiterin zu stellen. Auch wenn manche es anders sahen, bei attraktiven Frauen war er schüchtern.

»Na klar, gern.« Ein unbekanntes Gefühl in der Bauchgegend stieg in ihr hoch. In dem Augenblick, als sie in den schwarzen, mit Ledersitzen gepolsterten Range Rover Evoque einstieg, fühlte sie sich großartig.

*****

Josh McMelma lenkte seinen Wagen auf die Williamsburg Bridge, als sein Telefon klingelte. Zerstreut warf er einen Blick auf das Display.

»Ich muss leider rangehen, Diensttelefonat«, entschuldigte er sich und suchte eine geeignete Stelle zum Anhalten. Für gewöhnlich benutzte er zwar seine Freisprecheinrichtung, doch in Begleitung konnte er nicht offen über laufende Ermittlungen sprechen.

»Josh McMelma«, meldete er sich sachlich, obwohl er Angels Nummer sah. Die hübsche, junge Blondine war von Anfang an die wahre rechte Hand von Scott Goodwin, dem Leiter der Verhaltensanalyse-Einheit, und keinesfalls so harmlos, wie sie aussah. Menschen zu manipulieren verstand sie wie kein anderer. Daher übernahm sie jegliche Interaktion der Spezialeinheit nach außen, einschließlich gelegentlicher Verhöre schwieriger Fälle. Dass Angel ihn abends über diese Telefonnummer anrief, bedeutete, dass es einen neuen Fall gab.

»Josh? Wir haben eine weitere Leiche. Alles deutet auf *'Dr. Horrible'* hin. Scott wollte, dass du uns zum Tatort begleitest. Wir sind gleich vor Ort. Wieder mal außerhalb von New York. Beeil dich, wenn es geht. Es fängt bereits zu nieseln an ... Die Adresse ist ... warte ...«

»Wieder eine Latina? Ähnliche Signatur wie bei den anderen?«, fragte Josh.

Als er Emilys entsetzten Gesichtsausdruck sah, bemerkte er schlagartig seinen Fehler. Das würde er wieder geradebiegen müssen. Mit vor Aufregung zitternden Händen suchte er nach einem Stift, um sich die Adresse vom Tatort zu notieren.

Kaum lesbar kritzelte er die wenigen Worte auf einen Fetzen Papier. Noch ehe er bestätigen konnte, verkündete der regelmäßig pulsierende Ton auf der anderen Seite des Hörers, dass Angel bereits aufgelegt hatte. Er klappte sein Handy zu. *Wie soll ich dieses Gespräch bloß anfangen?*

»Latina? Ähnliche Signatur?«, stotterte Emily nervös.

»Ähm, ja. Neuer Fall. Wir und ein weiteres FBI-Team untersuchen nach Verbrechen an Frauen mexikanischer Herkunft, die die gleiche Signatur tragen, d. h. ähnliche Muster aufweisen. Als ich am Sonntag erfuhr, dass deine Schwester gesucht wird, habe ich unsere Akten durchgesehen. Vom Prinzip her hätte sie ins Muster passen können. Aber über sie gibt es bei uns nicht viel zu lesen. AJ ist offenbar eine vorbildliche Polizistin, was ich ohnehin schon wusste. Als du mich dann am gleichen Tag angerufen hast, habe ich die Dokumente zu deinem Unfall ebenfalls durchgesehen. In deiner Akte stand, dass dein Unfall nicht nur über das NYPD, sondern auch über unser zweites Team aufgenommen wurde. Das Interesse des FBI am Fall Alicia Juárez ist vorhanden, obwohl ich nicht glaube, dass unser Täter sie gefangen hält. Die Vorgehensweise des Täters richtete sich bisher immer gegen wehrlose Migranten; eine Polizistin würde für viel zu viel Aufsehen sorgen. Unserem Profil nach ist der Täter eher nicht daran interessiert.«

»Und jetzt wurde eine Leiche gefunden, die wie eine Latina aussieht?«, vollendete Emily.

Josh schwieg.

»Ist es ganz sicher nicht meine Schwester?«, fuhr sie fort.

»Nein. Das heißt … Ich weiß es nicht…« Er entschloss sich, ehrlich zu sein. »Nur so viel, dass ich gerade umgehend zum Tatort gerufen wurde. Mit jeder verstrichenen Minute verwischt der Nieselregen brauchbare Spuren.« Josh war unentschlossen. Eigentlich wollte er die hübsche Schwester von AJ heute Abend nicht gehen lassen. *Wer weiß, ob er die Gelegenheit dazu bekommen würde, sie wiederzusehen. Andererseits erwartete man ihn am Tatort.*

Für das Team war Josh am Computer in der Zentrale eigentlich nützlicher. Dennoch entschied sich sein Vorgesetzter gelegentlich für McMelmas Anwesenheit am Tatort, um den Horizont seines neuesten Mitarbeiters zu erweitern und seinen Blick auf die wesentlichen Punkte des Falls zu schärfen.

»Ich werde mitkommen«, beantwortete Emily Joshs Gedanken.

»Emily, das kann ich nicht machen. Ich kann dich nicht mitnehmen, egal, wie sehr ich das möchte. Andererseits will ich dich nicht mitten auf der Straße in der Dunkelheit stehen lassen.«

Eine Idee huschte dem Mädchen durch den Kopf. »Und wenn es nicht meine Schwester sein sollte, die am Tatort… Womöglich wollte mich auch jemand kidnappen. Wenn ihm klar wird, dass er Alicia und nicht Emily hat, wäre ich doch in Gefahr, oder?«

Es fruchtete. Josh haderte mit seinem Gewissen. *Sollte ihr tatsächlich etwas zustoßen, könnte ich mir das nie verzeihen. Zum Tatort selbst wird sie eh nicht zugelassen, aber im Auto ist sie wenigstens sicher.* Irgendetwas in ihm sträubte sich dagegen, ein Taxi zu rufen und diese Frau ihrem Schicksal zu überlassen, nur weil er es eilig hatte.

»Einverstanden, unter einer Voraussetzung: Du bleibst im Auto, und danach werde ich dich persönlich zum Studentenheim zurückbringen.«

»Einverstanden. Ich bleibe im Wagen«, sagte Emily und lächelte unschuldig. Ob sie vor ihrem Unfall die Männer auch so unter Kontrolle gehabt hatte? Vermutlich war ihr überzeugender Sturkopf angeboren.

*****

Leise näherte sich der Range Rover der von Angel beschriebenen Stelle.

Jenseits der Hektik der Großstadt, an einem entlegenen Platz, dem vor den Ermittlungen nur der Mond sein Licht gespendet hatte, sah man jetzt die pulsierenden Lichter der örtlichen Polizei. Gespenstisch huschten rote und blaue Geister über die Umgebung. Plötzlich fuhr der Wagen mit einem kräftigen Ruck über ein Hindernis. Kein Wunder, denn sie waren bereits jenseits der gepflasterten Straßen.

Ach, darum fährt Josh einen Geländewagen, dachte Emily. *Die sind bei seiner Arbeit einfach praktischer.*

»Wir sind angekommen«, hörte sie ihn sagen. Es war unnötig gewesen, dies auszusprechen.

Es waren die ersten Worte, die sie seit einer halben Stunde miteinander wechselten. Oder vielmehr, die Emily zu hören bekam, ohne sie in jeglicher Form zu beantworten. Josh wirkte plötzlich sehr angespannt, als wüsste er, was ihn erwarten würde.

Emilys Anspannung erreichte einen schmerzlichen Höhepunkt. *Was ist, wenn es Alicia ist?*

Schon während der Fahrt zum Tatort suchte sie verzweifelt nach einem Weg, ihre Nervosität zu mildern. Während sich der Geschwindigkeitsanzeiger des Wagens beständig bei 90 Meilen hielt, was bei ihr zu einem flauen Gefühl im Magen führte, zählte sie die Zyklen, mit welchen die Scheibenwischer ihre Arbeit verrichteten.

Eins, zwei, …, acht. Die Lichter der Großstadt verschwanden hinter ihrem Rücken. *Eins, zwei, …, acht.* Die bedrohlich wirkenden Bäume am Straßenrand verschwanden im Augenwinkel, als wären sie bloße Einbildung *Eins, zwei, …, fünf.* Die Blaulichter der Polzeiwagen am Horizont schienen der Dunkelheit trotzen zu wollen. Mitten in der Einöde. Für einen kurzen Augenblick schien es zu funktionieren. Bis Josh sie daran erinnerte, dass sie angekommen waren.

Seinen Wagen parkte McMelma neben einem weiteren Geländewagen. *Super! Scott und Angel sind bereits da,* dachte er beruhigt. Manchmal rief seine Kollegin auch von der Fahrt zum

Tatort aus an. Vor Ort als erster von der BAU-Einheit zu erscheinen, war keine schöne Vorstellung. Was die Zuständigkeitskämpfe betraf, war er noch nicht so fest im Sattel.

Gefasst schaltete er den Motor ab und holte noch einmal tief Luft, um sich zu beruhigen. Josh mochte den Anblick von Leichen ohnehin schon nicht, aber die Arbeit von *Dr. Horrible* hatte es wirklich in sich.

»Du wartest bitte hier. Es wird nicht lange dauern, dann fahre ich dich nach Hause, einverstanden?«

Da Emily nur angespannt nickte, versuchte er ihre Bedenken zu zerstreuen. »Das wird nicht Alicia sein, vertrau mir!« Doch nicht mal für ihn selbst klang das überzeugend.

»Ich werde dich jetzt kurz hierlassen, wenn das okay ist. Das Auto hat eine Standheizung. Es wird nicht lange dauern.« Mit diesen Worten verließ Josh seinen Wagen.

Egal, wie sehr sich Emily bemühte, ihre Befürchtungen ließen sich keinesfalls abschalten. Nicht nur, dass sie mittlerweile fast jeden angelogen hatte. Sie wusste nicht mehr, wie es weitergehen sollte.

Was ist, wenn sie doch meine Schwester gefunden haben? Was ist, wenn nicht? Die Antwort auf eine dieser Fragen lauerte hinter dem gelben Absperrband, das zwischen den Bäumen gespannt worden war. Magisch zog es ihren Blick an.

Eins, zwei,…, zehn, elf… Die Sekunden schienen nicht zu vergehen. Das Warten war für Emily nicht mehr zu ertragen. Entschlossen drehte sie den Schlüssel um, ertastete den Türgriff und stieg aus.

Sich dem Tatort zu nähern, erwies sich als erstaunlich leicht. Offenbar war die örtliche Polizei jenseits der Grenzen von New York auf Verbrechen solchen Ausmaßes nicht ausreichend vorbereitet. Daher lief der Einsatz eher chaotisch ab.

Am Waldrand waren nur drei offizielle Polizeifahrzeuge und ein Rettungswagen geparkt, die in dieser dunklen Nacht mächtig wirkten. Zusammen mit den Zivilfahrzeugen wäre die gesamte Mannschaft nicht imstande gewesen, Zuschauer und Presse vom Tatort fernzuhalten.

Wahrscheinlich Undercover-Cops, dachte Emily, als sie die Zivilfahrzeuge sah. Neugierig hangelte sie sich an dem Absperrband entlang, um eine Stelle zu finden, die sich der Aufmerksamkeit der Gesetzeshüter entzog. Auf diese Weise konnte sie dem Opfer näherkommen. Sie wollte die Wahrheit wissen! Hier, jetzt und ungeschminkt!

In der kleinen Konstellation, bestehend aus ein paar Ortspolizisten, einer elegant gekleideten Blondine, einem ebenfalls gut gekleideten Mann mittleren Alters, Josh und einem Fotografen, übersah man leicht den schleichenden Schatten, der von Zeit zu Zeit zwischen den Bäumen auftauchte und wieder verschwand.

Emily musste nur vorsichtig sein, um Josh nicht in ernsthafte Schwierigkeiten zu bringen. Er war ihr mittlerweile sympathisch geworden, auch wenn sie es sich kaum eingestehen wollte, dass sie ihn anziehend fand.

Bestimmt, weil ich gerade von ihm abhängig bin. Er soll meine Schwester finden und mich sicher nach Hause bringen. Vielleicht ist das eine spezielle Abwandlung des Stockholm-Syndroms, bei der man nicht mit dem Geiselnehmer, sondern mit einem Unbekannten sympathisiert?, versuchte sie, ihre Gefühle möglichst plausibel zu erklären.

Ein Blitz. Noch ein Blitz. Die Leiche wurde mehrfach in der Position fotografiert, in der sie abgelegt worden war. Kein Detail sollte den Augen der Ermittler in der BAU-Zentrale entgehen. Sie suchten nach allen erdenklichen Informationen, die sie angesichts des schlechten Wetters noch bekamen. Unauffällig zwischen den Bäumen schleichend, näherte sich Emily Joshs Kollegen bis auf Hörweite.

»Warum fehlen diesmal nicht alle Organe?«, hörte sie ihn sagen. »Könnte es ein Trittbrettfahrer gewesen sein? Das Opfer wurde offensichtlich anders abgelegt als sonst? War das tatsächlich unser *'Dr. Horrible'*?«

»Das haben Angel und ich auch schon überlegt. Einige der Einzelheiten sind tatsächlich anders. Der Leichnam wurde diesmal zwar ausgeweidet, aber nicht vollständig. Das Opfer wurde auf den Bauch gelegt, als hätte es der Täter plötzlich eilig gehabt. Der Schnitt am Thorax ist diesmal etwas unregelmäßig. Und trotzdem ist das Opfer mexikanischen Ursprungs. Von der Pathologie werden wir sicher bald einen Bericht haben, doch so, wie es rein äußerlich wirkt, würde es mich nicht wundern, wenn sie nicht vor kurzem entbunden hätte. Und das wäre in der Tat die gesuchte Signatur des Täters, das zweiundvierzigste Opfer ohne Namen.« Scott Goodwin wischte sich mit dem Ärmel über die Stirn, was angesichts des nieselnden Regens vollkommen sinnlos war.

Das wird der neue Chef der BAU sein.

Das Wasser lief an seiner wasserdichten Jacke mit der Aufschrift »FBI« entlang, direkt über die dunkelgraue Anzughose. Emily fragte sich, ob er seine durchgeweichten, mit Erde bedeckten Lederschuhe noch behalten würde, wenn er heute Abend nach Hause kam.

Seine Assistentin, eine hübsche Blondine, die Josh am Telefon mit dem Namen »Angel« angesprochen hatte, schien den Regen zu ignorieren. Während die beiden Männer sich unterhielten, suchte sie in gebeugter Haltung konzentriert mit einem Stift die nähere Umgebung ab, in der Hoffnung, weitere Indizien zu finden. In der Ferne konnte man hören, wie sich einer der Polizisten übergab. Offenbar schien ihm der Anblick einer ausgeweideten Leiche nicht gut zu bekommen.

»Yes! Ich habe es!«, schrie Angel plötzlich laut auf. Auf ihrem Kugelschreiber baumelte ein kleiner Ehering. »Wenn er dem Leichnam gehört, dann haben wir hier vielleicht einen Ehemann. Womöglich sogar einen, der seine Frau sucht! Und damit den ersten großen Fehler des Täters!« Bisher schien kein Mensch diese weiblichen Opfer vermisst zu haben.

»Ein Ehering?« Scott horchte auf. Noch ehe Angel sich aufrichten konnte, waren die beiden Männer bei der Blondine. Eigentlich wollte Emily bereits zum Wagen zurücklaufen, doch irgendetwas sagte ihr, das sie noch für einen Augenblick im Schutz der Bäume bleiben sollte.

Die Ermittler richteten die Kegel ihrer Taschenlampen auf die mit Gummihandschuhen bezogene Hand ihres Chefs, in der nun ein kleiner Ring lag. Um alles in der Welt versuchte er, das kleine, wohlgeformte Stück Metall trotz des mittlerweile strömenden Regens nicht aus Versehen fallen zu lassen. Blinzelnd sah sich Scott das Kleinod von allen Seiten an. »Ich glaube das nicht, Leute! Hier ist sogar eine Innengravur! Ich brauche mehr Licht, um es zu entziffern.«

Die Spannung zerrte an den Nerven. »Da steht in geschnörkelter Schrift so etwas wie – mehr Licht bitte - *Mónica Lavat Torres & Marico Torres, 05.05.2005*. Wisst ihr, was das bedeutet? Wir haben endlich einen Namen!« Scott war außer sich vor Freude.

Nervös tastete Josh nach seinem Handy in der Hosentasche. Er tippte die Nummer ein. Freizeichen, doch es dauerte. Er wollte schon aufgeben und sich auf den Weg zum Büro machen, als er eine verschlafene Stimme hörte.

»Lou, ich bin es. Gott sei Dank, Alter! Kannst du etwas für mich überprüfen? Wir sind gerade an einem weiteren Tatort.« Josh war froh, seinen Kollegen überredet zu haben, seinen Arbeitsplatz zu Hause so einzurichten, dass er Zugriff auf sämtliche Datenbanken des FBI hatte. Der Vorteil war, dass sie in wenigen Minuten Antworten erwarten konnten, ohne dass einer von ihnen noch im Büro sitzen musste.

»Oh, Shit. Hat unser *'Dr. Horrible'* etwa wieder zugeschlagen?« Lou war mit einem Sprung aus dem Bett auf hundertprozentigem Empfang. Im Hintergrund konnte man das leise Summen des hochfahrenden Computers vernehmen.

»Es wäre möglich. Näheres wissen wir erst, wenn die Autopsie durch ist. Kannst du für mich folgende Personen überprüfen? Mónica Lavat Torres & Marico Torres, wahrscheinlich sind sie seit dem 05.05.2005 verheiratet. Möglicherweise gibt es dazu ein oder mehrere Kinder. Vielleicht ein Baby?«

»Alles klar, Josh! Lass mir etwas Zeit. In ein paar Minuten rufe ich zurück«, sagte Lou und legte auf.

Eigentlich waren Josh und Lou so etwas wie das Dream-Team der Einheit. So sehr sie sich im normalen Leben durch Lous exzentrische Lebensweise unterschieden, waren sie am Arbeitsplatz ein Herz und eine Seele.

Der Gedanke, dass sein zehn Jahre älterer Mentor bald nach Quantico versetzt werden würde, erfüllte Josh mit latenter Angst. Ob er fähig war, die Anforderungen seines Teams allein zu erfüllen? War er wirklich schon so weit?

Scott unterhielt sich mit einem der Polizisten, die die Leiche gefunden hatten, während Angel im Blitzlichtgewitter des forensischen Fotografen nach weiteren möglichen Fundstücken suchte. Diesmal ohne Erfolg.

In der Erwartung, bald von Lou mit Informationen versorgt zu werden, schaute Josh zu, wie eilig die letzten Beweise am Tatort gesichert wurden.

Die Polizisten leiteten die nötigen Schritte ein, den Leichnam endlich abtransportieren zu können, bevor das Regenwasser noch mehr Schaden anrichten konnte.

Die Frau, oder besser, was von ihr übrig war, nachdem sich dieser Perverse verewigt hatte, lag nun auf dem Rücken. Ihre Vorderseite war von dunklen, leicht violetten Verfärbungen übersät, was bedeutete, dass der Täter sie nach dem Eintritt des Todes auf dem Bauch hatte liegen lassen.

Das Blut war im Körper gemäß der Gesetzmäßigkeit der Schwerkraft nach unten gesickert. Hin und wieder gab es Stellen, die in der Mitte blass und an den Außenrändern von Totenflecken umgeben waren, als hätte der Täter die Leiche gegen etwas Festes gedrückt. Vielleicht waren die hellen Stellen aber auch durch den Druck des Eigengewichts der Frau auf festem, unebenem Untergrund entstanden? Wie dem auch war, alles wurde fein säuberlich durch den Tatort-Fotografen festgehalten, damit sich die Ermittler diese Gedanken in der BAU-Zentrale machen konnten.

Der vom Leben verlassene Körper ließ sich wie ein nasser Sack umdrehen, was bedeutete, dass die Leichenstarre noch nicht eingesetzt hatte.

Das bedeutete wiederum, dass der Tod sein neues Opfer vor weniger als zwei Stunden zu sich geholt hatte. Die Ermittler waren diesmal also deutlich schneller dran als bei den anderen Fällen. Langsam schloss sich der Kreis. Der Täter machte Fehler. Wollte er gefasst werden, oder hatte er es diesmal nur sehr eilig gehabt? Immerhin war dieser gottverlassene Ort ein beliebtes Hundeauslaufgebiet.

Nachdem man den Leichnam auf den Rücken gedreht und abfotografiert hatte, wurden die auf der Erde verstreuten, restlichen Organe ebenfalls abgelichtet und in einen luftdichten Sack für die Pathologie verpackt. Der Täter hatte auf das genauere Verschließen des Torsos mal wieder verzichtet, was dessen Inhalt ungeahnten Raum für Bewegung verschaffte. Josh hielt diesem bizarren Schauspiel tapfer stand.

Dafür nützte Emily die Gelegenheit, während die Mannschaft mit dem Abtransport beschäftigt war, um sich unauffällig vom Tatort zu entfernen. Um nichts in der Welt wollte sie dort entdeckt werden.

Ihr Magen war, im Vergleich zu dem von Josh, weniger resistent gegen solche ungewohnten Anblicke. Zwar konnte sie aus ihrem Versteck heraus nur ansatzweise die Unterhaltung zwischen den Ermittlern verfolgen, doch allein die Vorstellung, dass die Frau, die sie vom Boden aufhoben, eine Leiche war, reichte, dass sie sich in der Nähe von Joshs Wagen mehrfach übergab.

»Ist alles okay?«, hörte sie plötzlich eine bekannte Stimme.

»Alles gut, mir fehlt nichts«, entgegnete sie mit einem schwachen Lächeln im Gesicht. »Ich habe den Drink vorhin nicht besonders gut vertragen, fürchte ich.«

»Es tut mir leid, dass ich dich hier so alleine gelassen habe«, entschuldigte sich Josh verlegen. »Vorschriften. Was wir aber bereits wissen, ist, dass wir nicht deine Schwester gefunden haben. Das klingt doch schon mal gut, oder?«

Es ist eine Mónica, ich weiß. Soll ich mich aber darüber freuen, dass meine Schwester immer noch vermisst wird? Was für eine verkehrte Welt. Wäre manchmal nicht die Erlösung durch Gewissheit dem Leiden durch das Gegenteil vorzuziehen?

»Ja, das ist gut, denke ich«, antwortete Emily stattdessen. »Hättest du vielleicht etwas Wasser und einen Kaugummi für mich?«

»Na klar, warte…« Josh ging zum Kofferraum seines Wagens. Einige Utensilien begleiteten ihn stets zu den Tatorten. Schließlich wusste man vorher nicht, was man zu sehen bekommen würde. *Eines Tages*, schwor er sich immer wieder, *eines Tages werde ich alle Fakten nur noch aus meinem bequemen Sessel am Arbeitsplatz verfolgen. Dann schmeiße ich das alles hin.*

Mittlerweile prasselte der Regen so stark, dass sie wie begossene Pudel aussahen.

»Du wirst dich erkälten.« Josh reichte Emily die Flasche. »Ich warte noch auf einen Anruf, dann fahre ich dich heim. Soweit ich sehen konnte, waren wir am Tatort fer…« Das Diensttelefon klingelte.

»Entschuldige«, zischte er in Emilys Richtung und ging ran.

»Schieß los, Lou!«

»Also… Ich fand keine Einträge über eine gewisse Mónica Lavat Torres oder Marico Torres in unserer Datei, also habe ich die Suche etwas weniger legal ausgeweitet. Und? Bingo. Ich habe sie beide gefunden. Allerdings in Chihuahua, in Nordmexiko.

Dazu hätte ich eine Adresse für euch. Aber dein Paar schien sich vor einem Jahr getrennt zu haben. Der Mann, Marico, hat eine Strafanzeige wegen Fehlbehandlung in einem dortigen Krankenhaus gestellt und unglaublich schnell zurückgezogen. Also hackte ich mich in die Akten des Centro Hospitalario International in Chihuahua ein, was nicht besonders schwer war, weil deren Sicherheitssysteme wahnsinnig schlecht sind.«

»Und was hast du herausgefunden?« Josh konnte sich vor Aufregung kaum beherrschen.

»Nun, die Patientin, Mónica Lavat Torres, wurde vor etwa zweieinhalb Jahren mit Symptomen einer Zytomegalie eingeliefert. Mittlerweile weiß ich, dass diese durch einen Humanes-Cytomegalie-Virus hervorgerufen wird und in der Regel harmlos verläuft. Nicht aber bei dieser Frau, die sich zu dem Zeitpunkt im zweiten Drittel ihrer Schwangerschaft befand. Die Infektion war fortgeschritten. Darüber hinaus lag ein positiver Virusnachweis mittels PCR vor *(Anm. des Autors: Polymerase-Kettenreaktion)*, weshalb ein späterer Schwangerschaftsabbruch bei dieser Frau vorgenommen wurde. Soweit entspricht die Therapie den gängigen Verfahren.«

»Okay, ganz schön medizinisch das Ganze. Warum hat sie das Krankenhaus dann angezeigt?« Josh versuchte, das Gesagte annähernd zu begreifen.

»Nun, sie hatte Glück, dass sie es überhaupt überlebte. Während des Abbruchs gab es massive Komplikationen. Da erspare ich dir die Begrifflichkeiten. Nur das: Hätte man diese HCMV-Infektion zu einem früheren Zeitpunkt entdeckt, wäre das Risiko für die Mutter deutlich kleiner gewesen. Ganz offensichtlich hat ein Arzt bei der Rundumvorsorge der werdenden Mutter geschlampt. Nur: Warum hat man diese Krankengeschichte dokumentiert? Das verstehe ich nicht, denn es klingt für mich nach einem Ärztepfusch. Damit schien auch die Behandlungsgeschichte abgeschlossen zu sein. Die Strafanzeige wurde schnell zurückgezogen. Dann folgte die Trennung - anderthalb Jahre nach diesem Vorfall. Merkwürdig.

Nun ist sie in der Pathologie in New York auf dem Tisch. Mehr habe ich allerdings nicht für dich.«

»Noch mehr? Das ist schon eine Menge, Kumpel.« Joshs Stimme klang sehr zufrieden. »Wir sehen uns in ein paar Stunden im Büro. Ich denke, der Privatflieger wird heute noch nach Chihuahua gehen. Das entscheidet aber, wie immer, Scott. Wenn dir noch etwas einfällt, ruf bitte beim Boss durch. Ich werde gleich nach Hause fahren und eine Dusche nehmen. Diese Tatort-Beschauung war grauenhaft.« Josh entschied sich, Emilys Anwesenheit vorerst zu verschweigen. »Weißt du, was ich mich gerade frage?«

»Nö, woher auch?« Ein lautes Gähnen entfuhr Lou. »Sorry, ich bin jetzt ganz schön müde geworden von den Recherchen.«

»Alles cool, Lou. Ist diese HCMV-Infektion bei dieser Frau geheilt worden? Hast du einen Eintrag irgendwo in den Akten?«

»Warte, ich schaue nach.« Josh hörte das vertraute Geräusch des Tippens auf der Tastatur im Hintergrund. »Ich finde nichts, doch scheinbar bleibt dieser Virus nach einer Infektion lebenslang in den menschlichen Zellen. Ich kapiere auch langsam, worauf du hinaus willst. Unser kleines Brainstorming von gestern, oder? Wenn man die Organe spenden möchte, werden diese Viren mitübertragen, was zu einer lebensgefährlichen Infektion führen könnte, da die Immunabwehr des Organempfängers durch starke pharmakologische Mittel gehemmt wird. Wäre aber auch möglich, dass 'Dr. Horrible' krank ist und nicht so gerne krankes Gewebe isst? Diese HCMV-Infektion von damals? Die Erreger wird der Patient sein Leben lang nicht mehr los. Die anderen Opfer waren vollständig gesund.«

»Oder wir müssen nochmal unser Profil überdenken…«, entgegnete Josh McMelma, dem die letzten Worte seines Kollegen immer noch im Kopf nachhallten. Ohne etwas zu sagen, legte er auf und eilte zu seinen Kollegen am Tatort. Eine früher verworfene Idee des Teams war wiedergeboren.

Während der Schatten von Josh immer kleiner wurde, entschied sich Emily, die automatisch beheizbaren Sitze seines Wagens zu nutzen. Vorsichtig steckte sie den Autoschlüssel wieder ins Zündschloss und genoss das warme Gefühl, das sich in ihrem Körper ausbreitete. Sie hoffte, dass ihre nassen Sachen das anschmiegsame Leder nicht beschädigen würden. Leicht zitternd schloss sie die Augen und versuchte, sich zu entspannen.

Kapitel 10

Am Horizont ging die Sonne in den schönsten Frühherbsttönen auf, als sich ein großer Laster mit der Aufschrift »Delight Sea Foods Inc.« seinem Zielort näherte: einem abgelegenen Gebäudekomplex an der White Oak Ridge Road in Livingston. Es war wahrlich eine wunderschöne Abwechslung zum Unwetter des Vorabends.

Hätte der Fahrer diese Strecke zuvor nicht gekannt, hätte er den versteckten Waldweg niemals gefunden. Er wäre wohl auch niemals auf die Idee gekommen, seinen LKW scheinbar ohne Ziel in diese hügelartige Gegend zu lenken.

Selbst sein GPS-System versagte kläglich bei der Adresseneingabe.

Warum hatte man das Unternehmen nicht auf der frei zugänglichen Straßenseite gegenüber gebaut?, fragte er sich immer, wenn er diesen Kunden belieferte. Zwischen den großzügig besiedelten Einfamilienhäusern hätte man sicherlich einen deutlich besseren Platz finden können, was die Anbindung betraf. Wenn er gelegentlich einen Livingston-Auftrag bekam, fragte er nicht viel nach. Was zählte, war, dass er am Ende des Tages einen vierstelligen Barbetrag in Händen hielt. Eine hübsche Abfindung für einen einfachen Arbeitstag.

Was, um alles in der Welt, wurde bloß in großen, ungekühlten Fässern an ein Nahrungsmittel produzierendes Unternehmen geliefert? Brauchen die vielleicht diese Menge Essig?, überlegte er.

Dass er darauf nie eine Antwort erhalten würde, war ihm klar. Er wurde dafür bezahlt, schweigend abzuliefern, also tat er das auch! Was auch immer bei »General Food Inc.« hergestellt wurde, war nicht sein Problem.

Leise ächzte der Wagen unter der Last der mit Flüssigkeit gefüllten Fässer, als er eine kleine Erhebung auf dem Weg übersah. Der Motor ging aus.

»Shit!«, zischte er wütend durch die Zähne. Auf keinen Fall wollte er in dieser Gegend stecken bleiben. Morgen früh hatte er einen weiteren Auftrag, den er unbedingt wahrnehmen musste, um beim Boss nicht in Ungnade zu fallen. Zuverlässigkeit war oberste Priorität in seinem Job, wenn man sich am Finanzamt vorbei ein wenig Bares verdienen wollte. Hastig drehte er am Zündschloss und hörte das Auto aufjaulen, bevor sich das regelmäßige Geräusch des Motors wieder einstellte.

Erleichtert ließ der Fahrer seinen Wagen sachte rollen. Dass es diesmal so leicht geklappt hatte, war wahnsinniges Glück.

Vorsichtshalber soll sich der Mechaniker bei der nächsten Gelegenheit den Wagen mal ansehen, damit mir unterwegs keine blöde Überraschung passiert, dachte er.

Eine winzige Kamera, die an einer mächtigen Eiche befestigt worden war, hatte seine Ankunft bereits erfasst, ohne dass er es ahnte. Er wurde erwartet.

Wie von Zauberhand erschien zwischen den Bäumen die gewohnte Lagerhalle mit einem hausähnlichen Anbau. »General Food Inc.« sah von außen deutlich ordentlicher aus, als all die Unternehmen, die er sonst belieferte.

Vor der Lagerhalle standen bereits die beiden Männer, die er vom Sehen her kannte. In seiner Gegenwart sprachen sie nie. Bis auf das eine Mal, als sie dachten, dass er außer Hörweite war. Vielleicht täuschte er sich, doch er hätte schwören können, den Namen »Ricardo« vernommen zu haben.

Der stämmigere der beiden Männer, den der andere Ricardo nannte, gab ihm ein Zeichen zum Aussteigen, was er unverzüglich tat.

»Wo soll ich die Tonnen abstellen?«, fragte er nervös, als er sich ihnen näherte. Die Situation war ihm irgendwie nicht geheuer. Ricardo deutete mit dem Kinn in Richtung einer leicht geöffneten Lagerhallentür.

»Ah, okay. Ich bräuchte aber Hilfe. Die Fässer sind unheimlich schwer.«

Erneut nickte Ricardo bestätigend und ging in die Halle hinein. Einen Augenblick später gab es ein kaum hörbares Geräusch, und ein kleiner Gabelstapler fuhr aus der Halle direkt neben den Laster.

»Das sind diese drei Fässer«, zeigte der Fahrer unmotiviert auf seine Ladung. Unnötigerweise, denn sonst war der Wagen eher mit kleineren »Aufträgen« aller Art beladen, die die Firma nebenbei erledigte. Dass der Laster nach außen wie ein Tiefkühlwagen aussah, war lediglich Tarnung vor neugierigen Blicken.

Der hagere Mann, dessen Namen der Fahrer nicht kannte, übergab ihm das Kuvert und machte eine geringschätzige Geste, dass er sich zu entfernen hätte.

Froh darüber, seinen Auftrag erledigt zu haben, folgte der Fahrer dem Befehl und setzte sich hinter das Steuer, während die Türen seines Wagens so geöffnet wurden, dass er dem Geschehen nicht im Mindesten folgen konnte.

Ricardo und Pepe zogen sich vorsichtshalber Schutzkleidung über. Die Fässer waren zwar verschlossen, doch das Zeug fraß sich durch alles hindurch, was kein Poly-Ethylen- oder Edelstahlbehälter war.

Flusssäure, auch Fluorwasserstoffsäure genannt, war nicht nur hochgiftig. Schon eine handtellergroße Verätzung konnte durch ihre resorptive Wirkung im Körper tödlich enden. Aber sie hatte auch einen enormen Vorteil. Man bekam dadurch die Möglichkeit, sich unangenehmer Beweise zu entledigen.

Am liebsten hätten sie dieses Verfahren bei all den blöden Weibern angewendet, wenn das Zeug nicht so schwer zu beschaffen gewesen wäre. Stattdessen mussten die Brüder das FBI an der Nase herumführen und die Tatorte so präparieren, wie es ihnen der ehemalige Cop beigebracht hatte. 'El Señor' hatte ihn aus gutem Grund angeheuert.

Dieser Auftrag wird eine Gefahrenzulage bringen, dachte Ricardo selbstzufrieden über die überraschend aufgetauchte Aussicht zur

Finanzierung einer weiteren Chemotherapie seines Kindes. Natürlich erst, nachdem sie alle Spuren beseitigt hatten. Auf wenig Widerstand seitens der Polizistin durften sie diesmal nicht hoffen.

Nachdem das letzte Fass verladen wurde, streiften die Brüder im Eiltempo die Schutzanzüge ab und schlossen die Tür des Lasters mit einem lauten Klopfen. Die Priorität war jetzt, keine Zeugen zu hinterlassen.

Aus seinen Tagträumen geweckt, schreckte der Fahrer hoch. Ein klares Zeichen. Selbstzufrieden drehte er den Schlüssel im Zündschloss, um vom Hof wegzukommen. Der Wagen jaulte erneut auf, bevor er langsam zur Fahrt ansetzte.

Kapitel 11

Die aufgehende Sonne weckte Emily Stafford aus ihren Träumen. Wie wunderbar war es, in ihrem eigenen Bett im Studentenwohnheim aufzuwachen, wohl wissend, dass die Schreckgespenster, die sie in der Nacht geplagt hatten, nicht mehr als die Verarbeitung gestriger Ereignisse darstellten. Keine krank gesponnene Realität.

Selbst wenn sie die Bilder des Tatortes nicht in gleicher Intensität wie Josh vor Augen hatte, entpuppte sich das Wahrgenommene dennoch als ausreichend, ihr den Schlaf zu rauben.

Sie schaute auf ihren Wecker. *Dienstag, Oct 9; 07:30 a.m.; 77,6 ° F (Anm. des Autors: ca. 25,3 °C)*, las sie. *Recht warm für Oktober*, wie sie fand. Unglaubliche zweieinhalb Wochen waren vergangen, seit ihre Schwester wie vom Erdboden verschluckt war. Ohne ein Lebenszeichen.

Wo bist du bloß, Alicia? Werde ich dich jemals kennenlernen?, dachte sie traurig. Irgendetwas musste sie übersehen haben. Menschen verschwanden doch nicht so schnell. Aber was war es?

Es ist schon merkwürdig, ging es ihr durch den Kopf, während sie sich an dem kleinen Waschbecken ihres Studentenwohnheims wusch. *Noch vor drei Wochen war mein Leben das eines verwöhnten Kindes aus einem Haus, in dem die Eltern es definitiv zu gut meinten. Planlos.*

Wahrscheinlich gab es bei uns nur wenige Grenzen, die meine, von der Hoffnung auf ein eigenes Kind besessenen Eltern aufgestellt hatten. Dann dieser Unfall. Ich verlor alles. Oder beginnt mein Leben erst jetzt einen Sinn zu haben? Vielleicht war das Ganze gar kein Pech, sondern eine Riesenchance, etwas zu verändern?

Unerwartet bekam Emily einen Motivationsschub. Seit sie von der Existenz AJs wusste, war sie von dem Drang beherrscht, ihre Zwillingsschwester zu finden. Es war ihre persönliche Therapie gegen die retrograde Amnesie, die ihr das Schicksal hatte zuteilwerden lassen. Was sollte es für einen Zweck haben, jetzt mit der Suche aufzuhören? Absolut keinen.

Entschlossen rief sie ihre Eltern an, um einen beruhigenden Eindruck zu erwecken. Ihre Mutter war, im Gegensatz zu Matthew, noch nicht zur Arbeit.

Wann wird es ihr auffallen, dass ich eigentlich nur das sage, was sie hören möchte?, fragte sie sich, während Abigail bereits vom geplanten Thanksgiving plapperte. Die Mutter schien den Zugang zur Welt ihrer Tochter verloren zu haben. *Denkt sie, dass sich Zukunftspläne als Therapie der Vergangenheit eignen?*

In die eigenen Gedanken versunken, bestätigte Emily diesen lästigen Monolog mit undefinierbaren Brummlauten und ließ Abigail im Glauben, sie würde weitere Fortschritte auf dem Weg zur vollständigen Genesung machen.

In der Realität kamen tatsächlich winzige Erinnerungen an Situationen oder Gerüchen wieder. Doch sie waren so flüchtig, dass Emily manchmal dachte, sich alles nur eingebildet zu haben. Ein Hauch vertrauter Gefühle, die sie ganz tief in ihrem Herzen empfand. *Ist das ein Fortschritt?*

»… und als wir gestern Abend noch anriefen, hast du schon geschlafen. Deine Zimmernachbarin hat nach dir geschaut. Wie heißt sie noch?«, fragte Abigail unschuldig.

Vorsicht, ein Test. Sie will nur prüfen, wie gut du dein Leben schon im Griff hast, ermahnte sie sich selbst. *War nicht Abigail diejenige, die sich immerzu bei meiner Freundin meldete, was mich früher regelmäßig zum Ausrasten brachte? Der Name ist ihr sicherlich geläufiger als mir*, erinnerte sich Emily an das gestrige Gespräch im Badezimmer des Studentenwohnheims.

»Ach, du meinst bestimmt Carry… Carry Stone…« Dieses Spielchen machte Emily mit. »Stimmt, sie war gestern vermutlich bei mir, weil sie mein Nachtlicht abgeschaltet hatte. Bin über einem Buch eingeschlafen.« *Die gute, alte Carry hat mir offensichtlich mal wieder meinen Hintern gerettet.*

»Wir haben uns große Sorgen gemacht, als wir dich nicht erreicht haben. Auch dein Handy war abgeschaltet. Zum Glück hat Carry deinen Schlüssel.« Diesmal sprach sie den Namen deutlich aus, was Emilys Vermutungen bezüglich der Überprüfung ihres Erinnerungsvermögens bestätigte. Ihre Mutter wollte mal wieder alles unter Kontrolle haben. »Sie sagte, du würdest wie ein kleines Baby schlummern, daher hast du vermutlich das Telefon nicht läuten gehört.«

»Das stimmt. Das Telefon stelle ich tatsächlich ganz leise, bevor ich mich hinlege.« Auch wenn sie es keinesfalls wollte, erschien Emily die vergangene Nacht in sämtlichen Facetten vor ihrem geistigen Auge.

Ihr Treffen in der »Apotheke«, Bilder vom Tatort, die hastige Verabschiedung von Josh McMelma, dessen Team vermutlich gerade einen Kaffee irgendwo in Chihuahua schlürfte, während er weiteres Material zum neuesten Fall im New Yorker Büro auswertete.

»Heute hatte ich vor, mit Carry einen etwas längeren Spaziergang zu machen. Vielleicht gehen wir in die Bibliothek.« *…wo du mich wieder nicht kontrollieren kannst*, ergänzte sie in Gedanken. Emily wusste, dass sie ihren Eltern viel zu verdanken hatte. Die Liebe zu ihnen würde sie nach dem Unfall allerdings neu aufleben lassen müssen. Das Kind einzuengen, das Abigail als schutzbedürftig ansah, war definitiv der falsche Weg.

»Klingt toll, dann will ich euch nicht stören. Wenn du etwas brauchst…«

»… werde ich dich anrufen. Vielen Dank, Abigail. Ich habe euch lieb«, beendete Emily das Gespräch und hoffte, dass sie nicht allzu dick aufgetragen hatte. Noch immer war sie nicht sicher, was sie für ihre fremd gewordenen Eltern empfand. Auszusprechen, was ihre Mutter glücklich machte, fiel ihr nicht mehr schwer, seit sie die Leiche im Wald gesehen hatte. Manche Menschen ereilte ein schlimmeres Schicksal. Für ihr Glück konnte sie nur dankbar sein.

»Wir dich auch, mein Schatz«, hörte sie ihre Mutter beruhigt sagen, bevor sie auflegte.

Jetzt nur keine Zeit verlieren, dachte Emily, während sie sich eilig anzog. Der Brunch mit Jermain war zwar erst für in zwei Stunden geplant, doch vorher wollte sie noch den Notizblock ihrer leiblichen Mutter ansehen. Irgendwo musste dieser verdammte Hinweis stecken, den sie bisher übersehen hatte, da war sie sich sicher.

*****

Das Taxi bog in die 201 West 83rd Street ein.

Emily hatte Glück, dass ihre Eltern ihr derartig viel Geld »zum Zweck der Rekonvaleszenz« überlassen hatten. Obwohl sie vermutlich etwas anderes im Sinn hatten, als die Transportkosten zu begleichen, die im Zusammenhang mit der Suche nach Alicia auftraten. Doch darüber zerbrach sich Emily jetzt nicht den Kopf. Irgendetwas würde ihr schon einfallen, womit sie ihre Ausgaben begründen konnte. Eilig bezahlte sie und verließ den Wagen.

Ihre Aufmerksamkeit galt in diesem Augenblick einzig und allein diesem Treffen. Sie musste versuchen, Informationen aus Jermaine herauszubekommen, ohne ihre eigenen Aktivitäten zu verraten. Sollte es ihr nicht überzeugend genug gelingen, würde er sicher ihre Eltern alarmieren, weil er Emily ebenfalls für schutzbedürftig hielt. *Unsere Ähnlichkeit müsste bei der Suche eigentlich von Vorteil sein*, dachte Emily überzeugt.

Die gläserne Fensterfront des Café Lalo wirkte trotz des trüben Herbstwetters sehr belebt, was zum Teil an der Deckenbeleuchtung lag, die aus winzigen, gelben Glühbirnen bestand.

Doch das wahre Geheimnis des Cafés lag in seinem leichten französischen Touch, der die Gäste wie Motten zum Licht zog. Das war nicht eine der zig gewohnten New Yorker To-Go-Verkaufsstellen für das beliebte Heißgetränk und einen »Kuchen auf die Hand«. Lalo forderte seinem New Yorker Gast einen hohen Preis ab: Zeit gegen Gemütlichkeit. Und trotzdem war es sehr gut besucht.

War ich schon mal hier? Wenn ja, mit wem?, überlegte Emily. Doch sie spürte weder ein vertrautes Gefühl, noch erreichte sie ein Hauch von Erinnerung, dass sie jemals in diesem Café gewesen war.

Stattdessen nahm sie eine Symphonie an Gerüchen aller Art wahr, als sie sich an die Eingangstür mit der Nummer 21 lehnte. Der Duft von belgischen Waffeln vermischt mit einer Schokoladennote konkurrierte mit dem Aroma von frischen Croissants und allen Kaffeevariationen, die sich das Herz nur wünschen konnte.

Seit ihrem Unfall hatte Emily gelernt, einige dieser Bestandteile auseinanderzuhalten, doch diese Vielfalt überforderte sie schlichtweg. Das Einzige, was sie gerade noch bemerken konnte, war das Grummeln ihres leeren Magens.

Sie entdeckte Jermaine erst nach einer Weile. Er war in der hintersten Ecke am Fenster in eine Zeitschrift vertieft. Emily setzte ein zufriedenes Lächeln auf und näherte sich mit Bestimmtheit dem ersten Menschen außer dem Pflegepersonal, den sie seit ihrem Aufwachen im Krankenhaus kennengelernt hatte.

»Entschuldige die Verspätung. Ich habe verschlafen«, log sie. Die Wahrheit war, dass sie sich dermaßen intensiv mit dem Tagebuch ihrer Mutter beschäftigt hatte, dass sie ihr Zeitgefühl völlig verloren hatte. »Wartest du schon lange?«

Wie aus dem Schlaf schreckte Jermaine hoch. Beruhigt, das bekannte Gesicht zu sehen, klappte er die Zeitschrift zusammen. »Hi, nein, nicht schlimm.«

Der an den Rändern bereits eingetrocknete Milchschaum seines leeren Kaffeebechers verriet, dass er schon deutlich länger als eine Viertelstunde im Café saß.

Während Emily vorsichtig ihren Mantel über die Lehne hängte, näherte sich eine Kellnerin, um ihre Bestellung aufzunehmen.

»Darf ich Ihnen schon etwas anbieten? Oder brauchen Sie noch einen Moment?«

»Ich nehme das Gleiche wie mein Begleiter«, entgegnete sie feixend. Ihr Magen rebellierte jetzt etwas lauter.

»Dann hätten wir gerne einen Kaffee, einen schwarzen Tee und diesen Brunch für jeden, bitte.« Jermaine tippte mit seinem Finger auf die Karte. Einen Augenblick später nickte Emily und setzte sich ihrem Begleiter gegenüber.

»Ausgezeichnete Wahl, vielen Dank.« Die Kellnerin entfernte sich.

»Wie geht es dir?«, fragte Emily unsicher.

Es kam ihr so vor, als hätte sie eine rhetorische Frage gestellt. Sein sonst gebräuntes Gesicht wirkte blass und eingefallen, seit sie ihn das letzte Mal gesehen hatte. Und diese Tatsache hatte nicht nur die künstliche Beleuchtung des Raumes zu verantworten. Es schien, als wäre er in den letzten vier Tagen um Jahre gealtert. Dennoch blieb er für die Frauenwelt attraktiv. Ein flüchtiger Blick auf die Reaktion der bedienenden Kellnerin bestätigte das.

»Gut, gut…«, antwortete er abwesend. »Noch immer keine Information über Alicia, oder?«

»Nicht bei mir«, entgegnete Emily betrübt. Schweigen.

»Was hältst du davon, wenn wir noch mal über meine Schwester sprechen? Das würde uns vielleicht beiden guttun«, äußerte sie so vorsichtig, wie sie nur konnte. *Ich habe bereits das ganze Büchlein durchgesehen. Irgendetwas übersehe ich, ich weiß es. Und du bist meine einzige Hoffnung, es herauszubekommen.*

Als hätte Emily auf einen unsichtbaren Knopf gedrückt, plapperte Jermaine über alles, was ihm zum Thema Alicia einfiel. Es schien, als würde er sie durch das Gespräch in seine Welt holen. Eine schier endlose Flut an Informationen…

Jermaine ließ sich nicht von dem duftenden Brot, den Frühstückseiern oder dem großartigen Obstsalat ablenken. Die meisten dieser Geschichten waren Emily bereits von ihrem gemeinsamen Aufenthalt in Alicias Wohnung bekannt. Nur dass sie damals noch dachte, sie würden über ihre eigene Vergangenheit sprechen. Ihre Aufgabe bestand darin, aufmerksam zuzuhören. Dieses wichtige 'ES' herauszufiltern.

»… selbst als ich sie damals zum Essen an unserem freien Dienstag einlud, sagte sie mir knallhart ab. Alicia ist wirklich stur wie ein Esel. Wenn sie einen Weg einschlägt, dann lässt sie nicht locker! Selbst bei dieser merkwürdigen Kirchennummer«, sagte Jermaine, bevor er sich einen Schluck Kaffee einverleibte.

»Ist Alicia etwa gläubig?« Diese kleine Information entging Emily nicht.

»Nein«, Jermaine lachte. »Im Leben nicht! Sie ging in letzter Zeit immer dienstags zu solchen Kaffeekränzchen in die Kirche. Ihre Mutter half dort aus. Außerdem gab sie etwas Sprachunterricht, soweit ich weiß. Ich wollte nicht zu viel fragen, weil es vermutlich um illegale Einwanderer ging. Doch plötzlich interessierte sich Alicia brennend für diese Treffen. Ein paar Kollegen vom NYPD sind gestern dort gewesen, aber bei den Illegalen wirkt eine Polizeiuniform wie ein Maulkorb.«

Zeitweilig wurde er still, bis ihm plötzlich eine Idee kam. »Heute ist doch Dienstag! Heilige Scheiße, dass ich nicht daran gedacht habe! Sie fuhr dort immer abends hin. Ich könnte doch später einfach vorbeischauen. Kostet ja nichts. Und eine kleine verdeckte Ermittlung kann nicht schaden, oder?«, entschied Jermaine aufgeregt - mehr zu sich selbst als zu seiner äußerst interessierten Gesprächspartnerin.

Kirche, Kirche… Wie hieß die Kirche nochmal?, dachte Emily angestrengt an die zahlreichen Eintragungen im Tagebuch. *Dass mir das nicht gleich eingefallen ist? Aber natürlich. St. Thomas, oder nein, St. Martin war das? Ja, genau.* »St. Martin of Padua Church« *hieß es doch. Und ihre Mutter unterrichtete dort jeden Dienstag von früh bis zur Messe um 18 Uhr. Was tat Alicia dort danach? Und warum sagte Jermaine »in letzter Zeit«? Was war so wichtig, dass sie es so plötzlich tat?*

»Das wäre bestimmt nicht schlecht«, entgegnete Emily so unauffällig wie sie konnte. »Komm, lass uns von anderen Themen sprechen. Das Ganze nimmt mich doch ganz schön mit.« *Dank dir habe ich mein ES gefunden, alter Freund!*

Jermaine zwang sich zu einem Lächeln, während Emily allerlei Belangloses über den vergangenen Columbus Day wiedergab. Es schien für Außenstehende so, als wären die beiden in ein anregendes, witziges Gespräch vertieft. In Wirklichkeit kreisten Emilys Gedanken jedoch um einen wichtigen Auftrag, den es zu erfüllen galt, ohne dass ihr Gesprächspartner Verdacht schöpfte. Ähnlich erging es Jermaine.

»Entschuldigst du mich bitte kurz? Ich muss nochmal wohin«, sagte Emily überraschend.

»Na klar. Ich warte. Danach muss ich aber auch schon wieder los. Ich will vor der Arbeit noch etwas erledigen. Soll ich dich irgendwo absetzen?«

»Quatsch. Ich werde noch spazieren gehen. Mach dir um mich keine Sorgen. Frische Luft tut mir gut!«

»Einverstanden. Dann werde ich in der Zeit die Kellnerin rufen, okay?«

Als Emily kurze Zeit später zu ihrem Tisch zurückkehrte, wunderte sie sich, dass Jermaine noch nicht bezahlt hatte.

Hatte ich meine Tasche etwa offen gelassen?, huschte es ihr durch den Kopf. Sie übersah, dass auch ihr schicker Mantel etwas bewegt worden war. Ihr Begleiter wirkte zerstreut.

»Wollen wir zahlen?« Jermaine entblößte seine schneeweißen Zähne, während er mit einem Wink die Kellnerin über den Wunsch zum Aufbruch informierte. Emily nickte verwirrt und ließ sich in ihren Mantel helfen.

Kapitel 12

Das Taxi bog in die Sullivan Street ein. Langsam wurde die Suche nach ihrer Schwester recht teuer.

Sie hatte viel Glück, dass ihr Vater ihr in Richmond noch heimlich seine Zweitkreditkarte zugesteckt hatte. So 'für alle Fälle'… Nun machte sie bereits zunehmend davon Gebrauch, und es würde nicht lange dauern, bis es ihm auffiel.

Sollte das geschehen, würde er ihr den Geldhahn zudrehen und das »pflegebedürftige Töchterchen« nach Hause in ihr sicheres Kinderzimmer verfrachten, ob sie es wollte oder nicht. Wenn sie jemals das Geheimnis um das ominöse Verschwinden ihrer Schwester lüften wollte, musste Emily ihre Machenschaften noch ein Weilchen vertuschen. Auch wenn es bedeutete, dass sie ihren Eltern heute Abend am Telefon wieder mal eine heile Welt vorlügen musste. Doch jetzt musste sie erstmal diesem Hinweis folgen.

»St. Martin Church…« Die Stimme des Taxifahrers rief sie in die Realität zurück. Jetzt wurde ihr bewusst, dass sie bereits einige Sekunden vor dem Gebäude standen.

»Oh, ja. Richtig, vielen Dank!« Mit dem Blick starr auf den Eingang gerichtet, übergab sie dem Fahrer das Geld und stieg aus.

Das also ist die St. Martin Church?, wiederholte sie ehrfürchtig im Geiste. Es war noch nicht wirklich Mittag. Wenn sie Glück hatte, würde Jermaine erst gegen 18:00 oder 19:00 Uhr an der Kirche erscheinen.

Was ist aber, wenn Alicia von diesem Ort aus entführt wurde? Dann käme die verdeckte Ermittlung von Jermaine am Nachmittag womöglich zu spät.

Krieg dich ein, Emily!, ermahnte sie sich. *Kein Mensch wird dich am helllichten Tag vor einer Kirche entführen. Warum auch?*

Der Gebäudekomplex, vor dem sie stand, wirkte sehr imposant. Die massiven Eingangstore, die aussahen, als könnte man sie nicht von Menschenhand öffnen, verwehrten einen Blick ins Innere der dicken, mit kunstvollen Reliefs verzierten Mauern und ließen Emily erschaudern. Ein Weg ins Unbekannte.

Seitlich der Eingangstore befanden sich rechteckige und in der Höhe mit dem Eingangsportal stilecht abgeschlossene Fenster. Ihre milchigen Scheiben unterbanden jeglichen Blick ins Innere. Emily rüttelte nacheinander an den Toren.

Es geschah gar nichts. Sie versuchte es erneut. Wieder nichts.

Enttäuscht wollte sie sich auf den Rückweg zum Studentenwohnheim machen, um später zur Messe zu kommen, als sie eine kleine, unscheinbare Tür in einer Nische der Kirche erspähte. Dieser Eingang war so dezent, dass sie mehrmals hinsehen musste, ob er tatsächlich zu den Kirchenmauern gehörte. Es schien ein Teil dieser Kirche zu sein.

Angespannt klopfte sie an die Tür. Zunächst passierte wieder nichts. Dann sah sie, wie ein Auge im Guckloch erschien. Die Tür öffnete sich.

»¿Dónde has estado todo el tiempo, Alicia?« *(Anm. des Autors (span.): Wo warst du denn die ganze Zeit, Alicia?)*, fragte eine ältere Frau und ließ sie ins Innere des Gebäudes hinein.

»Ich verstehe kein Spanisch.« Emily kaute nervös auf ihren Lippen herum.

Die Frau schaute perplex. Dann lachte sie sichtbar amüsiert und wechselte übergangslos zum Englischen.

»Du bist mal wieder zu Scherzen aufgelegt, Kleines. So kenne ich dich und nicht anders, mein Kind.« Sie drückte Emily ganz herzlich an sich und bat sie, ihr den langen Flur entlang zu folgen.

Trotz des recht hellen Herbstnachmittags waren die Räume dieses Kirchenanbaus erwartungsgemäß dunkel und es war deutlich kühler als draußen.

Als sie in einem Bereich mit angrenzender Kochnische ankamen, fühlte sich Emily auf Anhieb wohler. Offenbar diente dieses Zimmer als eine Art Seminarraum. In der Mitte standen Tische, die man zu einer Einheit aufgestellt hatte, um den Schülern einen gegenseitigen Austausch zu ermöglichen. Ein fruchtiger Duft von Tee hing in der Luft, was zu dieser kalten

Jahreszeit nicht ungewöhnlich erschien, und verlieh den Räumen einen heimeligen Charakter.

»Setz dich, Kleines.« Sprachlos folgte Emily der Bitte. »Möchtest du einen Tee? Kaffee ist mal wieder alle. Wo warst du die ganze Zeit? Wir haben es am Telefon versucht, doch du bist nicht rangegangen. Ich habe sogar Felicia zu dir geschickt. Vor einer Woche ungefähr. Sie sagte, dass dein Freund, dieser Polizist, jetzt bei dir wohnt, also haben wir dich in Ruhe gelassen.« Die Frau holte tief Luft, bevor sie weiter fortfuhr. »Hast du schon gehört? Das eine von den Mädchen aus Chihuahua, Mónica Lavat Torres, hat der *Chupacabra* geholt. Wird zumindest unter den Migrantinnen so erzählt. Ich kannte diese Frau kaum, weil sie sich nicht bei uns registrieren ließ. Sie und ihr Baby sollen unauffindbar sein. Ich weiß natürlich, dass das wieder mal Unsinn ist, doch die Frauen kannst du nicht überzeugen. Sie glauben halt an diesen Humbug. Da kann man nichts machen, fürchte ich.« Emilys Gesprächspartnerin brachte lächelnd zwei Becher mit einem duftenden Früchtetee und schob einen davon in ihre Richtung.

»Der Zucker ist auch wieder alle. Dabei hatte ich letztens welchen gekauft. Naja.« Sie zuckte gleichgültig mit der Schulter.

»Ich bin nicht Alicia.« Emilys Stimme nahm einen bestimmten Ton an. Stille.

Die ältere Frau ließ sich kraftlos auf einen ihr gegenüber stehenden Stuhl fallen und starrte sie durchdringend an. In ihren weisen, durch zahlreiche Falten gezeichneten Augen keimte plötzlich Besorgnis auf.

»Wie meinst du das, du seist nicht Alicia? Du machst mir langsam Angst, mein Kind. Was soll das bedeuten?«

»Ich heiße Emily Stafford und bin ihre Zwillingsschwester. Alicia wird seit mehr als zwei Wochen vermisst, und ich befinde mich auf der Suche nach ihr. Daher haben sich hier vor kurzer Zeit einige Polizisten umgesehen, ohne den Grund zu verraten. Es wird noch geheim gehalten, um Alicia zu schützen, denn

Polizisten sind bei Entführern nicht besonders beliebt. Ich verstehe auch kein Spanisch wie meine Schwester, weil ich nicht bei meiner leiblichen Mutter aufgewachsen bin. Ich glaube, ich brauche Ihre Hilfe, um Alicia zu finden.«

Emily nahm wahr, wie sich bei diesen Worten der Gesichtsausdruck der Frau von Besorgnis zu reinem Entsetzen wandelte.

»Hier, sehen Sie?« Sie reichte die Identifikationskarte mit ihrem Namen herüber, um ihre Worte zu bekräftigen. Ihre Gesprächspartnerin fixierte das kleine Stück Plastik.

»Heilige Maria, Mutter Gottes! Er hat sie geholt!«, schrie diese geistesabwesend auf.

»Wer? Wer hat sie geholt?« Die Angst der Frau steckte an.

»*Chupacabra*«, flüsterte sie ehrfürchtig und schaute Emily tief in die Augen. In ihrem Blick zeichnete sich irrsinnige Furcht ab. Emily schluckte lautlos.

»Nicht das komische Fabeltier, von dem die Frauen immer sprechen«, fuhr sie unruhig fort. »Doch wir wissen nicht, wer dieses Monster ist. Er holt sich zuerst die Frauen, die kleine Babys bekommen haben. Unsere Einwanderinnen glauben daran, dass der ‚*Chupacabra*' ihnen im Verlies die Kehle aufschlitzt und dann das Blut aussaugt. Angeblich hatte man bei den Leichen Einstichlöcher gesehen. Anschließend sollen sie ausgeweidet worden sein, was auch schon in den Nachrichten kam. Egal, wie wir auf die Babys der Entführten danach aufpassten; kurze Zeit später verschwanden auch sie spurlos. Alicia glaubte genauso wenig wie ich an diese Erklärung, daher suchte sie in letzter Zeit auf eigene Faust nach den Tätern. Jeden Dienstag trafen wir uns kurz nach der Messe, und sie führte Befragungen durch. Sie müssen verstehen, ganz viele unter den Einwanderinnen sind illegal in New York. Sie wollen mit Polizisten nichts zu tun haben.«

»Verstehe ich das richtig? Meine Schwester war nicht wegen des Unterrichts oder so hier?«

»Ihre Schwester?« Für einen kurzen, kaum greifbaren Augenblick flackerte ein amüsierter Ausdruck in den Augen der älteren Frau. »Niemals. Alicia ist doch Muttersprachlerin. Sie war nur auf eigene Faust auf der Suche nach diesem menschlichen Abfall, weil sie die Mädchen nicht zum Kontakt mit der Polizei überreden konnte. Die meisten von ihnen sind traumatisiert. Sie vertrauen niemandem und glauben alle Ammenmärchen, die ihnen aufgetischt werden. Manche kommen extra nach New York, um ein Baby in der 'besseren Welt' zu bekommen. Einige davon enden dann im Leichensack. Und jetzt hat er Alicia…« Die Augen der alten Frau füllten sich mit Tränen.

»Mónica ist tatsächlich tot«, entgegnete Emily traurig. »Die Cops fanden sie gestern außerhalb von New York in einem Wald. Ihr Kind war nicht bei ihr. Die Polizei ermittelt noch. Von meiner Schwester fehlt immer noch jede Spur. Ich werde sie finden, das verspreche ich Ihnen. Sie müssen mir nur ein paar Informationen geben, weil ich im Moment nicht weiterkomme.«

»In Ordnung.« Die Frau wischte sich mit dem Ärmel ihres dunkelbraunen Pullovers die Tränen weg. Sie schien die Fassung wiedererlangt zu haben. »Wie kann ich helfen?«

»Erzählen Sie mir bitte von meiner Mutter. Ich muss die Zusammenhänge finden. Ich weiß, dass wir ganz nah an der Wahrheit sind. Mir fehlen nur noch einzelne Puzzlestücke, um dieses Rätsel zu lösen. Was wissen Sie über meine biologische Mutter? Also Alicias Mutter…«

»Camila Juárez? Diese Frau war ein Engel. Sie kümmerte sich in jeder freien Minute um unsere Mädchen. Jeden Dienstag hatte sie in ihrer Sprachschule, wo sie beruflich unterrichtete, frei, und gab stattdessen bei uns Unterricht in Englisch. Wenn sie konnte, besorgte sie den armen Mädchen geringfügige Arbeiten, half bei Wohnungssuche und Papierkram. Camila war felsenfest davon überzeugt, dass bei der Geburt von Alicia irgendetwas schief gelaufen war, daher half sie den Mädchen, die in Chihuahua von der Manhattan University angeworben wurden. Diese Idee wurde mit der Zeit zu ihrer Obsession. Eines Tages, das muss im

Sommer dieses Jahres gewesen sein, hörte sie im Unterricht von einer Einwanderin, dass ihre Bekannte in der Klinik entbunden hatte. Auch diese arme Mutter behauptete, wie Camila früher, man hätte ihr eines der Kinder weggenommen. Camila wollte diese Frau treffen, doch an jenem Abend wurde sie von einem Auto angefahren und starb auf der Stelle. Gleich darauf schmiss Alicia ihre Ausbildung in Quantico hin und fing an zu ermitteln. Sie glaubte nicht an Zufälle. Eine Einwanderin wollte sich mit eurer Mutter treffen. Doch sie verschwand, mitsamt ihrer Zwillinge, und das Märchen vom 'Chupacabra' machte die Runde. Nun ist Alicia ebenfalls verschwunden…« Die Stimme der alten Frau brach ab.

»Hat Alicia jemals erwähnt, dass es mich, ihre Schwester, gibt?« Diese Frage musste Emily einfach stellen.

Die alte Frau schwieg für einen Moment. »Ich glaube, Ihre Mutter hat es ihr vorher nie erzählt. Zu groß war ihre Angst, dass man sie für verrückt erklären und ihr das Kind wegnehmen würde. Die einzige Person, der sie sich anvertraute, war ich. Selbst ich fand die Idee wahnsinnig. Camila gab mir vor ihrem Tod ein Tagebuch, damit ich es Ihrer Schwester übergebe. Sie hatte wahnsinnige Angst, dass ihr etwas zustoßen könnte. Soweit ich weiß, suchte Alicia erst nach dem Tod ihrer Mutter nach Ihnen. Nun sitzen Sie vor mir, als wäre es nie anders gewesen. Ich kann es immer noch nicht fassen, dass meine Freundin recht hatte!«

Emily verzerrte die Lippen, um ein Lächeln anzudeuten, das vielmehr tiefe Traurigkeit ausstrahlte. »Ich muss Alicia finden - sie ist ein Teil von mir. Das NYPD tappt im Dunkeln, obwohl die Wohnung von Alicia inoffiziell zum Tatort erklärt und von oben bis unten durchsucht wurde. Keine einzige Spur. Aber Menschen verschwinden nicht so leicht. Wenn ich mit meinen bisherigen Informationen zur Polizei ginge, würden sie hier auftauchen und die Emigrantinnen befragen. Vorausgesetzt, die Cops bekommen einen Durchsuchungsbefehl. Damit würde aber meine Hoffnung schwinden, meine Schwester lebendig zu finden. Ich brauche Aussagen, die nicht unter Druck der Polizei aufgenommen werden. Denn irgendwie hängen die Vorfälle zusammen: Alicias Verschwinden, der Tod meiner Mutter, die Morde und unsere Vergangenheit. Die Frage ist nur: *wie?* Ich werde das Gefühl nicht los, dass Alicia die Antwort darauf gefunden hatte und deshalb verschwunden ist.«

In den Augen der alten Frau loderte plötzlich ein Feuer auf, das die braune Farbe zum Leuchten brachte.

»Ihre gemeinsame Vergangenheit, die Frauen, die der 'Chupacabra' zu sich holt…«, wiederholte sie nachdenklich. »Ich glaube, der Ursprung liegt in Mexiko, in Chihuahua.«

»Zunächst dachte ich das auch. Dennoch verschwinden diese Frauen nicht aus Mexiko, sondern von hier, aus New York. Vielleicht ist der Zusammenhang tatsächlich in ihrer Kindheit zu sehen? Warum verschwinden Babys und ihre Mütter, doch nur die Frauen werden umgebracht? Was geschieht mit den Kindern? Warum gibt es Mütter, die behaupten, man hätte ihre Babys gestohlen? Sind diese Babys etwa so *existenzlos*, wie ich es bin?« Kaum hatte Emily dies ausgesprochen, fiel ihr die Wahrheit wie Schuppen von den Augen.

»Gibt es derzeit unter den Einwanderinnen welche, die vor Kurzem entbunden haben?«, fragte sie fieberhaft.

Der grässliche Albtraum ihrer leiblichen Mutter nach der Entbindung, von dem sie im Tagebuch gelesen hatte, fiel ihr wieder ein. *Schrieb sie dort nicht von einer ICCA? Und sprach Abigail Stafford nicht auch davon?*

»So genau weiß ich es nicht. Ich werde aber gleich alle Hebel in Bewegung setzen, um es zu erfahren. Vielleicht haben wir Glück.«

»Übrigens, gegen Abend wird hier ein Polizeiwagen vor der Tür stehen. Der Kollege, den diese Felicia bei meiner Schwester sah, wollte hier warten, falls AJ auftauchen sollte. Er darf mich auf keinen Fall sehen. Vielleicht hat es Sinn, die Frauen zu warnen? Ich glaube nicht, dass die Polizei unter den jetzigen Umständen eine Razzia durchführen würde, doch sicher ist sicher!«

»Danke für die Warnung. Ich werde sie an die Frauen weitergeben. Nun mache ich mich schnell an die Arbeit. Nehmen

Sie…«, sie schaute das ihr bekannte Gesicht an und grinste schelmisch, »…nimm dir gern mehr Früchtetee, mein Kind, während ich mir die Finger an der Telefontastatur wundtippe!«

Emily ließ sich ebenfalls zu einem Lächeln verleiten. Endlich ein weiterer Schritt, den die Polizei nicht imstande gewesen wäre zu tun.

Und endlich musste sie sich nicht verstellen. Sie entschloss sich dazu, ihre Amnesie vorerst zu verschweigen. Diese Erkrankung tat hier nichts zur Sache, und sie hatte Angst, erneut bevormundet zu werden.

Tief in die Telefongespräche mit ihren Schützlingen vertieft, registrierte die alte Frau nicht, wie das Mädchen, das sie soeben in ihr Herz geschlossen hatte, ein ihr bestens bekanntes Notizbüchlein aus ihrer Handtasche zog, um möglichst viele Namen in den Aufzeichnungen zu finden.

*****

»Ich habe jemand gefunden! Es ist eine junge Frau, die vor einem Monat ein Kind auf die Welt gebracht hat! Allerdings sprach sie nicht davon, dass sie mehrere Kinder erwartete. Das ist aber im Moment die einzige, die uns bekannt ist.« Die alte Frau platzte fast vor Aufregung.

»War das in der Klinik der Manhattan University in der Fort Washington Avenue?« Emilys Stimme zitterte.

»Woher weißt du…?« Die Frau sah das aufgeschlagene Dokument an. Sie kannte das Tagebuch. Schließlich war sie diejenige, die es an Alicia weitergegeben hatte. Und vielleicht war es das beste Geschenk, das die bescheidene Camila ihren beiden Töchtern machen konnte. Möglicherweise ein stummer Zeuge eines längst vergangenen Verbrechens.

»Wir sind so nah dran … Ich weiß es! Viel näher, als das NYPD es jemals war. Ähm…«

»Nenn mich einfach Gloria, wie es Alicia auch tut, mein Kleines.«

»Gloria, ich ... Ich muss diese junge Mutter sehen. Unbedingt! Heute noch! Lässt sich das irgendwie machen?«

»In dieser Hinsicht ähnelst du deiner übereifrigen Schwester schon sehr.« Die alte Frau lachte hell auf. »Was meinst du, Emily, was ich gerade mit ihr besprochen habe? Sie wartet bereits auf uns. Wir fahren mit meinem Wagen, wenn es dir recht ist. Da sie ausschließlich Spanisch spricht, wäre es vielleicht nützlich, wenn ich dabei bin. Was meinst du?«

Kapitel 13

Der Anblick der trostlosen Straße, die sie entlanggingen, um die junge Mutter zu besuchen, ließ erahnen, dass auf der Alexander Avenue das Geld für den Lebensunterhalt abends auch auf illegalen Wegen verdient wurde. Wenn Gloria und Emily es nicht darauf anlegen wollten, dies am eigenen Leib zu erfahren, mussten sie noch vor dem Einbruch der Dunkelheit wieder nach Hause.

Die Wohnung der jungen Mutter war spartanisch eingerichtet. Eine Couch, ein kleiner Fernseher, ein Tisch mit kleinen Heiligenfiguren darauf… Alles hastig aufgeräumt, als würde das Baby die meiste Zeit dieser Frau beanspruchen, was man an den Augen in ihrem vor Müdigkeit eingefallenen Gesicht ablesen konnte. Das Kleine schlief seelenruhig in einem Bettchen neben der Couch. Es sah so aus, als ob es nur einen einzigen Raum für diese beiden Menschen in diesem finsteren Winkel der Erde geben würde. Und trotzdem strahlte die Frau eine unheimliche Wärme aus. *Ist es die Zufriedenheit einer glücklichen Mutter?*, dachte Emily verträumt. Laut der Aufzeichnungen im Tagebuch ihrer leiblichen Mutter war Alicia so ähnlich aufgewachsen. *War Camila damals auch so glücklich?*

Die Augen der Gastgeberin, deren Namen Emily vergessen hatte, weiteten sich, als sie bei der Erzählung das ihr verständliche Wort »*Chupacabra*« vernahm. Der Rest der spanischen Konversation fügte sich zu einem großen Brei aus Lauten, die ihr sicher heimisch vorgekommen wären, hätte man Emily ihrer Mutter damals nicht entrissen. Sie spürte tiefe Traurigkeit im Herzen.

Es war bemerkenswert, wie vertraut diese sich fremden Frauen miteinander umgingen. In dieser eingeschworenen Gemeinde der Einwanderinnen in einem fremden Land reichte offensichtlich, dass man von engen Freunden empfohlen wurde, um die Türen zu ihren Häusern, ihren Mündern und ihren Herzen zu öffnen.

Eine Polizeimarke bewirkte in dieser Gegend das komplette Gegenteil.

Nicht nur die Wohnung und ihre Bewohner verbreiteten einen Hauch von Gemütlichkeit, der zum Verbleib einlud. Auch der Empfang war es, den man besonders den barmherzigen Schwestern der Caritas Internationalis zuteilwerden ließ - den einzigen Frauen, denen das Schicksal anderer Menschen wahrhaftig am Herzen lag. Eine »Monja« *(Anm. des Autors (span.): »Schwester, Ordensschwester«)* stand einer leiblichen Schwester gleich.

»No sabemos más«, beendete Gloria abrupt. »Nein, mehr wissen wir nicht«, wiederholte sie in Englisch für Emily und riss sie aus ihren Gedanken.

»Monja«, die junge Mutter blickte erschrocken. »¿Qué debería hacer?«

Gloria wandte sich an Emily. »Sie wäre bereit, uns zu helfen. Wie kann sie das tun?«

»Ich habe tatsächlich eine gute Idee, die mir eben gekommen ist. Frag sie mal bitte, wie ich an das Krankenhaus herankäme, also wenn ich mir zum Beispiel sehnlichst ein Baby wünschen würde?«

Gloria wandte sich mit der Frage an die junge Mutter und ließ sie antworten. Das Einzige, was Emily verstand, war der bereits bekannte Name der Klinik in Mexiko.

Unbewusst lächelte Gloria, als wollte sie der Suchenden ihre Wärme schenken. Emily ließ sich auch äußerlich verleiten, doch im Herzen war nicht nur Wärme. Ein prasselndes Feuer war bereits entfacht. Wie ein unwiderruflich vernichtendes Gift schlich sich das Gefühl in jede Pore ihres Körpers ein und weckte längst vergessene Gefühle - eine unbändige Wut gegen die Menschen, die gewagt hatten, über ihr Schicksal zu bestimmen.

»Es ist alles privat, sagt sie. Die meisten dieser Mütter werden über das Centro Hospitalario International in Chihuahua angeworben. Die Frauen werden illegal nach New York überführt und in der Universitätsklinik entbunden. ,El Señor', wie der behandelnde Arzt von den Einwanderinnen genannt wird, scheint sehr nett zu sein. Die Behandlungen kosten kaum, und die Entbindungen finden ausschließlich abends über einen Kaiserschnitt statt. Angeblich, um Kosten zu sparen, wie er den Patientinnen erklärt.«

»Ist dieser Arzt wirklich so toll? Die Ärzte, die mich im Krankenhaus betreuten…« Fast hätte sich Emily verraten, doch Gloria schien es nicht mitbekommen zu haben. »Also, als ich irgendwann im Krankenhaus lag, waren die Ärzte bei Weitem nicht so aufopfernd. Klar kümmerten sie sich um die Patienten, keine Frage. Dennoch bedeutete Feierabend für sie wirklich *freie Zeit* und nicht einen OP-Termin. Und schon gar keiner kümmerte sich nach Feierabend um eine finanziell benachteiligte Emigrantenfamilie. Irgendwie vertraue ich dieser karitativen Ader nicht wirklich.«

»Ich gebe zu, ich hätte mich mehr um die Frauen kümmern müssen. Auch mir erscheint das etwas eigenartig.« Glorias Stimme schien bedrückt. »Als eure Mutter noch lebte, kümmerte sie sich um die Einwanderinnen. Meine Aufgabe lag in der Führung von Büchern und dem ganzen lästigen Kram. Als sie starb, versuchte ich beides zu tun. Doch der Spagat zwischen den Aufgaben gelang mir nicht so recht. Unser Arbeitgeber ist bei der Besetzung offener Stellen nicht unbedingt schnell.«

»Geschehen ist geschehen. Es macht keinen Sinn, sich darüber zu ärgern«, versuchte Emily zu trösten. Selbstmitleid war jetzt deplatziert. »Wie komme ich zu diesem großartigen Wunderarzt?«

Ehrfürchtig beantwortete die Emigrantin die Frage, während sie sich unbewusst mehrfach über die Haare strich. *Sie ist sehr nervös*, dachte Emily, ohne den Grund verstanden zu haben.

Der Zauber der glückseligen Mutter war verflogen, was Emily sehr traurig stimmte. Selbst das Baby schlief plötzlich unruhig, als könnte es die Nervosität seiner Mutter spüren. Die Situation wirkte angespannt.

»Sie sagt, dass es nur einen einzigen Weg gibt, wie du einen Termin bei dem Arzt bekommen könntest: wenn sie eine bestimmte Nummer wählt und dich empfiehlt. Doch ihr wurde auferlegt, das nur zu tun, wenn es eine saubere Sache ist. Im anderen Fall würden sie und ihr Baby vom *'Chupacabra'* geholt werden.« Glorias Stimme klang verärgert.

»*Chupacabra?*« Bei diesem Wort zuckte die Latina erneut. Instinktiv ging sie zu ihrem Kind, als wollte sie es vor einer unsichtbaren Macht beschützen.

»Ist dir klar, Gloria, dass wir uns auf dem richtigen Weg befinden? Beruhige sie, dass ich mich darum kümmern werde, dass ihr und ihrem Baby nichts geschehen wird. Ich möchte gleich morgen einen Termin bei dem Arzt haben. Sie bekommt direkt danach polizeilichen Schutz, selbst wenn ich das gesamte NYPD herbitten muss.«

Emily überlegte kurz. »Den Teil mit der Polizei lassen wir vielleicht doch lieber weg. Sind ja nicht die willkommensten Menschen in dieser Gegend. Es bleibt also unter uns. Aber ich brauche dringend den Termin, um mir diesen netten Mediziner aus der Nähe anzusehen. Das Krankenhaus an sich, die Ärzte und das Personal, werden ausreichend sauber sein. Auf einen Durchsuchungsbefehl braucht das NYPD vermutlich nicht zu warten.«

Kurz nachdem Gloria dies übersetzt hatte, ging die junge Mutter aus dem Raum.

Vermutlich gibt es hier doch noch ein anderes Zimmer, vermutete Emily, auch wenn sie beim Reinkommen auf keine weiteren Türen geachtet hatte. Kurze Zeit danach begann das Baby zu weinen. Vorsichtig hob Gloria das Kleine hoch, legte es zwischen ihren Arm und ihren Körper, sodass es ihr Herz hören konnte.

Flüsternd begann sie ein Lied zu singen, das Emily sehr vertraut vorkam. Sie konnte ihre Tränen nicht unterdrücken. Zum Glück war Gloria so mit dem Kind beschäftigt, dass sie nicht sehen konnte, wie Emily ihre Wange mit dem Ende ihres Ärmels abwischte.

Kenne ich dieses Lied irgendwoher? Oder weckt diese Recherche meine vergessenen Gefühle wieder auf? Unabhängig davon, was es war, schien sie einen weiteren Schritt auf dem Weg ihrer emotionalen Genesung gemacht zu haben.

Die plötzlichen Schritte der jungen Mutter unterbrachen dieses idyllische Bild. Als sie ihr Kleines glückerfüllt in den Armen von Gloria liegen sah, lächelte sie und sprach etwas, das Emily nur instinktiv verstand. Ein Zeichen der Verbundenheit aus tiefstem Herzen.

Gloria lächelte und übergab das Baby der Mutter, die bereits zu einer Erklärung angesetzt hatte.

»Du hast einen Termin für morgen früh um 10:00 Uhr. An der Rezeption sagst du ganz leise, dass dich Patricia Guerrero empfohlen hat. Wenn sie keinen Verdacht schöpfen, wirst du gleich in einen Raum gebracht, wo der Arzt mit seiner Frau, einer Krankenschwester, erscheinen wird, um dir die weiteren Einzelheiten dieser Behandlung zu nennen. Im anderen Fall bekommst du die gleiche Behandlung wie die amerikanischen Patientinnen. Patricia sagt, sie wünsche dir viel Glück, dass du deine Schwester findest.«

Emily lächelte die Emigrantin dankbar an.

»¡Muchas gracias!«, rezitierte sie den einzigen spanischen Satz, der ihr im Gedächtnis geblieben war, während sie sich durch den engen Flur der winzigen Wohnung zwang.

»¡De nada!« Diesmal richtete die junge Mutter die Worte direkt an Emily. »¡Buena suerte!«

*****

»Ich hoffe, du weißt, dass es ein gefährliches Spiel ist, Kleines?« Glorias Stimme klang sehr besorgt, als sie in den Hinterhof hinaus traten.

»Mir wird schon nichts passieren!« Emily war zuversichtlich. »Wie auch? Am helllichten Tag in einer von Menschen überfüllten Klinik?«

»Na gut! Das will ich dir glauben, mein Kind!« Eigentlich hatte dieser riskante Plan die alte Frau nicht überzeugt. Wenn Emily nur annähernd so stur wie ihre Schwester war, würde ein Gespräch wenig bringen.

»Monja«, rief die junge Mutter ihnen laut hinterher, als die Frauen in das am Straßenrand geparkte Auto einsteigen wollten.

»¡Monja, espera un momento!« Gloria drehte sich schlagartig auf dem Absatz um. Gespannt blieb sie stehen und schaute in die Richtung, aus der sie die Stimme der Latina vernahm.

»¿Puede un ratón asustar realmente a un elefante?« (*Anm. des Autors (span.): »Kann denn eine Maus einem Elefanten Angst einjagen?«*)

Gloria kannte die Antwort auf diese Frage nicht. Ihr blieb nichts anderes übrig, als Emily zu vertrauen.

»¡Espero que sí!«(*Anm. des Autors (span.): »Ich hoffe, ja!«*), rief sie eine Nuance lauter, als sie es beabsichtigt hatte.

Wenn nicht, dann sind sie verloren, beendete sie in Gedanken.

Kapitel 14

Schweren Herzens passierte Ricardo die Gänge der Manhattan University, in der 'El Señor' seinen Sohn untergebracht hatte. Er war schon spät dran, die Chemotherapie hatte bereits um neun Uhr begonnen.

Diese Besuche gingen ihm schwer an die Substanz. Viel lieber blieb er bei dem Baby zu Hause, während seine Frau die Therapie ihres gemeinsamen Sohnes vor Ort begleitete.

Doch auch sie brauchte mal psychische Erholung. Also stellte er sich den verhassten Gerüchen und dem gekünstelt freundlichen Personal der Station, in der man gelegentlich einen kleinen, kraftlosen Patienten mit einem rollenden Infusionsständer in den Gängen schlurfen sah.

Warum passiert das uns?, dachte er mit aufsteigender Wut. *Warum nur?*

Alles hatte so gut angefangen. Seine schöne Frau, um die ihn damals jeder seiner Kumpel heimlich beneidete, war schwanger geworden. Zu diesem Anlass gab es eine würdige Hochzeit, dann kam das Baby.

Alejandro war das hübscheste Kind der Welt. Er entwickelte sich großartig. Ricardo und seine Frau waren die stolzesten Eltern von Chihuahua.

Mit einem Mal, so etwa mit zwei Jahren, wurde ihr gemeinsamer Sohn plötzlich deutlich schwächer als andere Kinder, anfälliger für Infektionen. Als der Kleine schließlich anfing abzunehmen, suchten sie Hilfe auf. Der Hausarzt schickte sie zum Kinderarzt, der wiederum keine befriedigende Diagnose stellen konnte. Also verwies man sie an das Centro Hospitalario International. Es folgte das Bangen um die Ergebnisse. Dann das vernichtende Urteil: akute lymphatische Leukämie…

Als Alejandro dauerhaft stationär aufgenommen wurde, befand sich das Krankenhaus in Chihuahua noch im Umbau. Besonders betroffen war die Kinderonkologie.

Man hatte die kleinen, schwer kranken Patienten in die Unfallchirurgie verlegt, in der Erwartung, dass man durch die Voruntersuchungen über den Verlauf sämtlicher Infektionskrankheiten anderer Kinder im Bilde sein würde. Die Hoffnung war, mit dieser Maßnahme die Todesfälle unter den angeschlagenen Onkologiepatienten eindämmen zu können.

Doch die staatlichen Mittel reichten nicht, um die Kinder ausreichend zu schützen. Mit jedem Schnupfen, jedem Niesen wuchs die Sorge, dass Alejandros Körper endgültig aufgeben würde.

Eines Tages tauchte auf der Station eine Krankenschwester auf, Maria Hernández. Sie war beeindruck vom Einsatz der Eltern und fragte Ricardo, wie weit er gehen würde, um sein Kind in der besten Klinik von New York unterzubringen.

Er und seine Frau waren bereit, alles dafür zu geben, das Leben von Alejandro zu retten. Mit dieser Entscheidung besiegelte Ricardo einen Pakt mit dem Teufel.

Ein Leben gegen die Verpflichtung, Verbrechen an anderen Menschen zu vertuschen. Eine biedere Existenz in Chihuahua gegen eine bürgerliche, aber illegale in New York.

Wann er in diesem Prozess seine Skrupel endgültig über Bord geworfen hatte, war ihm nicht wirklich bewusst. Vielleicht zu dem Zeitpunkt, als er von dem ehemaligen Polizisten zu einem erstklassigen 'Cleaner' ausgebildet worden war. Vielleicht aber auch früher.

»Ich habe eine sehr gute Nachricht für Sie!« Die Stimme einer jungen Krankenschwester riss ihn aus seinen trüben Gedanken.

Sie platzte fast vor Freude. Ricardo schwieg dagegen erwartungsvoll. »Wir haben endlich einen passenden Knochenmarkspender für Ihren Sohn gefunden. Dr. Shaw war bereits so freundlich, die Kostenübernahme zu bestätigen. Es ist also vollständig bezahlt! Was sagen Sie? Na? Was sagen Sie?« Etwas übereifrig klatschte die Frau in die Hände, wie ein kleines Kind. Es fehlte nur, dass sie ihn an den Händen nahm und mit ihm im Kreis tanzte.

»Wow, ich weiß nicht, was ich sagen soll…« Das waren tatsächlich wahnsinnig tolle Neuigkeiten, die er erst verdauen musste. Zumal da etwas war, was diese Nachricht trübte. »Ist mein Sohn jetzt im Behandlungszimmer?«

»Er wartet schon auf Sie. Wir haben es ihm noch nicht gesagt. Das ist Ihre Aufgabe!«

»Vielen Dank. Ich kann es nicht fassen. Nach zwei Jahren Suche. Endlich. Danke. Jetzt bin ich sprachlos.« Wie mechanisch kamen Ricardo diese Worte über die Lippen. Er kannte den bitteren Preis dieser Hilfe. Seelisch gestärkt machte er sich trotzdem auf den Weg, seinem Sohn diese Botschaft kindgerecht zu überbringen.

Eigentlich hatte er einen Grund zu unbändiger Freude. Für diese Behandlung hatte 'El Señor' bestimmt eine Menge Geld bezahlt. Doch tief im Inneren hemmte ein ungutes Gefühl seine Euphorie. Ricardo ahnte, warum nicht nur ein einziger Edelstahlbehälter voller Beweise und Menschen zersetzender Flusssäure geliefert worden war, sondern drei.

In dem einen würden sie den weiblichen Cop verschwinden lassen, das war schon klar. Die Frage war nur, für wen die beiden anderen Fässer gedacht waren.

'El Señor' duldete keine Fehler. Und Pepe hatte dem FBI genug Material geliefert, dass man bereits an der Theorie des kranken 'Dr. Horrible' zweifelte.

Dann ließ dieser Dummkopf noch den Ring des Opfers in der Nähe des Tatorts fallen, damit die Cops diese Frau noch schneller identifizieren konnten!, zischte Ricardo durch die Zähne, wütend auf seinen Bruder. Diese Nachlässigkeit würde ihn letzten Endes in ein Flusssäurefass befördern.

Und wer war daran schuld? Er selbst. Hatte nicht er Pepe das Blaue vom Himmel in den Staaten versprochen, wenn er seine Sachen packen würde und mit seiner Familie mitkäme? Sein Bruder war schon immer etwas zerstreut. *»Langsamer entwickelt«* nannten das seine Eltern. Als sie starben, übernahm er die Obhut über Pepe, folglich hatte er ihn in Mexiko nicht allein lassen dürfen.

So tüchtig und darauf bedacht, alles zu tun, was man von ihm verlangte, war sein Bruder das leichteste Opfer im Armenviertel von Chihuahua, in dem sie aufgewachsen waren. Nun wurde er, Ricardo, so nachlässig und ließ seinen treuen, aber etwas dämlichen Assistenten die Leiche beseitigen. Ein Auftrag, der seinen Bruder direkt in den Himmel bringen würde, falls dort noch ein Platz für sie beide reserviert war. Das musste unbedingt verhindert werden. Und Ricardo hatte auch schon eine Idee, wie.

Mit bedrückter Miene näherte er sich der bekannten Tür mit dem Bild eines Teddys drauf. Vor diesem Raum hatte er den meisten Respekt und bewunderte seine Frau dafür, dass sie es übers Herz brachte, ihren gemeinsamen Sohn Tag für Tag dort zu begleiten. Er blieb stehen und ließ eine Krankenschwester passieren, die ihn sofort ansprach.

»Er wartet schon sehnsüchtig auf Sie. Wir durften heute nicht anfangen, bevor Sie da sind! Normalerweise fangen wir pünktlich an, doch ich glaube, eine Ausnahme am heutigen Tag kann nicht schaden. Nun gehen Sie mal. Lassen Sie den tapferen Ritter nicht warten«, ermahnte sie ihn.

Warum werden die Dinger immer jünger und jünger? Oder werde ich etwa älter?, ging es ihm durch den Kopf. *Haben die überhaupt eine Ahnung davon, was sie tun?*

»Tut mir sehr leid, das Baby war heute etwas anstrengend. Aber wir können jetzt anfangen.« Ricardo setzte den Mundschutz auf.

»Sehr gut, dann bereite ich schon mal alles vor. Bis gleich.« Die Krankenschwester hielt dem Vater die Tür auf, damit er passieren konnte.

Das Behandlungszimmer, wie man es unter den Patienten und dem Personal nannte, war ein riesiger Saal voller Spielsachen, Bücher und mit einem Fernseher ausgestattet. Doch nichts davon konnte auch nur für einen Augenblick darüber hinweg täuschen, was der eigentliche Zweck dieses Raumes war: Möglichst viele kleine Patienten an einen Platz zu bringen, um ihnen lebensspendendes Gift zu verabreichen. Der Mundschutz und die riesigen Desinfektionsflaschen am Eingang verstärkten das beklemmende Gefühl zusätzlich.

Einen positiven Aspekt hatte dieses Konzept dennoch. Es brachte Kinder zusammen, die ein gemeinsames Schicksal teilten. Wenn die Eltern ihren Schützlingen Bücher vorlasen, taten sie es auch für die Nachbarskinder. Es war…wie eine große, zusammengeschweißte Familie.

Mit einem konzentrierten Blick suchte Ricardo zwischen lachenden Kindern, besorgten Eltern und herumkrabbelnden Geschwistern nach seinem Sohn.

»Daddy!« Eine aufgeregte, doch heisere Stimme erreichte seine Ohren. Er drehte sich um und lächelte.

»Alejandro …« Sein Herz begann zu pochen. Wie schlecht das Kerlchen aussah. Abgemagert und nur noch ein Schatten seiner selbst. Die Behandlungen schienen all ihre Nebenwirkungen zu entfalten. Seine Frau hatte ihn zwar vorgewarnt, dass der Kleine nach der Behandlung ununterbrochen die Toilette besetzte, doch so schlimm hatte er sich das nicht vorgestellt. Tränen liefen ihm über die Wangen, als er zu dem Platz neben seinem Sohn ging.

»Edler Ritter, was haben Sie mit meinem Sohn gemacht?«, fragte er mit gespielter Ehrfurcht in der Stimme. Seit einiger Zeit lehnte das Kind seine spanische Muttersprache völlig ab. Er verstand sie zwar, antwortete jedoch immer auf Englisch. Also beließen sie es dabei.

»Ich bin's, Daddy! Ich bin der Ritter!«, kicherte der Kleine. Seine Augen erschienen noch größer in dem eingefallenen Gesicht. »Wir haben gestern gebastelt. Und ich darf heute bei der

Behandlung meinen Helm tragen. Weil ich so ein tapferer Ritter bin, sagte die Schwester.«

»Du bist der tapferste Ritter, den ich kenne, mein Schatz.« Tränen standen Ricardo in den Augen.

Nur jetzt keine Tränen zulassen, sonst ist er traurig. Es ist doch sein Tag!, zwang er sich, die Contenance zu bewahren.

»Ich habe eine tolle Nachricht für dich! Eigentlich wollte ich es dir zusammen mit Mommy erzählen, doch wir fanden niemand, der auf das Baby aufpassen kann«, log er.

Wer weiß? Vielleicht ist meine Zeit bereits abgelaufen. Du sollst mich positiv in Erinnerung behalten… »Wir haben endlich einen Spender für dich gefunden, mein Schatz. Du wirst gesund! Jetzt musst du uns helfen, dass es schnell vorangeht, versprichst du mir das?«

Die Augen des kleinen Ritters strahlten vor Freude.

Warum mussten Worte wie »Behandlung«, »Krankenhaus« und »Spender« so ziemlich die ersten sein, die dieses kleine Wesen lernen durfte?

»Julia«, rief Alejandro der jungen Krankenschwester begeistert zu, die Ricardo vorhin angesprochen hatte. »Ich werde gesund! Hat mein Daddy gesagt! Wir haben einen Spender gefunden.«

»Ich weiß, ich weiß… Das war das Geheimnis, das wir dir nicht sagen durften!« Die junge Frau zwinkerte dem Vater zu. »Nun setz dich aber hin. Jetzt, wo du wieder gesund wirst, brauchen wir etwas Hilfe von diesem Saft. Du weißt, noch ein paar Mal, und dann ist es vorbei. Können wir jetzt, edler Ritter?«

»Ich bin bereit, Mylady«, sagte der Kleine und entblößte bei einem schelmischen Lächeln seine winzigen Milchzähne. »Daddy, kannst du mir etwas vorlesen? Bleibst du bei mir zum Mittagessen?«

»Ja, ja, du kleiner Quälgeist. Natürlich werde ich hier so lange warten, bis deine Mutter mit dem Baby erscheint!« Ricardo lachte gezwungen. Wenn die Infusion beendet war, folgte die härteste Zeit der Behandlung. Für gewöhnlich verbrachte man die Mittagszeit auf der Toilette des luxuriösen Krankenzimmers.

Doch noch etwas verdarb ihm gründlich die Freude seines Kindes. Wollte *'El Señor'* mit seiner bisher nicht so leichtherzig vorhandenen Spendenbereitschaft lediglich mal wieder Geldwäsche betreiben, oder war es ein Vorschuss für eine Tat, die er sich nicht vorzustellen wagte?

Kapitel 15

»Ich komme auf Empfehlung von Patricia Guerrero«, wisperte Emily Stafford am Empfangsfenster der gynäkologischen Abteilung der Manhattan University.

Sie war unheimlich aufgeregt. Die ganze Nacht über konnte sie es kaum aushalten, endlich einen weiteren Schritt vorwärtszukommen. »Ich möchte gern zu Dr. Shaw.«

Die Empfangsschwester lächelte sie an. »Bitte folgen Sie mir, wir haben Sie schon erwartet. Der Doktor kommt gleich. Ich wurde gebeten, Ihnen solange einen Anamnesebogen auszuhändigen.«

Mit diesen Worten führte die Krankenschwester Emily an einem überfüllten Warteraum vorbei, dessen weiße, nüchterne Wände mit sattgelben Schriften und einfachen Zeichnungen aufgewertet worden waren.

Das Behandlungszimmer, in dem sie gebeten wurde, Platz zu nehmen, unterschied sich deutlich vom Wartebereich. Vermutlich wurde es nur für besondere Besprechungen genutzt. Hinter dem massiven Schreibtisch aus Kirschholz, der mit einem modernen Computer ausgestattet war, befand sich ein großes Regal, das vor Büchern beinahe platzte. Alles sah nach Fachliteratur aus.

Mittig stand ein großer, ebenfalls massiver, runder Tisch, um den vier ausladende Sessel mit hochwertiger Lederbespannung angeordnet waren. An den weißen Wänden hingen drei stilvolle Bilder in alt wirkenden Rahmen, die nebeneinander eine Einheit bildeten. Es war eine Szene aus Afrika: eine Elefantenherde kurz vor der Wasser spendenden Oase.

Der Raum sah beeindruckend aus. Doch Emily hatte keine Zeit, sich von den vorherrschenden Impressionen zu untätigem Warten verleiten zu lassen. In ihrem Kopf explodierte gerade ein

Cocktail aus Adrenalin und Dopamin, der sie keine wirkliche Ruhe finden ließ.

Sobald sich die Tür hinter der Krankenschwester schloss, sprang sie zum Schreibtisch, bereit, alles Mögliche abzusuchen. Auch auf die Gefahr hin, entdeckt zu werden, denn eine weitere Chance dieser Art würde sie nie wieder bekommen.

Mit zittrigen Fingern öffnete sie nacheinander sämtliche Schubladen.

Was erwarte ich hier eigentlich zu finden? Sie wusste es nicht. Trotzdem wühlte sie sich durch einen Haufen von Rechnungen eines überaus dubiosen Unternehmens.

'General Food Inc.', las sie. *Was soll ein Arzt mit Quittungen von einer Nahrungsmittelfirma?*

Ich muss mir den Namen merken, damit ich ihn Josh zum Überprüfen geben kann! Ihre Finger schienen ihre Gedanken zu überholen. *Schneller! Schneller!*

Plötzlich fand Emily in der untersten Schublade des stilvollen Schreibtisches einen eingeschlagenen, vergilbten Notizblock. Zitternd vor Nervosität öffnete sie ihn.

Namen. Frauennamen mit Zahlen, nicht mal geordnet. Die Zahlen sind allesamt nicht größer als drei, überschlug sie. *Eine Vielzahl an Einträgen.*

Sie ließ die Seiten wie bei einem Daumenkino durchlaufen, wurde aber enttäuscht. Nichts!

Dass sie von einer gut getarnten Kamera an der Decke bereits erfasst worden war, entging ihrer Aufmerksamkeit gänzlich. Noch ein letztes Mal schaute sie auf die letzte Seite des Notizblocks, als sie etwas las, das ihr den Atem raubte. »*Mónica Lavat Torres/2*«, darunter »*Patricia Guerrero/1*«.

Mit schlimmster Vorahnung blätterte sie zum Anfang zurück. Viel musste sie nicht überfliegen, um zu finden, was sie suchte. Es stand ganz oben, auf der ersten Seite.

Ihr wurde schwarz vor Augen, als sie »*Camila Juárez/2*« las.

Als sich die Tür öffnete, saß Emily bereits in einem der Sessel und hoffte, dass man ihr nicht ansehen konnte, wie sehr ihr Herz gerade raste.

Der Arzt war erfahren genug, seine Überraschung zu überspielen. Fast wäre er darauf hereingefallen, dass sich der weibliche Cop erneut im gleichen Raum verirrt hatte. Wie in einem Déjà-vu. Auf das Treffen war er gespannt.

Schon im kleinen Bild der Überwachungskamera sah seine neue Patientin Alicia Juárez unheimlich ähnlich. »Guten Morgen, Frau Stafford«, sagte der Arzt freundlich und lächelte Emily an. Es war schon erstaunlich, wie sehr sie auch aus der Nähe seiner Gefangenen glich.

Seine Assistentin, die hinter ihm stand, schaute deutlich verwirrter. Emily tippte bei ihr auf eine mexikanische Herkunft, auch wenn die Krankenhausuniform ihre Wurzeln kaschierte.

Ihre halblangen, schwarzen Haare waren zu einem strengen Zopf zusammengebunden, was ihr Gesicht noch magerer und unattraktiver aussehen ließ, als sie es ohnehin schon war. Dennoch war ihr diese Frau sympathisch, trotz oder gerade wegen ihrer zaghaften Haltung.

»Meine Assistentin, Maria Hernández, würde gern diesem Gespräch beiwohnen, wenn das für Sie kein Problem darstellt«, stellte der attraktive Dr. Shaw seine Ehefrau absichtlich ohne diesen Hinweis vor.

Er war das genaue Gegenteil seiner Gattin. Groß, hellhäutig und stets gut gekleidet, war der Division Chief der gynäkologischen Abteilung ein Vorzeigeobjekt unter seinen Kollegen. Intern akzeptierte man, dass er auch im Klinikalltag seinen Kittel gegen einen Anzug getauscht hatte. Er war ein Mann, der keine Widerworte duldete und dennoch Vertrauen ausstrahlte. Eine autoritäre Führungspersönlichkeit.

»Ich habe absolut nichts dagegen«, stotterte Emily. *Was soll ich sonst sagen, ohne dass es auffällt?*, dachte sie.

» Aber wissen Sie ... Mittlerweile bin ich mir gar nicht mehr sicher, ob das so eine gute Entscheidung ist, ein Baby ohne einen Vater aufwachsen zu lassen. Vielleicht sind auch die Risiken einer künstlichen Befruchtung höher, als ich dachte?«

»Dafür gibt es Beratungsgespräche.« Dr. Shaw beruhigte seine Patientin und setzte sich ihr gegenüber.

Seine Assistentin dagegen ging kurz aus dem Behandlungszimmer hinaus.

»Ich werde Ihnen alle Risiken erklären. Zu Hause dürfen Sie sich in Ruhe weitere Schritte überlegen. Zuvor aber müssen wir eine kleine Blutprobe entnehmen, um zu sehen, was wir überhaupt in Ihrem Fall tun können. Wir machen damit nur eine Bestimmung Ihres Hormonspiegels und ein Blutbild, was ohnehin zu jeder normalen Vorsorgeuntersuchung gehört. Sollten Sie sich gegen eine Schwangerschaft entscheiden, erhalten Sie die Ergebnisse natürlich völlig kostenfrei ausgehändigt.«

Die Tür ging auf, und die Assistentin stand darin mit einem kleinen Tablett, auf dem fein säuberlich einige Spritzen nebeneinandergelegt worden waren.

Maria Hernández Shaw klapperte mit dem Behandlungsbesteck auf einem hinteren Sideboard, was Emily besonders nervös machte, weil sie sie nicht im Auge behalten konnte, ohne ununterbrochen den Kopf zu bewegen.

In sanftem Ton setzte der Arzt seine Aufklärung über die Vorteile der In-vitro-Fertilisation fort, während sich Emilys Beklemmung ins Unermessliche steigerte.

Wie komme ich jetzt hier am besten wieder heraus, ohne dass die beiden Verdacht schöpfen?, dachte sie verkrampft. *Ich muss dringend Jermaine anrufen. Sie müssen das Krankenhaus durchsuchen. Hier läuft etwas sowas von schief...*

Plötzlich spürte sie, wie jemand sie von hinten packte und ihr den Mund zuhielt. Es war unglaublich, mit welcher Kraft diese zierlich wirkende Krankenschwester zupacken konnte.

Emily versuchte sich zu wehren, doch der Überraschungseffekt arbeitete gegen sie. Für einen entscheidenden Augenblick war sie vor Angst wie erstarrt, während der Arzt mit einem Satz hinübersprang, um seiner Assistentin Hilfe zu leisten.

Selbst der Versuch, laut zu schreien, schlug fehl. Aus ihrer Kehle kamen nur undefinierbare Geräusche.

Zu leise, um auf die Situation hinter der verschlossenen Tür dieses Krankenzimmers aufmerksam zu machen. Der Geräuschpegel auf den Fluren verschluckte Emilys verzweifelte Gegenwehr wie Treibsand einen arglosen Wanderer.

Plötzlich spürte sie einen Stich am Hals. Der gesamte Inhalt einer zu diesem Zweck vorbereiteten Spritze verteilte sich mit wahrnehmbarem Druck in ihrem gesamten Körper.

»Alles wird gut… Du wirst gleich schlafen…«, wisperte Maria ganz weich, fast zärtlich. »Alles wird gut.«

Innerhalb von wenigen Minuten spürte Emily, wie sich ihr Körper sonderbar matt anfühlte. Ähnlich wie bei einem Betrunkenen konnte sie keine klaren Worte formen und brabbelte unverständliches Zeug.

Dr. Shaw öffnete eine Tür in der Wand, die Emily zuvor nicht aufgefallen war. Es handelte sich offensichtlich um einen Raum, der dem Arzt eine Ruhepause während des Nachtdienstes ermöglichte.

Dass es mir nicht aufgefallen ist, wie fantastisch dieser Mann aussieht, dachte Emily plötzlich und spürte eine starke Anziehungskraft, die von ihm ausging.

Während die Assistentin langsam den Griff an der Patientin lockerte, stellte sich ihr Opfer vor, wie er sie berühren würde. *Warum ist mir nicht aufgefallen, wie warm dieses Zimmer tatsächlich wirkt? Oder wie gierig er mich betrachtet?* Als sie von Dr. Shaw und Maria an Armen und Beinen gepackt wurde, stellte sich Emily vor, dass er zärtlich ihren Nacken küsste. Es erregte sie. Es machte sie glücklich

»Was hast du ihr gegeben?« Die Stimme des Arztes drang wie durch einen Schleier zu ihren Ohren durch. Emily lachte ihn an.

»Rohypnol, etwas über drei Gramm. *(Anmerkung des Autors: die sog. K.O-Tropfen)*. Das war alles, was ich auf die Schnelle auftreiben konnte. Gleich werde ich mich auf die Suche nach einem Rollstuhl machen, dabei kann ich schauen, ob sich im OP-Bereich noch etwas auftreiben lässt, damit ich nachspritzen kann. Wir wollen unsere kleine Detektivin nicht in unendliches Glück versetzen, oder?« Die bisher schüchtern wirkende Stimme der Assistentin bekam den sarkastischen Beigeschmack auflodernder Eifersucht.

»Ich denke auch, dass es besser aussieht, wenn die Kleine bewusstlos rausgefahren wird. Ricardo ist heute im Haus bei seinem Sohn. Besorge ihm bitte meinen Kittel, damit er sie unauffällig abtransportieren kann. Ich kümmere mich um die Lieferung.«

»Alles klar, Schatz. Wie du meinst. Was ist mit Ricardos Sohn? Sollten wir das Ganze nicht doch abblasen?« Mit einem Ruck luden sie die benommene Frau auf die Liege.

»Überlass das nur mir. Und geh jetzt!« Dr. Shaw zog beide Seitengitter der Liege, auf der Emily lag, hoch, und beobachtete sein Werk mit Stolz. Sie lag da wie ein Baby - lächelnd im Halbschlaf.

Wütend über die förmlich knisternde Spannung in der Luft verließ Maria Hernández Shaw den Raum. Ihr war klar, dass zwischen diesen Menschen eine starke Bindung bestand, die sie all die Jahre der Ehe mit Thomas Shaw zu verdrängen gelernt hatte. Nun holte sie die Vergangenheit wieder ein.

*****

»Es interessiert mich nicht, Ricardo! Vergiss nicht, wer die ganzen Chemos von deinem Sohn bezahlt hat. Und das war kein Taschengeld. Ich erwarte, dass du sofort herkommst! Ohne Widerrede!«, brüllte der Arzt in den Hörer eines seiner Prepaidhandys.

»Wir haben eine kleine Lieferung, und du wirst dich darum kümmern. Das Mädchen befindet sich jetzt bei mir. Und wehe, du vergisst ihre Tasche oder ihren Mantel oder sonst was mitzunehmen! Das Krankenhaus bleibt sauber. Alles soll so unauffällig wie möglich aussehen. Pepe wartet schon in der Fabrik auf euch. Heute werdet ihr sämtliche Beweise beseitigen, nachdem ich die Neue begutachtet habe. Weitere Fehler werde ich nicht dulden, haben wir uns verstanden? Das FBI ist dank EURER Nachlässigkeit auf uns aufmerksam geworden.« Dr. Shaw legte wütend auf, ohne eine Antwort abzuwarten.

Ein Blick auf die Brust seiner Patientin, die sich regelmäßig auf und ab bewegte, erfüllte ihn mit steigender Zufriedenheit. Das Mädchen schlief bereits tief, womit sich das Nachspritzen vorerst erübrigte. Alles Weitere würde er später entscheiden.

Warum er plötzlich diese seltsame Anziehung zu ihr empfand, konnte er sich nicht erklären. Nach so vielen Jahren! War es ungewohnt liebevoll oder unheimlich grausam, dass er beiden Frauen diesen letzten kleinen Wunsch des Wiedersehens erfüllen wollte? Er war sich unschlüssig.

Dr. Shaw wählte eine weitere Telefonnummer und wartete einige Freizeichen ab.

»Ich bin es«, sagte er knapp, als auf der anderen Seite abgehoben wurde. Seine Augen weiteten sich beim Hören der neuesten Informationen über die Ermittlungen.

Bestimmend übernahm er das Wort.

»Meine Frau wird sich um die Spritze und den Rest kümmern. Ich denke, am wenigsten fällt es abends auf, wenn die Kinder in ihren Betten liegen. Für gewöhnlich bekommt Ricardos Sohn vor dem Schlafengehen eine Infusion, in die Sie den gesamten Inhalt der Spritze injizieren werden, während meine Frau und ich an einem felsenfesten Alibi arbeiten. Was unsere unachtsamen Mitarbeiter betrifft, denke ich, dass es an der Zeit ist, von beiden Abschied zu nehmen. Wir werden das morgen in Angriff nehmen. Danach brauchen wir aber wieder Nachschub. Die kleine Pause sollte das FBI vermutlich etwas entspannen, oder?«

Dr. Shaw lächelte, als der *'Henker'*, wie er ihn heimlich nannte, seine Sorgen zerstreute. Fehler durften nicht mehr passieren, dafür würde er sorgen.

Kapitel 16

»¿Mónica, eres tú?« Alicia Juárez wollte ihre Hoffnung über das Leben ihrer Mitgefangenen noch nicht aufgeben.

»¿Mónica, qué pasó? ¿Me comprende?« Ihr Wispern ging in ein Schluchzen über.

Sie haben doch jemand mitgebracht, das habe ich doch gehört! Vielleicht ist es eine neue Gefangene?, versuchte sie sich selbst zu überzeugen.

Vorhin klang die Stimme von dem brutaleren der beiden Männer so verzweifelt, als er versuchte, den anderen zu überzeugen. »Wir müssen hier weg, Pepe. Wir müssen es tun!«, *hatte er ständig gesagt.*

Diese Stimme spukte ununterbrochen in ihrem Kopf herum.

Was müssen sie tun? Wo müssen sie hin? Warum? Bleibe ich hier alleine? Wie lange werden sie mich noch gefangen halten?

Und wieder beantwortete nur ein inneres Echo ihre unausgesprochenen Gedanken.

Die Fragen herauszuschreien bedeutete Schläge, die ihr immer wieder die Kraft geraubt hatten. Wollte sie jemals aus diesem Loch herauskommen, musste sie maximale Leistungsfähigkeit besitzen. Also sammelte sie ihre Energie für den letzten, entscheidenden Kampf.

Um sich in Form zu halten, machte sie abwechselnd Sit-ups, Crunches und Liegestützen, sowie Tritte zu Kopf und Körper, die einen schnellen K. O. garantieren würden. Diese Kampfsportelemente, die sie während ihrer Ausbildung zur Polizistin verinnerlicht und in ihrer Gefangenschaft geübt hatte, würden ihr vielleicht einen Vorteil im Kampf mit diesen körperlich und zahlenmäßig überlegenen Männern verschaffen. Die Zeit arbeitete für sie; sie hatte nichts mehr zu verlieren.

Wie oft dachte sie an Jermaine in dieser Zeit? An den geplanten gemeinsamen Urlaub?

Was würde ich jetzt dafür geben, dich ein letztes Mal zu sehen, Jermaine!

»Ich kann leider kein Spanisch. Können Sie auch Englisch?«, antwortete plötzlich eine leise Stimme aus dem Nebenraum.

Hatte sich Alicia das nur eingebildet? Oder hatte sie eine neue Nachbarin? War ihre Zeit etwa endlich gekommen? War sie an der Reihe, zu sterben?

»Hallo!?«, antwortete Alicia so leise, wie sie nur konnte. »Wenn Sie zu der Wand gegenüber von der Tür gehen, direkt ans Fenster, und die Wand seitlich absuchen, werden sie ein kleines Loch finden. Bitte seien Sie möglichst leise, weil diese Männer sonst kommen und Sie schlagen werden. Das tut höllisch weh!«

Emily Stafford rollte ungeschickt von der Liege herunter, auf die man sie gelegt hatte. Eigentlich fühlte sie sich angenehm ausgeschlafen.

Wo bin ich bloß? Was ist geschehen? Ihr Erinnerungsvermögen, das den gesamten Morgen betraf, versagte kläglich. Wollte sie nicht ins Krankenhaus, Manhattan University? Wie kam sie stattdessen hierher?

»Hallo, mein Name ist Emily. Emily Stafford. Wo bin ich hier?«

»Hallo, Emily, mein Name ist Alicia Juárez. Ich bin Polizistin. Haben Sie keine Angst. Ich werde Sie hier herausholen!«, log sie Emily an. Sie wollte ihrer Leidensgenossin nicht vorschnell die Hoffnung rauben.

Als Emily den Namen hörte, explodierten in ihrem Kopf tausende Salven zur gleichen Zeit. War das wirklich wahr? Hatte sie ihre Schwester endlich gefunden? Allein die Vorstellung überwältigte sie und raubte ihr die Kraft, etwas in einem geraden, verständlichen Satz zu sagen.

»Alicia Juárez?«, stammelte sie. »Polizistin? Tochter von Camila Juárez?«

»Woher kennen Sie … ähm ... kennst du meine Mutter?« Alicias Stimme klang gebrochen. Mit aller Kraft wehrte sie sich dagegen, zu erfahren, was sie bereits begriffen hatte.

Emily versuchte den folgenden Satz so beherrscht wie möglich zu sagen. »Weil sie auch meine Mutter war.«

Nun konnte sie ihre Gefühle nicht mehr verbergen.

Pure Liebe zu ihrer vermissten Schwester, gepaart mit Wut, Verzweiflung und Angst beherrschten ihren Körper und ließen sie fürchterlich aufschreien. Sie musste hier und auf der Stelle raus!

Langsam durchdrang die bewusste Erkenntnis auch Alicias Mauer. Als sie begriff, wer wirklich auf der anderen Seite saß, schrie sie ebenfalls auf. Für einen kurzen Augenblick schien es so, als hätte die Welt für beide Schwestern aufgehört zu existieren.

Auch Alicia hatte nun endlich ihre Nummer zwei aus dem Notizbuch in der Praxis gefunden. Doch alles deutete darauf hin, dass sie ihr zweites Ich schon bald wieder verlieren würde. Das geschah mit allen hier, doch sie durfte das nicht zulassen!

Hätte man das Gemäuer zwischen diesen beiden Wesen entfernt, so hätten sich jetzt ihre Hände berührt, um Trost zu spenden. In einer Welt, in der es keinen Platz für Hoffnung mehr gab!

Kapitel 17

»BAU, McMelma am Apparat. Was kann ich für Sie tun?« Müde rieb sich Josh die Augen. Die letzten Nächte waren eindeutig zu kurz gewesen. Der Fall raubte ihm den letzten Schlaf.

»Chief of Department Steven Sheffield am Apparat, Abteilung für organisierte Kriminalität. Hallo, Kollege. Wir haben hier auf dem Revier einen Vogel sitzen, der behauptet, euren *'Dr. Horrible'* zu kennen. Er sagt was von Manhattan University, Livingston und Centro Hospitalario International in Chihuahua. Mehr kriegen wir aus ihm einfach nicht raus. Es handelt sich um einen Latino mit dem Namen Pepe Olivera. Er will uns seine tolle Geschichte erst dann erzählen, wenn seine Familienmitglieder unter Polizeischutz gestellt werden. Auf gar keinen Fall dürften wir das FBI benachrichtigen, sagt er. Ihr sollt eine undichte Stelle haben. Also, wenn du mich fragst, dann ist er ein Spinner. Trotzdem wollte ich mal Bescheid sagen.«

Bereits jetzt verfluchte Josh, dass Scott vor dem Flug eine Umleitung auf sein Smartphone eingerichtet hatte.

Was soll ich bloß mit dieser Meldung anfangen?, dachte er verärgert. Lou saß währenddessen an seinem Schreibtisch, regungslos auf seinen Bildschirm starrend, und kaute an einem Bleistift. *Na toll, der hat es gut!*

»Scott Goodwin, mein Vorgesetzter, befindet sich mit dem gesamten Team in Mexiko, Sir. Sie wurden in die Zentrale von Audio & Visual Technician umgeleitet. Kann ich Sie gleich zurückrufen? Ich sollte das zuerst mit unserem Unit Chief besprechen.«

Josh hasste es, Sekretärin zu spielen. Im Moment hatte er aber leider keine andere Wahl.

»Kein Problem. Ich halte diesen Spinner solange bei Laune«, antwortete Steven Sheffield genervt. *Diese aufgeblasenen Ärsche beim*

BAU halten sich wohl für etwas Besonderes. Während unsere Leute all diese Idioten von der Straße aufsammeln, machen die gerade Ferien in Mexiko.

Aufgeregt wählte Josh die Nummer von Scott.

»…Ich habe den Namen geprüft. Er taucht nicht in der Datei auf. Irgendetwas sagt mir, dass das kein Spinner ist. Woher kennt er sonst ›Dr. Horrible‹ und die Orte unserer Ermittlungen?«

»Es schadet nicht, wenn man sich anhört, was der Mann zu sagen hat. Ich halte das auch nicht für Zufall, dass genau das Centro Hospitalario International in Chihuahua auftaucht. Marico Torres, der Ehemann unseres letzten Opfers, hat doch damals eine Strafanzeige gegen das Krankenhaus erstattet. Wir werden uns dort umsehen, wobei ich mir keine großen Hoffnungen mache. Eigentlich haben wir nichts in der Hand außer ein paar Namen. Eine Durchsuchung im Ausland können wir getrost vergessen. Wir müssen schon dankbar sein, wenn überhaupt eine Familie mit uns redet. Kannst du vielleicht zum Verhör aufs Revier fahren? Wir kämpfen uns heute noch hier durch, abends geht es dann nach Hause. Ich werde mich vor Ort um die Übertragung der Zuständigkeiten und die Rufumleitung auf mein Diensthandy kümmern.«

»Okay, Scott. Ich werde mich später melden.« Josh McMelma legte auf. Mit einem Seufzer wählte er die Nummer des NYPD.

»Chief of Department, Steven Sheffield am Apparat«, klang es nun entspannter auf der anderen Seite.

»McMelma, BAU. Ich möchte bei dem Verhör dabei sein. Da es sich unter Umständen um ein bundesweites Verbrechen handelt, wurde die Zuständigkeit auf das FBI übertragen, somit auch auf unsere Einheit. Ich werde in etwa zwanzig Minuten bei Ihnen sein. Für einen so umfangreichen Personenschutz müssen die Jungs uns schon etwas anbieten, finde ich.«

»Alles klar!« Steven machte sich nicht die geringste Mühe, den Sarkasmus in seiner Stimme zu unterdrücken.

*****

Zur gleichen Zeit klingelte das Telefon bei der One Police Plaza, dem Hauptquartier der New York City Police.

»Officer Thomson am Apparat…« Jermaines Stimme wirkte rau. Er spürte, wie es in seinem Kopf pulsierte.

Die Suche nach AJ raubte ihm den Schlaf, den er seit der Gewissheit über ihr Verschwinden regelmäßig gegen einen Rausch im Canadian Club eingetauscht hatte.

»Officer Thomson?«, hörte er eine weibliche Stimme in der Leitung. Es war kaum zu ertragen, obwohl die Frau eine weiche, recht leise Stimme hatte.

Der gestrige Abend hatte offensichtlich ein Glas zu viel mit sich gebracht. Er war verkatert. »Mein Name ist Gloria Marquez. Ich rufe an … Vielleicht ist es auch falsch…«

Jermaine atmete tief ein, um sich zu beruhigen.

Warum kriege ich bloß immer diese hoffnungslose Fälle?, dachte er genervt.

»Also«, fuhr die Frau unbeirrt fort, »Emily Stafford gab mir diese Nummer, als sie mich vor ein paar Tagen in der St. Martin Church aufgesucht hat. Es war wegen ihrer Schwester, die ich gut kannte, Alicia Juárez…« Der Name traf Jermaine wie ein Hammer direkt in seinen brummenden Schädel.

Die Frau hatte schlagartig seine gesamte Aufmerksamkeit. Vielleicht kannte er Emily noch nicht lange, doch ausreichend genug, um zu wissen, dass sie seine Nummer nicht ohne Grund weitergegeben hätte.

»Was ist mit Emily?«, brüllte er in den Hörer, einen Deut lauter als beabsichtigt.

»Also, Emily bat mich, Sie anzurufen, falls sie sich nicht wieder melden würde. Sie hatte einen Termin in der Manhattan University bei Dr. Thomas Shaw um 10:00 Uhr. Mittlerweile sind zwei Stunden vergangen, und sie hat mich noch nicht zurückgerufen. Langsam mache ich mir Sorgen.«

»Warum hatte sie dort einen Termin? War sie krank?« Die Furcht, die in den Worten der Unbekannten mitschwang, schien auch Jermaine anzustecken.

»Nein«, die Frau schluckte hörbar, als sie fortfuhr: »Sie war auf der Suche nach…« Es war wahrlich schwer, ihre Selbstvorwürfe in einen passenden Ausdruck zu verpacken. *Was wollte Emily eigentlich?* »Sie wollte dort endlich ihre Vergangenheit finden.«

Kapitel 18

»Emily?! Emily?« Alicias Stimme klang wieder gefasst.

Unterbewusst spürte sie, dass ihre Zeit bereits abgelaufen war. Viel zu lange hielten ihre Peiniger sie schon gefangen. Deutlich länger als das, was sie aus dem Lehrbuch oder aus den Berichten von Einsätzen kannte.

Man würde sie einer speziellen Behandlung unterziehen. Für AJ zählte nur, dass sie als nächste an der Reihe war. Angestaute Energie breitete sich in ihrem Körper aus - wie bei einem Profiwrestler vor dem Kampf. Sie war bereit.

»Ja?« Emilys Schluchzen wich einem leisen Wimmern.

»Hör mal zu, Schatz. Wir werden es gemeinsam schaffen, okay? Ich bin Polizistin und kann kämpfen. Dafür habe ich hier Tag für Tag trainiert, verstehst du? Nun brauche ich aber deine Hilfe. Du musst mir einige Fragen beantworten, solange wir hier alleine sind. Auf gar keinen Fall darfst du mehr schreien, hörst du? Es hat eh keinen Sinn, hier wird uns niemand hören.«

»Okay.« Die letzte Information jagte Emily noch mehr Angst ein. Doch sie musste und wollte helfen, also nahm sie sich vor, so leise zu antworten, wie sie nur konnte.

»Emily, gibt es irgendwo bei dir in der Zelle etwas, womit man sich wehren könnte? Vielleicht ein Messer oder etwas in der Art?«

Geduldig wartete Alicia auf die Antwort.

»Nein, nichts. Gar nichts.« Man konnte aus der Stimme heraushören, wie sehr sich Emily trotz aufsteigender Panik um Fassung bemühte.

»Schschsch. Alles wird gut! Kein Problem, ich habe da etwas.« Mit einem Ruck griff sie unter die Matte und ertastete den Löffel, den sie jeden Tag am steinernen Boden tüchtig abgeschliffen hatte. Eine zweifelhafte Waffe, aber besser als gar nichts.

Sollten diese Affen, Ricardo mit seinem dämlichen Bruder, kommen, um sie abzuholen, würde AJ die Waffe im Ärmel verstecken. Wenigstens das Überraschungsmoment wäre damit auf ihrer Seite.

»All die Tage, die sie mich hier gefangen hielten, habe ich mich vorbereitet, diesen Schweinen eine Lektion zu erteilen. Ich fühle mich fit. Was für einen Tag haben wir heute?«

»Mittwoch, den 10. Oktober.«

Alicia konnte einen Pfiff nicht unterdrücken. »Heilige Scheiße! Am 21.09. haben sie mich entführt. Das sind schon fast drei Wochen! Sucht denn keiner nach mir? Oder hat man mich für einen anderen Zweck vorgesehen?«

Hoffentlich hörte sich das nicht zu verzweifelt an, dachte Alicia mit Sorge. Um nichts in der Welt wollte sie ihrer Schwester jetzt den Glauben an ihre Rettung nehmen.

»Aber klar doch! Na hör mal! Jermaine macht das ganze NYPD kirre. Sie gehen jedem erdenklichen Hinweis nach. Zunächst haben sie mich für dich gehalten. Aber das ist eine lange Geschichte.« Einen Augenblick lang überlegte Emily, sie ihrer Schwester zu erzählen. Aber sie entschied sich dagegen.

»Jermaine? Du meinst Jermaine Thomson, meinen Arbeitskollegen?« Die Freude, diesen Namen noch einmal zu hören, versetzte sie in einen Zustand reinster Euphorie.

JT ist aus Malibu zurück und sucht nach mir, dachte sie, während sich ihre Augen mit Tränen der Ergriffenheit füllten.

»Ja, den meine ich. Der Mann ist verrückt vor Sorge. Wenn du mich fragst, ist er ganz schön in dich verliebt. Auch mit Josh McMelma habe ich mich in Verbindung gesetzt. Seine Telefonnummer fand ich im Tagebuch unserer Mutter. War sicher deine Schrift, oder?« Emily wusste nicht genau, ob sie es überhaupt hätte lesen dürfen. Was, wenn ihre Schwester ihr das jetzt übel nahm?

»McMelma?« Der Name strahlte Zuversicht aus. Josh würde eine Nadel im Heuhaufen finden. »Du hast also das Tagebuch von meiner…ähm, unserer Mutter gefunden?« Auch Alicia beherrschte ihre Stimme an dieser Stelle nicht mehr.

Ruhig, ruhig, ermahnte sie sich. *Wir wollen doch nicht, dass uns einer hört.*

»Gut gemacht! Wem hast du es gezeigt, Emily? Darin ist ein Hinweis unserer Mutter versteckt. Er ist schwer zu finden, doch wenn man etwas genauer hinsieht, entdeckt man den Namen der Krankenschwester von hier. Sie heißt Maria Hernández Shaw, die Ehefrau von Dr. Thomas Shaw, dem Obermetzger. Ihre Gorillas wissen nicht, dass ich spanisch verstehe. Nur Mónica wusste es. Sie haben sie in dem Raum, wo du gerade bist, gefangen gehalten. Als ich in der Manhattan University aufgetaucht bin, um nach meinem, oder besser unserem Vater zu suchen, tat ich so, als würde ich die Sprache überhaupt nicht verstehen. Manchmal ist das besser so. Also, wer von den beiden Jungs hat das Tagebuch? Jermaine oder McMelma?«

Alicia war sich zunehmend darüber im Klaren, dass kein normaler Mensch diesen Ausführungen folgen konnte. Das folgende Schweigen interpretierte sie dementsprechend.

Mónica? Der Name kommt mir bekannt vor. Hieß die Leiche im Wald nicht auch Mónica? Vielleicht war das aber auch gar nicht diese Frau? Schließlich ist Mónica kein seltener Name, dachte Emily und verwarf den Gedanken sogleich. *Ich muss es Alicia trotzdem sagen, egal, wie schwer es wird.*

»Keiner von denen. Das Tagebuch befindet sich in meiner Tasche, und wo die ist, weiß ich nicht.« Emily kaute nervös auf ihrer Lippe herum. »Ich kann mich nicht mal an den heutigen Morgen erinnern. Ich weiß nicht, warum ich hier bin. Das Einzige, woran ich mich erinnere, ist, dass ich gestern mit einer Frau gesprochen habe, die mir einen Termin bei Dr. Shaw besorgte. Mehr weiß ich nicht. Vielleicht habe ich das alles vergessen, weil ich an retrograder Amnesie leide, also quasi ein Mensch ohne Vergangenheit bin? Oder jemand hat mich betäubt und entführt? Ich habe wirklich keine Ahnung…« Ein erneutes Schluchzen war zu hören. Es steigerte sich, als könnte Emily ihre Verzweiflung nicht mehr beherrschen.

»Schsch … nicht weinen. Alles wird gut, meine Süße. Weine nicht!«

»WAS SOLL…?«, schrie Emily. Gerangel. Stille. Etwas fiel laut zu Boden.

Wieder kein Geräusch zu hören.

»Emily? Emily? Was ist mit dir? Antworte mir bitte!« Alicias Worte verhallten im Gemäuer.

Keine Reaktion.

Sie versuchte durch das Loch zu schauen, doch was sie sah, war ihr bereits vertraut. Keine Spur von ihrer Schwester.

»Emily? Bitte, Schwesterherz«, bettelte sie leise. »Antworte mir doch!« Ihre Stimme begann zu zittern. Sie ahnte Böses.

Keine Antwort.

Plötzlich hörte sie ihren Namen.

»Alicia?« Diese Stimme, die hinter der Tür ihres Gefängnisses zu hören war, kannte sie bereits.

»Dr. Shaw? Was verschafft mir die Ehre Ihres Besuches?« Trotz panischer Angst versuchte sie, es klar und deutlich zu formulieren. Er sollte ihre Angst nicht spüren.

»Ich bin bereit, mich mit dir und deiner Schwester zu unterhalten. Allerdings geht das nur dann, wenn du mich nicht gleich wie eine Furie anfällst. Um dieses zu gewährleisten, habe ich Emily bereits in unseren Gesprächsraum geführt. Wenn ihr schon diesen Weg auf euch genommen habt, dann wird es mir ein Vergnügen sein, euch bei eurer kleinen Familienzusammenführung zu begleiten. Sollte mir jetzt etwas zustoßen, was meine Frau über die überall im Gebäude angebrachten Kameras sofort bemerken würde, ist deine

Schwester tot. Ich komme jetzt zu dir herein und erwarte Gehorsam. Verstanden?«

»Ich habe verstanden. Ich werde nichts tun.« Sie packte ihren geschärften Löffel in den Ärmel.

Die Tür von Alicias Gefängnis öffnete sich mit einem lauten Ächzen. Der gut aussehende Dr. Shaw stand auf der Schwelle und lächelte sie an, während der Zeigefinger seiner rechten Hand den Abzug einer 38er-Glock umschlossen hielt. Allzeit bereit.

»Dreh dich um - und die Hände auf dem Rücken zusammenlegen!«, befahl er trocken. Alicia ließ sich die Hände mit einem Kabelbinder so zusammenziehen, dass er ihre Waffe nicht bemerken konnte. Es tat höllisch weh, was der mittlerweile scharfen Seite des Löffels zu verdanken war. Mit zusammengepressten Zähnen schluckte Alicia den Schmerz herunter. Dr. Shaw schien es nicht bemerkt zu haben.

Soviel Glück auf meiner Seite? Nicht zu fassen!, dachte sie zufrieden. Einen Kabelbinder mit dem Löffel aufzuschneiden war nicht so unmöglich wie eine Fessel aus Metall.

»Wollen wir?«, fragte der Arzt sarkastisch.

»Ich kann es kaum erwarten.« Diesmal meinte Alicia es nicht ironisch.

*****

In dem Raum, in den sie gebracht wurde, herrschte künstliche Helligkeit, ähnlich einem Operationssaal. Alicia kniff ihre Augen zusammen.

Die in Gefangenschaft verbrachten Tage, in denen sie ihre Augen höchstens mit schummrigem Tageslicht trainieren konnte, forderten ihren Tribut.

Ihrem natürlichen Instinkt, die Augen mit einer Hand zu schützen, konnte sie nicht folgen. Nicht nur die Fessel, auch der feste Griff des Arztes machten jeglichen Versuch der Armbewegung zunichte.

Es dauerte eine Weile, bis ihre Pupillen endlich die Informationen über die Umgebung durchließen. Dr. Shaw war sich dieser Tatsache bewusst und wartete genüsslich. Dieser Moment, in dem sie ihre Schwester sah, würde ihm den höchsten Kick verschaffen, den er je erlebt hatte. Und er hatte noch einiges für heute vor!

Mit größter Mühe begannen Alicias Augen die weichen Konturen der Räumlichkeiten wahrzunehmen. Grüne Wände, Schatten in ihrer unmittelbaren Nähe. Es roch nach Desinfektionsmitteln. Der Raum war so groß, dass trotz eines mittig angeordneten Operationstisches genügend Platz für einen Sitzkreis blieb. Die Verschwommenheit des Bildes löste sich zunehmend auf.

Ihr gegenüber stand eine elegante, doch etwas mager aussehende Frau, die sie bereits gut kannte: die grausame Chefin dieser Farce, Maria Hernández Shaw. Sie hielt eine Waffe auf eine sitzende Person gerichtet.

Als sich die Augen von Alicia vollständig an die Helligkeit gewöhnt hatten, trat sie einen Schritt zurück und verschaffte ihrem Peiniger endlich den erwarteten Kick. In freudiger Erwartung der Steigerung seines Lustgefühls folgte der Arzt dem selbst inszenierten Spektakel.

Langsam, mäßigte er sich. *Wenn das schon so überwältigend ist, was wird sein, wenn sie endlich die volle Wahrheit erfahren?*

Emily saß geknebelt auf einem Stuhl. In ihren Augen spiegelte sich entsetzliche Furcht, die Alicia so ergriff, dass sie für einen Augenblick ihren Kampfgeist vergaß. Es gab keine Worte, die annähernd ausdrücken konnten, was sie fühlte, als sie die mit einem Kabelbinder an den Stuhl gefesselten Arme ihres Spiegelbildes sah. Die Beine, bekleidet mit einer dreckigen Jeans, steckten in Socken, deren Weiß einen grauen Schleier angenommen hatte. Man hatte ihre Beine an den Stuhl gebunden, sodass sie keine Chance mehr hatte, ihrem Schicksal zu entgehen.

Tränen schossen Alicia in die Augen bei diesem herzzerreißenden Anblick. Eine Fremde, die ein Teil ihres Selbst war. Die einzige Person auf dieser dreckigen Welt, für die sie bedingungslos sterben würde. Ihre Seelengefährtin.

»Nehmt mich und lasst sie laufen! Bitte!«, flehte sie um Gnade. In Emilys Augen loderte sogleich Wut über die gesagten Worte auf. Räuspernd kamen Geräusche aus ihrer Kehle, die keinesfalls verständlich klangen. Widerworte.

»Oh, nein. Das wird nicht passieren.« Der Arzt lachte höhnisch. »Wart ihr nicht diejenigen, die zu mir kamen, um die *ganze* Wahrheit zu erfahren? Nun, wer Wahrheit verlangt, soll sie bekommen. Auch wenn der Preis etwas höher ausfallen dürfte, als ihr es vielleicht erwartet habt. Auf diesen Moment habe ich schon lange gehofft. Nun ist er da. Und ich werde es genießen!«

Er nickte seiner Frau zu, die sogleich einen weiteren Stuhl hinstellte.

»Setz dich hin, sonst werde ich deine Schwester erschießen!«

Alicia tat, wie ihr geheißen. Die Zeit zum Kampf war noch nicht gekommen. Erst einmal würde sie diesem Irren seine Genugtuung geben. Schweigend ließ sie sich ebenfalls mit ihren Beinen am Stuhl fesseln. Mit Freude registrierte sie, dass die Krankenschwester aber beim anschließenden Fixieren ihrer Hände einen Fehler machte.

Da AJs Hände bereits hinter ihrem Rücken verbunden waren, befestigte Maria diese nur mit einer unachtsamen Schlaufe am unteren Ende der Lehne.

Auf diese Weise waren ihre Hände außer Sicht. AJ hoffte, dass der im Gefängnis geschärfte Löffel in der Lage sein würde, den starken Plastikdraht zu durchtrennen. Bei ihren Armen war dies zumindest der Fall. Sie bluteten an der Stelle, an der das scharfe Metall auf die Haut getroffen war.

Die Szene, die sich vor AJs Augen ausbreitete, war so bizarr, dass es sie an das Jüngste Gericht in der Sixtinischen Kapelle des Vatikans erinnerte. Ein Abbild davon befand sich in einem der

Räume der St. Martin of Padua Church, in der ihre Mutter zu ihren Lebzeiten unterrichtet hatte. So imposant das Gemälde von Michelangelo auch war, so beklemmend wirkte die Situation nun auf sie.

Im Vordergrund stand das selbst ernannte Gottesbild, neben ihm seine Frau, wie Maria auf dem Fresko: anbetend und ehrfürchtig vor dem nicht zu bremsenden Wahnsinn. Rechts und links davon saßen die Guten oder besser: die Verdammten. In Form von zwei Schwestern, die einem identisch genetischen Material entstammten.

Der Wahnsinnige war bereit zu sprechen. Für AJ kam jetzt die Zeit zu handeln! Ohne die Miene zu verziehen ließ sie ihr Werkzeug langsam am Handgelenk vorübergleiten.

»Um der gesamten Szenerie etwas Würze zu geben, werde ich einer von euch zuerst eine Dosis Muskelrelaxans verabreichen. Sie wird dadurch einer vollständig reversiblen Lähmung unterliegen. Wähle ich die Dosis jedoch absichtlich falsch, werden wir Zeugen davon, dass eine von Ihnen, meine Damen, einen Atemstillstand erleidet. Meine Wahl habe ich bereits getroffen. Sie fiel auf die Wehrlose zu meiner Rechten. Unsere Polizistin werde ich vorerst verschonen. Dann lassen wir uns überraschen...«

Ein Nicken ihres Mannes löste den Befehl bei Maria aus, die Injektion in die Halsschlagader von Emily zu setzen.

»Du Hurensohn!« Alicias Wut ertrank in einem Meer aus Verzweiflung. Wütend spuckte sie in die Richtung des Arztes. Dass sie fluchte, änderte nichts daran, dass sich die unbändige Angst in Emilys Gesicht zunehmend löste und einer ausdruckslosen Miene wich.

»Du widerliches Schwein!« Alicia wurde von einem erneuten Wutausbruch geschüttelt.

Halte durch, meine Kleine, halte durch. Ich werde diesen Wahnsinnigen stoppen. Alles wird gut. Bitte, halte durch. Dieser Unmensch wollte sie beide leiden sehen. Und genau das würde sie ihm nicht zugestehen.

»Keine Sorge. Deine Schwester hat ein Anrecht auf die Wahrheit, und diese wird sie erfahren, bevor sie aufhört zu atmen. Das Gleiche gilt auch für dich.« Der Spott aus seinem Mund tat ihr weniger weh als die Tatsache, dass sie noch nicht bereit war, sich zu wehren. Noch gab die Plastikfessel nicht nach.

Weitermachen, solange er unserem Tod noch Aufschub gewährt. Nicht aufhören.

Dr. Shaw wandte sich seiner Ehefrau und Partnerin zu.

»Geh bitte in mein Büro und versuche, deine beiden Affen zu erreichen. Da scheint etwas vorgefallen zu sein, sonst wären sie längst hier. Wir brauchen sie, um die Leichen zu beseitigen. Wenn es soweit ist, werde ich dich holen.«

Auch wenn brennende Eifersucht Marias Gedanken beherrschte, traute sie sich nicht, ihrem Ehemann zu widersprechen. Als sie hinausging, fiel die Tür mit einem lauten Knall ins Schloss. Eine stumme Antwort auf diesen Befehl.

»Nun wären wir endlich allein. Es gibt Sachen zwischen Himmel und Erde, die man nicht gern mit anderen teilt.« Dr. Shaw enthüllte seine makellosen Zähne.

Die »Affen«, also Ricardo und Pepe, sind zumindest jetzt noch nicht im Haus. Von anderen habe ich bisher nichts gehört, dachte Alicia mit steigendem Mut. *Das klingt doch schon recht positiv.*

»Bevor ich euch erlöse, werde ich euch den Beweis meiner Genialität liefern. Ihr seid das bahnbrechende Ergebnis. Ich bin es leid, meine Intelligenz vor der Menschheit zu verstecken. Denn ich bin der wahre Gott. Ich gebe das Leben und ich nehme es mir. ICH entscheide, wer weiterleben darf und wer nicht!«

Lieber Gott, wir sind einem wahrhaft Irren ausgeliefert, stellte Alicia mit Entsetzen fest. *Er hält sich für Gott!* Somit lag sie mit dem Bild des Jüngsten Gerichts gar nicht so verkehrt. *Weiter machen, so darf es nicht enden!*

»Nun, vor mehr als zwanzig Jahren, als ich gerade mein Studium beendet hatte, steckte die In-vitro-Fertilisation, also die künstliche Befruchtung, noch in den Kinderschuhen. Damals wollte ich den Frauen tatsächlich helfen, also begann ich zu experimentieren. Zunächst in einem engen Kreis mit der heute klassischen In-vitro-Fertilisation. Meine Erfolgsquote besserte sich mit der Zeit, und die Frauen waren überglücklich. Dann lernte ich meine Ehefrau Maria Hernández kennen, die endlich meine Genialität erkannte. Kurze Zeit vor unserem Treffen war Maria Krankenschwester im Centro Hospitalario International in Chihuahua geworden, was uns eine Fülle an Informationen und Kundinnen verschaffte. Wir kamen auf die Idee, den Müttern die überzähligen Embryonen einzupflanzen, anstatt sie abzutöten. Diese Idee war derart genial!« Dr. Shaw schien sich ernsthaft zu amüsieren.

»Maria warb in Mexiko Frauen an, die wir illegal nach New York brachten, um sie im Hinblick auf ihren Kinderwunsch zu behandeln. Alles mit kleinstmöglichem Risiko, also Frauen, die geschieden oder alleinstehend waren und sich trotzdem nichts sehnlicher wünschten, als ein Baby zu bekommen. Und was waren sie im Gelobten Land? Frauen ohne Identität, die keiner vermisste. Einfach genial. Maria verpflichtete sie, dass sie sich den Untersuchungen ausschließlich bei uns unterzogen. Die Sprachbarriere kam uns in diesem Zusammenhang außerordentlich gelegen. Somit merkte auch niemand, wenn eine von diesen *Wetbacks* mehr Säuglinge auf die Welt brachte, als wir ihr erzählten. Schließlich gebaren sie diese Kinder unter Narkose, in der Zeit, in der ich den Operationssaal für uns gemietet hatte. Fernab von Ärzte- und Patientenverkehr. Alles 'fein säuberlich', wie es sich gehört. Die überzähligen Babys verkauften wir für eine hübsche Summe an die ICCA - eine illegale Adoptionsagentur, die sich kaum dafür interessierte, woher sie ihre frische Ware bekam. Das dürfte wohl ein Teil eurer Geschichte sein, meine hübschen Damen.«

»Was kann das bloß für ein krankes Hirn sein, das sich so etwas ausgedacht hat?«, entfuhr es Alicia spontan. Im nächsten Moment biss sie sich auf die Lippen. Um nichts in der Welt wollte sie den Mann reizen, damit er ihren Befreiungsversuch nicht mitbekam. Dennoch war das, was sie bisher gehört hatte, so krank, dass sie nicht glauben konnte, soviel Unmenschlichkeit vor sich zu haben.

»Du meinst: Was für ein Genie, nicht wahr?« Ein geisteskranker Enthusiasmus loderte in seinen Augen. »Es kommt aber noch besser! Das verspreche ich euch, haltet nur durch! Also, eines Tages erfuhr Maria von Dealern, die illegal Organspenden organisierten. So etwas für eitle, sehr reiche Leute mit Bedarf, fern von der offiziellen Organspendenliste, die deutlich mehr Geld für einwandfreie Ware zahlten.«

Auch wenn Alicia wusste, was jetzt kommen würde, schüttelte sie ihren Kopf. Das war widerlich, abstoßend, bestialisch und einfach nur… Dafür gab es keine Worte!

»Wegen der In-vitro-Fertilisation hatten wir bereits eine kleine Datenbank junger Frauen, die gesund waren. Warum dann nicht aus dem Vollen schöpfen? Das neue Geschäftsfeld wurde zu einem hübschen Nebenverdienst. Wir mieteten uns diese nette Halle, in der ihr heute unsere Gäste sein dürft. Übrigens ist dies hier der Saal, wo die meisten der Organentnahmen stattgefunden haben. Mein absoluter Stolz, mein zweites Zuhause.« Dr. Shaw räusperte sich. »Unglücklicherweise entstand bei unserer Arbeit mehr Abfall als erwartet, weshalb wir einen guten Ausbilder für unsere Servicekräfte benötigten. Wir fanden ihn in den Reihen des FBI. Unser neuer Lehrer bildete Ricardo zu einem 'Cleaner' aus. Wir ließen die Ermittler in dem Glauben, dass es einen Wahnsinnigen gab, der sich nur für die Organe der Opfer interessierte. Und unser FBI-Ausbilder lehrte Ricardo, wie man einen Tatort dahin gehend schlüssig präparierte. Bei unserem letzten Fall machte unser kleiner Ricardo aber einen Fehler und übergab die Regie seinem debilen Bruder, weshalb er das schöne Bild des 'Dr. Horrible' beim FBI zerstörte. Wie schade!« Die Stimme des Arztes klang plötzlich etwas gereizt.

Sollte Ricardo auftauchen, dann könnte das unsere Rettung sein. Alicia spürte ihre Arme nicht mehr.

Der Löffel nahm einen zusätzlichen Platz zwischen den Händen und dem eng anliegenden Kabelbinder ein und schnürte ihr damit die Blutzufuhr ab.

Unterbewusst fühlte sie, dass es nicht mehr lange dauern würde, bis sie ihre Hände befreit hatte. Sie warf einen Blick auf Emily. Ihre Schwester schien zwar reglos in sich zusammen gesunken zu sein, doch ihr Brustkorb bewegte sich noch.

Halte durch, Schwester, bald bin ich soweit. Zumindest, was die Hände betraf. Ihre Beine waren nach wie vor an den Stuhl gefesselt, was ihren Angriff sicher nicht leichter machen würde.

»Wie dem auch sei. Nun befindet sich unser FBI-Lehrer auf der Mission, Ricardos Sohn ins Jenseits zu befördern. Auf eine zugegebenermaßen unkonventionelle Weise. Nun, Leukämiekranke kann man mit ganz einfachen Mitteln töten, ohne Beweise zu hinterlassen. Beispielsweise mit einem stark konzentrierten Infekt, der in einen lebensrettenden Infusionsbeutel gespritzt wird. Geringe Spuren und kaum Chancen, dass der Patient es überlebt. Ihr wisst nicht im Geringsten, wie teuer solche Therapien heutzutage sind. Aber ich langweile euch bestimmt…«

Nicht im Mindesten, du krankes Schwein! Her mit den Informationen. Wenn dein Ricardo das erfährt, wird er sich gegen dich wenden!, dachte Alicia. Es gab nur noch diese einzige ungeklärte Frage, die sie stellen wollte. Sie musste es wissen.

»Was ist mit unserem Vater passiert? Kann ich erfahren, wer es war? Jetzt, wo ich sowieso bald sterben werde?«

Dr. Shaw schaute Alicia entgeistert an. Hatte sie diese Frage tatsächlich ernsthaft gemeint? Plötzlich entlud sich all sein Irrsinn in einem grausamen Lachanfall, der AJ deutlich mehr Angst machte als das bisher Gesagte.

»Du willst es wissen? Wirklich? Also werde ich es dir sagen! Euer Aussehen habt ihr tatsächlich eurer Mutter zu verdanken. Ich kann mich noch gut an sie erinnern, denn sie war eine meiner ersten Patientinnen. Ich kann nicht behaupten, dass ich mich an sie alle erinnere, doch die ersten waren wahrlich die Besten. Auch euer Streben nach der Wahrheit kommt von Camila…« Ein Stich durchfuhr Alicia, als sie den Namen ihrer Mutter hörte. Sie schaute Emily an, wie ihre Augenlieder hin und her zappelten.

Sehr gut, braves Mädchen. Gib nicht auf, hörst du? Du darfst dieses Schwein nicht gewinnen lassen. Und du darfst mich nicht verlassen…

»Was meinst du, wie schnell sich herumgesprochen hatte, dass meine frühere Patientin andere *Wetbacks* anstachelte? Sie wollte mich fertigmachen! Aber sie schaffte es nicht. Ricardo hat sie von ihren Qualen erlöst, bevor sie noch mehr Unheil anrichten konnte …« Bei diesen Worten wurde Alicia schlecht. Ihr Würgereflex zwang sie, sich zu beugen. Fast hätte sie verraten, dass ihre Handgelenke mittlerweile frei waren. Frei und bereit, diesen Mann zu töten, der so viel Unheil über ihre Familie gebracht hatte.

Ihre Wut breitete sich in ihren Kapillaren aus wie die Luft, mit der sie ihre Lungen füllte. Sie bündelte ihre Energie zum entscheidenden Kampf für das Leben, das dieser Wahnsinnige erschaffen hatte. Doch noch war er viel zu weit von ihr entfernt. Wie eine Katze eine Maus verfolgte, würde ihre eigene Geduld sie bis zur entscheidenden Chance begleiten.

»Nun, aber das war nicht deine Frage, Alicia, nicht wahr? Du wolltest nicht wissen, was dir deine Mutter, sondern was dir dein Vater gab, oder?« Auf einen Schlag hatte er Alicias Aufmerksamkeit geweckt. Sie starrte seine Lippen wie gebannt an, während er den schlimmsten Teil dieser bizarren Geschichte aussprach.

»Als ich meine ersten Patientinnen aufnahm, hatte ich verhältnismäßig wenig Geld. Ich musste meine Schulden vom Studium bezahlen, Krankenhausräume mieten, Medikamente kaufen… Alles sehr kostspielig, daher war die Kartei meiner Samenspender sehr klein. Das waren Kosten, die ich wirklich einsparen konnte. Deinen Vater kenne ich daher persönlich. Von ihm hast du dein Bestreben, besser als alle anderen zu werden,

Tochter. Von mir habt ihr eure Genialität. Ich habe euch einst erschaffen, und ich werde euch jetzt wieder zerstören!«

Diese Erkenntnis traf Alicia bis ins Mark. Waren sie Töchter eines Serienmörders? Eines Mannes, an dessen Händen das Blut von Kindern und deren Müttern klebte? Der ihrer leiblichen Mutter die Hoffnung und anschließend das Leben genommen hatte? Konnte das wirklich wahr sein?

Unfähig, sich zu rühren, beobachtete Alicia, wie ihr Erzeuger eine bereits vorbereitete Spritze vom Sideboard des Operationssaals nahm. Jeder Schritt, den er in ihre Richtung tat, schien sich in die Länge zu ziehen, wie ein frischer, weicher Kaugummi, der an einer Tischkante klebte.

Mit angehaltenem Atem folgte sie dem Mann, den sie sehnlichst zu finden gehofft hatte. Nun war er da, und das Einzige, was sie empfand, war tiefer Hass.

Als er sich zu ihrem Hals beugte, um gottgleich über ein weiteres Leben zu entscheiden, fühlte sie, dass ihr Moment endlich gekommen war.

Laut das Wort »stirb« schreiend, rammte sie ihm die scharfe Seite des Löffels mit voller Wucht direkt in seine Halsschlagader.

Das Letzte, was sie von ihrem leiblichen Vater sah, bevor ihr die Anstrengung das Bewusstsein raubte, war der fragende Ausdruck in seinen Augen. Als sich sein Blut in pulsierenden Fontänen im Raum verteilte, wich jegliche Spannung aus seinem Körper. Bevor ihm zum letzten Mal die Augen zufielen, sank er zur Seite und begriff, dass er endgültig verloren hatte. Der Schöpfer war von seinem Werk vernichtet worden. Von den Fluren her hallten fremde Stimmen. Durch Trance und Raum unendlich weit entfernt. AJ war sich nicht sicher, ob sie halluzinierte. »FBI, runter auf den Boden. Maria Hernández Shaw, Sie sind festgenommen. Sie haben das Recht zu schweigen. Alles, was Sie sagen, kann und wird… Gesichert!« Wie im Takt klang es aus den hinteren Bereichen: »Gesichert!« »Gesichert!«

»Hände hoch! Lassen Sie die Waffe fallen«, schrie Jermaine Thomson auf Verdacht, als er als Erster den Raum passierte. Er war einem unmenschlichen Schrei gefolgt, der ihm das Blut in den Adern gefrieren ließ. Auszumachen, ob er von einer Frau oder einem Mann herrührte, war unmöglich gewesen. Waren sie zu spät gekommen?

Erleichtert erfasste er in Sekundenschnelle die Situation im Raum. In diesem speziellen Fall war es nicht mehr notwendig, dass er seine Waffe benutzte.

»Ich brauche dringend einen Notarzt! Alicia, hörst du mich, Schatz? Bleib bei mir!« Er tastete ihren Hals ab. »Ich fühle ihren Puls!« Im nächsten Augenblick versuchten zwei Sanitäter, AJ aus ihren Fesseln an den Füßen zu befreien.

»Emily? Emily?« Jermaine registrierte, dass sich die Pupillen von Alicias Schwester geringfügig bewegten.

Mein Gott, diese Ähnlichkeit der beiden, dachte er. *Hätte Emily nicht das gleiche Sweatshirt wie beim Frühstück am Vortag angehabt, könnte ich sie nicht mal auseinanderhalten.*

Während die Zwillingsschwestern medizinisch versorgt wurden, wimmelte es im Raum nach und nach von FBI-Agenten, örtlichen Polizisten und weiteren Sanitätern. Als hätte man alle Spezialeinheiten der Welt auf diesen Fall angesetzt.

Jermaines Hypophyse feuerte Endorphine in sein Gehirn ab, als wollte sie das entsetzliche Gefühl der Existenzangst durch die Euphorie des Wiederfindens ersetzen.

Mit Befriedigung dachte er an den Moment, als er Emily im Café Lalo beim Frühstück gesehen hatte. Instinktiv spürte er, dass sie niemals aufgehört hatte, nach AJ zu suchen, selbst als sie dafür ihr eigenes Leben aufs Spiel setzen musste.

Es war nur eine Frage der Gelegenheit gewesen, dass er mithilfe eines Taschenmessers einen Peilsender durch die Nähte des Innenfutters ihres Mantels gezogen hatte. Das Gerät war der Schwerkraft gefolgt und hatte sich in den unteren Falten des

Kleidungsstücks verfangen. Irgendwie hatte er sich für AJs Schwester verantwortlich gefühlt.

Einen weiteren Sender hatte er in den Innenteil ihrer Tasche gleiten lassen. Nur so zur Sicherheit, falls Emily für ihre Recherchen eine andere Garderobe wählen sollte. Jermaine war stolz, dass ihm diese Maßnahme in der kurzen Zeit im Café gelungen war.

So bedurfte es keiner Erklärung, warum er an ihren Sachen herumgesucht hatte. Selbst als sie die offene Tasche sah, eine Panne, die ihm blöderweise unterlaufen war, wäre es ihr nicht im Traum eingefallen, dass er in diesem Augenblick alle möglichen Informationen über jeden ihrer Aufenthalte bekam. Es war auch gut so, denn Emilys Handy war nicht mehr aufzuspüren. *Vermutlich haben es diese Verbrecher noch in New York beseitigt und den Akku entfernt, ohne zu wissen, dass ihre Kleidung, die sie ebenfalls zu beseitigen gedachten, ein anhaltendes GPS-Signal sendete.*

Und dennoch war Emily diejenige, die für Alicias Rettung gesorgt hatte. Wäre die Kleine nicht so umsichtig gewesen, für eine Rückmeldung über Gloria Marquez zu sorgen, dann hätte er ihr Verschwinden erst heute Abend gemerkt – erst nach seinem Feierabend.

Oder auch nie, dachte Jermaine. *Die Fässer mit der Flusssäure standen mit Sicherheit nicht zur Zierde im Lagerhaus. Wahrscheinlich waren sie dazu gedacht, sämtliche Beweise aufzulösen. Und mit den Leichen auch die angebrachten Peilsender.*

»Die Patientin ist stabilisiert und zum Abtransport bereit«, rief plötzlich einer der Sanitäter, die AJ medizinisch versorgt hatten. Jermaine schreckte aus seinen Gedanken hoch. In seinem Herzen breitete sich Freude aus.

»Ich fahre hinterher, wenn ihr mich hier nicht mehr braucht«, informierte er seine Kollegen.

»Wir haben einen Herzstillstand! Ich brauche Hilfe!«, hörte Jermaine die Sanitäter plötzlich brüllen. »Die Patientin kollabiert!

Defibrillator! Alle weg! Auf drei!« Die Entladung ließ Emilys Körper sich unwirklich aufbäumen. »Und nochmal…«

Aufsteigende Angst lähmte Jermaines Gedanken, während er wahrnahm, wie die Stimmen der Sanitäter, die Emily versorgten, trotz der routiniert durchgeführten Handlungen zunehmend panischer wurden.

Kapitel 19

Der *'Henker'* wartete im Wagen unweit des Krankenhauses auf eine günstige Gelegenheit, seinen Beseitigungsauftrag auszuführen. Einen Fehler durfte er sich nicht erlauben.

Keine unerwarteten Überraschungen.

Er selbst nannte sich lieber *'Cleaner'*, denn für die meisten Mordfälle von Dr. Shaw, oder *'Dr. Horrible'*, wie Scott Goodwin ihn nannte, war er nicht selbst zuständig. Zu seinen Aufgaben gehörten vorrangig die Beseitigung von Beweisen und die Ausbildung des Personals. Töten war ein notwendiges Übel, das ihm dennoch ein kleines Vermögen zusätzlich zu seinen Pensionszahlungen bescherte.

Es war nicht fair!, dachte er verbittert daran zurück, wie man ihn vorzeitig in den Ruhestand geschickt hatte.

Nach der Trennung von seiner selbstsüchtigen Ehefrau, die ihn sogar vor seinen eigenen Kindern schlecht gemacht hatte, lief es beruflich für ihn immer weiter abwärts.

Aus dem Erfolg versprechenden Supervisory Special Agent Lionel Medeley war eine zunehmend depressive, lächerliche Witzfigur geworden. Nicht nur seine Ermittlungen wurden immer lückenhafter.

Mit jedem Fehler, den man ihm ankreidete, machte er zig andere, bis man ihm nach zwanzig Jahren nahelegte, in den Vorruhestand zu gehen.

Eine Maßnahme, um Platz für jüngere, leistungsfähigere Ermittler zu schaffen und mich loszuwerden, erklärte er sich verbittert.

Mehr durch Zufall traf er auf dem Zenit seiner Karriere auf Dr. Shaw. Den Mann, dessen Boshaftigkeit sein geschultes, polizeiliches Auge sofort erkannte. Dieses Monster zu entlarven wäre vielleicht die Rettung seiner Karriere gewesen. Doch er entschied sich, seine ganzen Fähigkeiten in den Dienst dieser Bestie zu stellen.

Der Welt den Stinkefinger zu zeigen. Aus einem Haus in der Karibik und dabei höhnisch zu lachen.

Also hatte Lionel seine Pensionszahlungen wortlos entgegengenommen und avancierte damit zu einem vertrauenswürdigen, pflegeleichten Senior, der zwischendurch seine jüngeren Kollegen bei der Arbeit hilfreich unterstützen konnte.

Hierdurch war der Kontakt zu seinem früheren Arbeitgeber nie abgerissen. Sein Meisterstück war schließlich eine Wanze, die er in Goodwins Büro eingebaut hatte. Diese Grünschnäbel ahnten ja nicht, was mit ihren Informationen alles möglich wurde.

Es war so spielend leicht gewesen, sie anzubringen. Der neue Chef wollte sich für das Lebenswerk bei seinem älteren Mitarbeiter bedanken und ließ ihn im Büro für einige Minuten sitzen. Zeit genug, um eine kleine Abhörhilfe an einer geeigneten Stelle unter dem Schreibtisch anzubringen und sich danach entschuldigend zum Gehen zu erheben. Lionel Medeley galt eben als ein vertrauenswürdiger, ehemaliger Mitarbeiter.

Der 'Cleaner' lächelte in sich hinein. *So bauten wir den Mythos über 'Dr. Horrible' auf, der Leichen ausweidete und vermutlich verspeiste. Ein genialer Schachzug. Sobald die BAU einen Hinweis zu dem Fall nach oben meldete, manipulierte ich gemeinsam mit den beiden lernfähigen Wetbacks den nächsten Tatort, um das Phantom am Leben zu erhalten. Das FBI und die Medien fraßen die Geschichte häppchenweise. Genau so, wie wir sie ihnen reichten.*

Nun war es aber an der Zeit, sich zurückzuziehen.

Da hat der liebe Doktor nicht unrecht, dachte er und griff sich instinktiv an die Tasche seines weißen Kittels, der auf dem Beifahrersitz lag. *Die Spritze ist immer noch da*, stellte er zufrieden fest.

Es waren bloß harmlose Erreger für Windpocken, die gesunde Menschen vielleicht ein paar Tage ans Bett fesseln würden. Für einen Leukämiepatienten, dessen Immunabwehr stark geschwächt war, waren sie dagegen tödlich.

Eine dunkle Gestalt, die die Straße entlang schlich, fesselte für einen Augenblick seine Aufmerksamkeit. Auf jeden Fall schien die Person nicht erkannt werden zu wollen. Ihre Bewegungen kamen ihm allerdings bekannt vor. Es war der Vater des Kindes, der zu später Stunde noch ins Krankenhaus eilte.

Ricardo ist kein Dummkopf. Sicher ahnt er schon, dass 'El Señor' zumindest seinen Bruder liquidieren würde. Er will sich vergewissern, dass sein Sohn in Sicherheit ist, erklärte er sich diese seltsame Vorsichtsmaßnahme seines ehemaligen Schülers.

Nun standen ihm nicht besonders viele Alternativen zur Verfügung, wenn er alle ungünstigen Bedingungen ausschalten wollte. Dr. Shaw wollte den Kostenfaktor eliminiert haben, daher musste er auch den Vater beseitigen. In Eile nahm er seine kleine *SIG Sauer Mosquito* in die Hand, seine wegen der hervorragenden Eigenpräzision bevorzugte Kleinkaliberpistole. Ihr Schalldämpfer machte sie auch am Tage zu einem hervorragenden Werkzeug. Blitzartig verließ er seinen Wagen.

Er folgte dem Vater und überlegte. Der 'Cleaner' musste einen geeigneten Platz finden, seinen ehemaligen Schützling umzulegen, noch bevor sie das Krankenhaus erreichten.

Als Ricardo einen kleinen Hinterhof passierte, pfiff sein Henker leise durch die Zähne. Die Gelegenheit war da.

Überrascht schaute sich Ricardo um. Der 'Cleaner' nutzte diese Zerstreuung zu seinem Vorteil.

Ehe sein Sekundärziel es merken konnte, nahm ihm die seitlich in den Kopf abgefeuerte Kugel den letzten Atemzug. Ricardo fiel zu Boden wie ein nasser Sack.

Er sah sich schnell nach möglichen Zeugen um und zog den Körper in eine dunkle Ecke des Hinterhofs, bevor er sich unauffällig entfernte.

Genauso unauffällig, wie er aufgetaucht war, schlich er sich zu seinem Wagen zurück. Im Krankenhaus würde seine Waffe, auch wenn sie recht klein war, sofort auffallen.

Nachdem er sie im Kofferraum seines Wagens verstaut hatte, wechselte er seine Jacke gegen den vorbereiteten Kittel.

Zielgerichtet peilte er die verwaisten Gänge der Manhattan University an.

Scheinbar wird das Abendbrot für die Stationen mal wieder vorgezogen, ging es ihm durch den Kopf.

Die Kinderonkologie lag am Ende des Gebäudes. Der heutige Tag würde ihm den Weg zur Freiheit ebnen. In Gedanken malte er sich seine Insel im Sonnenuntergang aus.

Für die Beseitigung der beiden Frauen, der Aushilfs-Wetbacks und der weiteren Therapiekosten für das kranke Balg würde der Chef nochmal tief in die Tasche greifen müssen, freute er sich wie ein kleines Kind. *Diesmal werde ich die »Delight Sea Foods Inc.« mit einem sechsstelligen Betrag verlassen.*

Spätestens am Wochenende würde er seine Füße ins türkisgrüne Meer von Playa Sirena eintauchen - dem weißesten Sandstrand der Karibik.

Die Vorfreude auf eine wunderschöne Zeit erfüllte ihn. *Vielleicht kann ich mir dort auch eine kleine Immobilie kaufen? Raus aus New York, ein neues Leben anfangen, eine Frau suchen ...* Nur noch wenige Stunden, und das Abenteuer konnte beginnen.

»Kinderonkologie«, las er vom Wegweiser über seinem Kopf ab. Lionel setzte den Mundschutz auf und ließ einen Ausweis, der seine Zugehörigkeit zum Krankenhaus bestätigte, an der Tasche seines weißen Kittels baumeln, wie es Ärzte oft taten.

Nun wurde es ernst, er durfte nicht auffallen. Fest entschlossen, diesen Job zu erledigen, atmete er tief durch und betätigte den Türöffner an der Wand.

Eine blutjunge Schwester überraschte ihn am Eingang. Sie war gerade im Begriff, ihre abendliche Runde auf der Kinderstation zu drehen. An ihrer Schürze befand sich ein Namensschild, das sie als Schwester Julia auswies.

»Guten Abend, ich bin der neue Spezialist, den Dr. Shaw für seinen kleinen Patienten, Alejandro Olivera, angefordert hat. Ich weiß, dass es bereits spät ist, doch ich würde mir gern seine Vitalwerte anschauen, damit wir morgen mit einer geeigneten Therapie fortfahren können.«

Mist, es war nicht geplant, dass mich jemand sieht. Offensive ist unauffälliger als wegzulaufen. Der Mundschutz ist sowieso eine gute Tarnung, und der Kleine wird wohl noch ein paar Tage durchhalten – bis ich im Flieger in die Karibik sitze. Alles im Lot! Er ging die Parameter der unerwarteten Situation durch. *Also gut, Plan B.*

»Können Sie einen Moment warten? Ich muss kurz mit der Oberschwester sprechen, Dr ...?« Sie drehte ihren hübschen Kopf, um seinen Namen auf dem gefälschten Ausweis abzulesen.

Solche wie dich werde ich bald zum Frühstück verspeisen, mein Täubchen, dachte Lionel und lächelte.

»Dr. Wayne T. Becker, vom Children's Hospital Medical Center in Boston.« Dieser Text hörte sich deutlich natürlicher an als noch vor ein paar Stunden eingeübt. Gleich nachdem er den Ausweis samt der todbringenden Spritze von Dr. Shaws liebreizender Ehefrau entgegennahm, hatte er ihn bis zur Perfektion einstudiert.

Die junge Frau begab sich zum Schwesterzimmer, das durch eine Tür mit einer Milchglasscheibe von der Station abgetrennt war. Für einen Augenblick fühlte sich Lionel verunsichert, ob alles tatsächlich so klappen würde, wie es sein Plan B vorsah. Ein Hauch von Nervosität stieg in ihm auf.

»Bitte verzeihen Sie. Diese jungen Dinger heutzutage! Kein Vertrauen.« Der kräftigen Stimme folgte ein ebenfalls kräftiger, weiblicher Oberkörper - die bereits angekündigte Oberschwester.

»Aber selbstverständlich wurden wir bereits benachrichtigt, dass wir Besuch aus Boston bekommen würden. Ich hoffe, Sie hatten einen angenehmen Flug?«

»Bestens, vielen Dank.« Der Plan schien zu funktionieren. Lionel beruhigte sich sofort.

Unser Doc hat wirklich an alles gedacht. Es läuft wahrhaftig wie am Schnürchen. Ein Grinsen ließ sich nicht unterdrücken.

»Nun möchte ich Sie nicht weiter aufhalten. Unser kleiner Patient, Alejandro Olivera, war heute besonders geschwächt, daher liegt der kleine Knirps schon im Bett und schläft. Um ihn zu sehen, werden Sie sich schon bis morgen gedulden müssen. Er bekommt noch für etwa fünfzehn Minuten eine Infusion. Aber wenn Sie wollen, könnte ich alle Unterlagen zusammenstellen, die Sie benötigen.«

Der *'Cleaner'* wusste, dass das gesamte Personal um diese Zeit im hinteren Teil der Station beschäftigt war. Es schien einfacher, in das Zimmer zu gelangen, wenn sein Zielobjekt schlief. Doch einen Vorwand würde er für einen Besuch im Krankenzimmer schon erfinden müssen, sollte man ihn dabei erwischen.

»Das wäre großartig, wenn Sie das für mich tun könnten. Ich wäre Ihnen wirklich äußerst verbunden.«

»Aber gern. Würde es Sie stören, hier zu warten? Eine der Schwestern zieht sich gerade um. Sie wissen, wie scheu die jungen Dinger heutzutage sind?« Die Oberschwester lächelte spitzbübisch. Offenbar gefiel ihr der Bostoner Arzt sehr.

»Nicht im Geringsten. Ich warte sogar sehr gern.« Der Mundschutz hob sich ein wenig als Zeichen, dass der *'Cleaner'* das freundliche Lächeln entgegnete. Die Oberschwester verschwand hinter der Milchglasscheibe.

Mit energischen Schritten machte sich Lionel auf den Weg zu Zimmer 14, wo der kleine Privatpatient eine weitere Nacht seines mühevollen Lebens ruhte.

Eingekuschelt in die Decke lag er auf einem Kinderbett, das seitlich durch Gitter abgesperrt wurde. Der vierjährige Knirps verschwand unter einem Meer von Kissen, sodass man nichts von ihm sehen konnte.

Umso besser, dachte der *'Cleaner'* erleichtert. Seine eigenen Kinder waren mittlerweile erwachsen und mieden den Kontakt zu ihrem Vater. Dennoch konnte er sich an einige kostbare Momente aus der Zeit erinnern, als sie so klein wie Alejandro Olivera gewesen waren. Es waren die seltenen Augenblicke, die er seiner Familie geschenkt hatte, um sich anschließend wieder der Verbrecherjagd zu widmen. Längst vergangene Momente des Glücks, kurz bevor sein Leben eine gänzlich andere Wendung nahm.

Vielleicht hätte ich niemals Kinder haben dürfen? So etwas gibt es doch.

Diese Idee schlich sich nicht das erste Mal in seinen Kopf. Nur dieses Mal hatte sie ihren enttäuschten Beigeschmack verloren.

Lionels ungewöhnlich filigrane Finger arbeiteten so routiniert, als hätte er nicht das erste Mal eine Giftspritze in der Hand. Keine Berührungsängste vor dem medizinischen Utensil. Keine Fingerabdrücke.

Ironischerweise lagen die Handschuhe, die er dafür dringend benötigte, in einem Regal gleich neben dem Bett. Die Zeit drängte.

Leise, wie eine zum Sprung bereite Katze, näherte er sich dem Regal, nahm daraus die passenden Einweghandschuhe und zog sie geräuschlos über.

In Sekundenschnelle ertastete er die todbringende Spritze in der rechten Tasche seines Kittels. Der Junge schien tief im Schlaf versunken zu sein.

Er wird es nicht einmal merken, beruhigte Lionel seine unerwartet aufsteigenden Schuldgefühle. *Warum zittern meine Finger so? Es wird wirklich langsam Zeit, sich endgültig abzusetzen.*

Als die Nadel der Spritze den Infusionsbeutel durchstach, stieg seine Nervosität noch an. *Irgendetwas stimmt hier nicht, nur was?* Mit seinem Blick folgte er dem Infusionsschlauch, an dem er durch eine unachtsame Bewegung versehentlich hängen geblieben war. Unbeweglich hing er von der Liege herunter, ohne ein Alarmsignal ausgelöst zu haben.

Genau DAS war es, was hier nicht stimmte.

»NYPD, Hände hoch, Sie sind verhaftet. Ich will Ihre Hände sehen!« Langsam füllte sich das verhältnismäßig kleine Zimmer mit schwarz gekleideten Menschen. »Wird's bald?«, hörte der *'Cleaner'* die ihm bereits vertraute Stimme.

Die Oberschwester von vorhin trug jetzt keinen Kittel mehr, sondern eine kugelsichere Weste, auf der die berühmten, weißen Großbuchstaben direkt ins Auge stachen: S.W.A.T, eine taktische Spezialeinheiten innerhalb der Polizeibehörde.

Wie war das bloß möglich? Seine Wanze in Goodwins Büro hätte ihn doch zuverlässig über eine solche Vorgehensweise in Kenntnis setzen müssen.

»Das muss ein Missverständnis sein. Ich bin nur der Spezialist, der für die Therapie dieses Kindes…«, stotterte er, als wären die Beweise nicht eindeutig genug. Die Oberschwester legte ihm energisch die Handschellen an.

Plötzlich verstand er, warum die Räume des Krankenhauses so erschreckend leer gewesen waren. Die Patienten waren nicht, wie er zunächst angenommen hatte, beim Abendbrot. Die Station war evakuiert worden. Man hatte ihn bereits erwartet!

»Supervisory Special Agent im Ruhestand Lionel Medeley, Sie dürften Ihre Rechte bereits kennen. Dennoch werde ich sie Ihnen der Vollständigkeit halber gerne erklären. Sie haben das Recht zu schweigen. Alles, was Sie sagen, kann und wird vor Gericht gegen Sie verwendet werden. Sie haben das Recht, zu jeder Vernehmung einen Verteidiger hinzuzuziehen. Wenn Sie sich keinen Verteidiger leisten können, wird Ihnen einer gestellt.«

Einer der Spezialagenten beugte sich über das Bett, wo der *'Cleaner'* sein Opfer vermutet hatte. Zwischen den Kissen eingemummelt lag der künstliche Torso eines kleinen Kindes.

»Darf ich vorstellen? Tom, die Stationspuppe und der Liebling der Schwestern. Mit seiner Hilfe können Eltern Wiederbelebungsversuche an Kleinkindern einüben.« Die vermeintliche Oberschwester wandte sich einem der Männer ihres Teams zu. Zweifelsohne gab diese Frau hier den Ton an.

»Vorsicht bei dem Infusionsbeutel. Ein besseres Beweisstück findet sich bei unseren Einsätzen selten.« Der bissig-aggressive Unterton vertrieb Lionels warme Gedanken an die karibische Playa Sirena mit ihren Stränden am türkisgrünen Meer vollständig.

Die Gewissheit, dass weder die Insassen noch das ihn im Gefängnis betreuende Personal besondere Liebe zu Kollegen hegten, die sich der dunklen Seite verschrieben hatten, jagte ihm kalten Schweiß auf die Stirn.

»Gegen einen Deal würde ich aussagen. Ich habe viel zu erzählen!«, warf der *'Cleaner'* ein.

»Leider zu spät«, warf die vermeintliche Oberschwester ein. »Der Onkel des Kindes, das Sie soeben besuchen wollten, hatte eine schöne Geschichte für uns auf Lager. Ich denke, das wird reichen, um das gesamte Team für eine sehr lange Zeit hinter Gitter zu bringen.«

In dem Augenblick, als Lionel in Begleitung der S.W.A.T.-Einheit das Krankenzimmer 14 der Kinderonkologie verließ, traf Supervisory Special Agent Goodwin mit seinem BAU-Team ein.

Es war das erste Mal in seiner Karriere, dass ihm ein solcher Fang persönlich entgangen war, doch die Ereignisse in New York führten auch jenseits der Staatsgrenze zu massiven Verhaftungen, die er sicherheitshalber in Mexiko hatte begleiten wollen. Den Fall in New York hatte er ruhigen Gewissens der Kontrolle seines verlässlichen technischen Mitarbeiters überlassen.

»Großartige Arbeit, Jungs. Danke«, lobte er die Spezialeinheit, die in Zusammenarbeit mit McMelma diesen Einsatz minutiös geplant hatte.

Als sich jedoch sein Blick mit dem von Lionel Medeley kreuzte, wuchs darin ein unbändiger Hass. Er konnte ihm diesen Vertrauensbruch nicht verzeihen.

»Die Wanze in meinem Büro war echt clever, Lionel. Das muss ich wirklich sagen! Niemand von uns hätte einen Verräter direkt in der BAU vermutet. Dass Sie seit heute aber mit

Falschinformationen vollgepumpt wurden, haben Sie meinem großartigen Techniker zu verdanken.«

Als wollte er sich verabschieden, beugte er sich ganz nah an den vorbeigehenden Gefangenen.

»Der Ruf ist Ihnen bereits vorausgeeilt, Lionel. Sie werden im Gefängnis schon sehnsüchtig erwartet!«, zischte Goodwin, während die Mitarbeiter des Spezialteams demonstrativ zeigten, dass sie diese Geste übersehen hatten.

EPILOG

Samstag, 10.05.2008, Green-Wood Cemetery, Brooklyn.

Die Frühlingssonne spiegelte sich im Wasser des Teiches, mitten in der vielleicht schönsten Oase von New York, dem Green Wood Friedhof.

Nachdenklich schloss Emily Stafford ihre Augen, sodass sie minimal Helligkeit durchließen – ausreichend genug, den Tanz des Lichtes auf dem Spiegel der Wasseroberfläche zu verfolgen. Die Wärme und die Ruhe dieses Ortes ließen ein friedvolles Gefühl in ihrem Herzen aufsteigen – zum ersten Mal, seit ihre eigene Geschichte sie eingeholt hatte.

Tief in ihre Gedanken versunken, lauschte sie dem fröhlichen Zwitschern der Papageien, die im blühenden Kirschbaum Platz für ihren frisch geschlüpften Nachwuchs fanden. An einem Ort weit von den Geräuschen der pulsierenden Großstadt entfernt.

Eine nach Tee duftende rote Rose mit dem stolzen Namen »Mme. Victor Verdier«, ruhte auf der Bank neben Emily und wartete darauf, einen Grabstein des Friedhofs zu schmücken.

Wie wäre es gewesen, wenn die Welt von Anfang an meiner Mutter Glauben geschenkt hätte?

Doch das Leben schien von ihren Gedanken unbeeindruckt zu sein. Einige Schritte entfernt konnte sie die fröhlichen Stimmen von tobenden Kindern wahrnehmen, die Papageien versorgten ihren Nachwuchs mit der Geduld frischgebackener Eltern.

Selbst aus dem Brunnen des Teiches sprudelte unablässig immer neues Wasser heraus - als Zeichen der Erneuerung an einem Ort, an dem man eigentlich den Abschied erwartete. Die Welt war erfüllt von Liebe und Vergebung, für die in Emilys Herzen vermutlich noch kein Platz herrschte.

In ihrem Kopf regierte ein Chaos aus Emotionen, das sie bereits seit Wochen sukzessive einzuordnen versuchte.

Nur nicht heute. Nicht im jetzigen Augenblick, in dem sie auf der Bank zwischen den blühenden Bäumen und der aus dem Winterschlaf erwachenden Natur verschnaufte. Gleichgültig darüber, wie sie sich gegen die Tatsachen wehren wollte: Dank dieser Umgebung schloss ihre Seele doch noch unmerklich Frieden mit den Ereignissen der Vergangenheit.

Ein großer Schwan erhob sich zum Flug. Das Schlagen seiner Flügel gegen die Wasseroberfläche ließ Emily aus ihren Tagträumen aufschrecken. Mit weit geöffneten Augen folgte sie dem Aufstieg des graziösen Tieres.

»Anmutig, nicht wahr?«, hörte Emily die Stimme ihrer Schwester hinter ihrem Rücken. Ohne den Blick von dem Schwan zu lösen, lächelte sie.

»Weißt du? Manchmal wünschte ich auch, ich könnte fliegen ... Weg von hier, gen Himmel gleiten ...« Emilys Stimme klang sehnsüchtig.

Alicia Juárez lachte ebenfalls. »Für nichts in der Welt würde ich dich wegfliegen lassen, mein liebes Schwesterchen. Ich ahnte schon, dass du genau jetzt hier sein würdest. Genau zu ihrem Geburtstag.«

Vorsichtig hob sie die Blume von der Bank auf und setzte sich neben Emily. »Teerosen. Unsere Mutter liebte sie über alles.« Behutsam hob sie die Blume hoch, um ihren Geruch wahrzunehmen.

»Ja, es war nicht leicht, diese Sorte zu bekommen. Wenn ich es nicht in ihrem Tagebuch gelesen hätte, hätte ich es nicht gewusst. Genauso wenig, dass sie diese drei Wünsche hatte: in der 5th Avenue zu wohnen, im Central Park spazieren zu gehen und in Green Wood begraben zu sein«, stellte Emily traurig fest.

»Glaubst du mir, wenn ich dir sage, dass ich es auch erst aus dem Tagebuch erfahren habe? Ich kann mich an keine Blumen in unserem Haus erinnern. Mit der Entbindung war ein Teil ihres Herzen gestorben. Als Kind spürte ich das. Wenn ich sie nach dem Grund ihrer Traurigkeit fragte, wimmelte sie mich immer ab.

Trotzdem war sie eine gute Mutter. Es gelang ihr nur schlecht, ihre Gefühle zu verbergen. Woran ich mich aber erinnern kann, waren die ausgedehnten Spaziergänge im Central Park, die sie aufheiterten.« Alicia schwieg ganz kurz. »Nur die Wohnung in der 5th Avenue wird wohl für immer ihr Traum bleiben.«

»Es tut mir so schrecklich weh, dass ich sie nicht kennenlernen konnte ...« Emilys Stimme brach ab.

»Eigentlich gab es dich bei uns schon immer, wenn ich mich jetzt zurückerinnere. Camila hatte dich nie vergessen. Irgendwann wurden wir beide älter. Dann hörte ich manchmal, wie sie nachts im Schlaf sprach. Damals konnte ich nichts damit anfangen, dass sie nach *Isabell* rief und dann schweißgebadet aufwachte. Wir sprachen auch nie darüber. Heute weiß ich, dass sie all diese Jahre unbewusst deinen Namen rief.«

»Werde ich irgendwann darüber hinwegkommen, dass ich den liebsten Menschen nie kennengelernt habe? Oder dass unser Vater uns das Leben nur schenkte, um es uns wieder zu nehmen?«

»Rose Kennedy hatte dafür passende Worte: 'Man sagt, die Zeit heile alle Wunden. Dem stimme ich nicht zu. Die Wunden bleiben, doch mit der Zeit schützt die Seele den gesunden Verstand und bedeckt ihn mit Narbengewebe und der Schmerz lässt nach, aber er verschwindet nie.' Ich glaube, so ist es auch.« Die Schwestern schwiegen.

Eine der grauen Wolken am Firmament verdeckte währenddessen das Sonnenlicht und hinterließ auf dem saftig wirkenden Rasen einige schattige Stellen. Niemandem fiel diese Tatsache auf.

Es schien so, als würden die zahlreichen Blumen, die ihre Köpfe in die Höhe streckten, in die Beständigkeit der großen, lebensspendenden Kugel vertrauen.

»Ich werde deine Nichte Isabell nennen.«

Für einen Moment hingen diese Worte unverdaut in der Luft, bis sich Emilys Augen mit Freudentränen füllten.

»Es wird eine *Sie*?«, fragte sie überwältigt.

»Jermaine weiß es aber noch nicht. Heute Abend wollten wir mit dir zu Abend essen, dann werde ich es ihm sagen. Ich habe sogar schon kleine Babyschühchen in Rosa für sie gekauft. Bereits jetzt kann ich mir vorstellen, wie die kleine Dame ihren Papa um den Finger wickeln wird.«

Alicia nahm die Hand ihrer Schwester und legte sie auf den leicht gerundeten Bauch.

»Auch das kennt er noch nicht. Fühl mal!«

Habe ich mir das gerade eingebildet, oder boxte mich die kleine Isabell bereits?

Vermutlich war es eine höhere Bestimmung, dass sich genau an Camilas Geburtstag ihr Leben unwillkürlich mit neuer Hoffnung erfüllen sollte. *Leben* und *Tod*, *Liebe* und *Hass* waren Begriffe, die in den vergangenen Tagen so nah beieinanderlagen, dass es Emily verwirrte.

Das Puzzle, das sie mit ihrem Erwachen im Krankenhaus zu lösen anfing, fügte sich langsam zu einem vielleicht kantigen, doch in sich wunderschönen Ganzen. Erst mit der Zeit würde sie lernen, diese Schönheit als solche hinzunehmen.

Emily schaute ihre Schwester durchdringend an. »Ich glaube, das wird der Beginn von etwas Wunderbarem sein. Ich freue mich schon darauf.«

Für einen kurzen Augenblick druckste Alicia herum. Es war ihr sichtlich unangenehm, die folgende Frage zu stellen, weil sie wusste, wie angespannt die Situation zwischen Emily und den Staffords war.

»Sie lieben dich so sehr, Emily. Das darfst du nicht vergessen. Wird Isabell auch mit Großeltern aufwachsen?«

Stille folgte diesen Worten. Für einen Augenblick wollte Alicia schon ihre voreilig gestellte Frage bereuen.

»Ich glaube, wenn sich Seelen lieben, werden sie zueinanderfinden. Ich weiß auch, dass wir eines Tages gemeinsam am Tisch im Wohnzimmer meiner Eltern sitzen und bei einem Himbeer-Cheesecake über die Banalitäten des Lebens lachen werden. Eines Tages, wenn wir uns alle verziehen haben. Abigail wird vor Freude über ein kleines Baby ausflippen. Und für Isabell werden es die besten Großeltern der Welt sein.«

Emily lächelte bei dieser Vorstellung. Sie mochte vergessen haben, wie sich das Lächeln ihrer Adoptivmutter anfühlte, als sie ein Kind war. Dennoch spürte sie ein vertrautes Gefühl, wenn Abigail in ihrer Nähe war. Sie hatten die Entfernung gebraucht, um unabhängig voneinander zu werden. Und das nur, um sich eines Tages wieder nahezukommen.

»Hey, Kleines! Fast hätte ich es vergessen…« Alicias Augen glänzten. Sie war unsicher, ob sich ihre Schwester an das Kürzel erinnern würde. »Kennst du noch die *ICCA*, die Agentur, die illegal mit den Kinder der Einwanderinnen handelte?«

Als die illegalen Machenschaften von Dr. Shaw aufgeflogen waren, hatte sich die Organisation in Luft aufgelöst. »Wie könnte ich mich nicht daran erinnern, Alicia? Ich war in dieser Maschinerie ein Durchlaufposten mit eigener Seriennummer«, antwortete Emily verbittert.

»Dann schau mal, was ich heute in der New York Times fand.« Sie reichte ihrer Schwester einen Zeitungsausschnitt.

NYPD verhaftet langgesuchte Kinderschieber

Von DOREEN PARKER

New York, 09.05.2008 – Als die kleine Keisha vor zwei Wochen am helllichten Tag aus der Säuglingsstation der Manhattan University in New York verschwand, begann für die Eltern eine verzweifelte Suche nach dem Baby. Die Familie verteilte Handzettel, besuchte Waisenhäuser, kontaktierte ansässige Adoptionsagenturen. Doch von dem Mädchen fand sich keine Spur.

Lyanne und Jayson McMath, ein sehr skeptisches Ehepaar aus Washington, wurde von einer dubiosen Adoptionsagentur mit dem Namen »Heart for Children« angesprochen. Da die Organisation unkonventionelle Methoden benutzte, rief das Paar geistesgegenwärtig die örtliche Dienststelle an, womit zeitnah einige Verhaftungen vorgenommen werden konnten. Im Laufe der Ermittlungen stellten die Beamten fest, dass es sich hierbei um die seit etwa einem halben Jahr gesuchten Drahtzieher des illegalen Kinderhändlerrings ICCA handelt, der bis vor einigen Jahren offiziell aktiv gewesen ist. Eigenen Recherchen zufolge stand dieser Ring in enger Kooperation mit Dr. Shaw, dem aus den Medien bekannten 'Dr. Horrible'.

»Man hat sie also verhaftet?« Emily wusste nicht recht, wie sie darauf reagieren sollte. Seit dem Tod von Thomas Shaw war es ihr größter Wunsch, diese Verbrecher hinter Gittern zu wissen. Als es aber soweit war, verspürte sie keine Freude darüber. Es schien ihr egal zu sein. Vielleicht musste sie sich erst an den Gedanken der Gerechtigkeit gewöhnen?

»Nicht nur das. Die Reporterin war äußerst hartnäckig! Sie stellte Nachforschungen an und kam auch auf unsere Geschichte. Schließlich rief sie gestern Nachmittag bei mir an. Da ich mir sicher war, dass du nicht gern mit ihr über unseren Erzeuger sprechen würdest, stimmte ich einem Interview zu. Was der absolute Hammer ist: Bisher stellten die Medien noch keine Verbindung zwischen 'Heart for Children', Dr. Shaw und der ICCA her. Das war ihre Idee. Ein sprichwörtlicher 'Schuss ins Blaue'. Das schlug ein wie die Bombe. Wie sie allerdings an die Informationen gekommen ist, weiß ich nicht. Die

Zusammenhänge wurden in Washington streng vertraulich behandelt. Es drang nicht mal zu uns durch.«

Das Schweigen, das Emily ihrer Schwester entgegenbrachte, erfüllte sie mit Unsicherheit. Als Polizistin war sie auf einiges vorbereitet, anders als ihre zerbrechlich wirkende Schwester. Nun hatte sie die Wunden erneut aufgerissen, ohne an die Konsequenzen zu denken.

»Alicia, darf ich dich etwas fragen?« Plötzlich schaute Emily ihrer Schwester direkt in die Augen. Mit einem Gefühl, als würde sie in ihr eigenes Spiegelbild blicken.

»Aber klar doch«, stotterte Alicia, unsicher, was sie zu erwarten hatte.

»Ich glaube, ich bin so weit, doch ich brauche Hilfe. Hattest du nicht eine gute Psychologin, die sich mit Opfern von Entführungen auskennt? Ich weiß, dass das auch Abigail oder eine ihrer Kolleginnen könnte, doch ich brauche jemanden, der mir fremd ist. Ich brauche einen absoluten Neuanfang.«

»Auf diesen Satz warte ich schon seit Wochen, Emily. Es wird alles gut.« Alicia umarmte ihre Schwester ganz fest. »Du bist traumatisiert, wie jedes Kind, das illegal adoptiert wurde. Dir wurden deine Identität und Herkunft gestohlen. Unserer Mutter ein Baby und mir eine Schwester. Selbst deine Eltern wurden all die Jahre der Sicherheit beraubt, dass sie nicht eines Tages ihr geliebtes Baby wieder würden hergeben müssen. Wenn du unter dieser Last nicht eines Tages zusammenbrechen willst, brauchst du wirklich professionelle Hilfe, mein Schatz. Ich werde mich heute noch an eine Psychologin wenden. Sie arbeitet mit uns bei der Betreuung von Opfern am Privatinstitut für Angewandte Kriminologie in der Madison Avenue. Raffaella Bertani ist unser Schutzengel. Du wirst sie mögen.«

Sie drückte ihre Schwester ganz fest. »Ganz egal, was für ein Monster uns zusammengeführt hat… Ich liebe dich mehr als alles auf der Welt. Für dich bin ich ihm unendlich dankbar.«, wisperte sie Emily ins Ohr.

»Hach! Da sind meine Süßen«, hörten sie plötzlich Jermaine sagen, bevor Emily »Ich dich auch« antworten konnte. Also sprach sie den Satz vorerst nur in ihrem Kopf aus.

Es wird sich noch eine Gelegenheit bieten, diesen Moment zu wiederholen. Der heutige Tag gehört den beiden.

Von Liebe erfüllt strahlte Alicia ihren Ehemann an, in der Gewissheit, dass der heutige Tag ihrer gemeinsamen Zukunft ein Gesicht geben würde.

»Was ist mit euch los, meine Damen? Habe ich etwa was verpasst? Vielleicht eine Familienumarmung?« Energisch ging er auf die Schwestern zu und drückte sie so stark, wie es nur dieser Hitzkopf konnte. Bei so viel Ungestüm konnten sich die Schwestern eine ausgelassene Lachattacke nicht verkneifen.

»Weiche von uns, du Biest! Du zerquetscht noch dein eigenes Kind.« Jeglicher Ernst des Gespräches vorher war aus Alicias Stimme gewichen.

»Apropos Kind. Warst du nicht heute beim Arzt? Was wird es?« Jermaines Augen glänzten vor Neugier.

»Keine Ahnung, es will uns noch nichts verraten.« Alicia blinzelte ihrer Schwester unmerklich zu.

»Hast du Emily schon gefragt, ob sie mit uns heute Abend Essen gehen will? Ich fand die Idee großartig!«

»Ich kann leider nicht.« Lächelnd ignorierte Emily Alicias empörten Gesichtsausdruck. Dieser Abend gehörte ausschließlich den beiden. Wer weiß, wann sie wieder eine Gelegenheit zu zweit bekommen würden, wenn erst das Baby auf der Welt war? »Ich habe heute noch ein Date.«

Diesmal schien Alicia überrascht zu sein. Es war eine Premiere, dass ihre Schwester Wert auf andere Männer legte. Ein Neuland, seit sie sich kannten, und eine wunderbare Möglichkeit für Frauengespräche bei einem Latte macchiato am kommenden »Schwesternabend«.

Daher vertiefte sie das Thema vorerst nicht und ließ ihre Schwester sich in Gedanken an einen netten Abend beim Italiener in Brooklyn, dem Nuovo Fiore, einfinden.

Vielleicht ist es gar nicht so schlecht, Josh McMelma eine Chance zu geben, nachdem er sich in letzter Zeit so um mich bemüht hat?

Die Erinnerung an den smarten Mitarbeiter der Verhaltensanalyseeinheit des FBI zauberte Emily ein verschmitztes Lächeln ins Gesicht.

Liebe/-r Leser/-in,

Die hier dargestellten Personen entspringen voll und ganz meiner eigenen Fantasie. Ebenfalls deren Beziehungen und sämtliche dargestellten Sachverhalte. Die Grundideen basieren jedoch auf wahren, wenn auch verfremdeten Gegebenheiten.

Ihre Rezension dieses Buches würde mir sehr helfen, weitere Leser zu erreichen. Auch, wenn ich mich nicht explizit bedanke, so kommt jede einzelne davon bei mir an.

Vielen Dank dafür,
Ihre May Brooke Aweley

Drei Fragen an May B. Aweley

In meinem ersten Buch **»Puppenbraut«** *entstand eine Idee, mit meinen Lesern bei einem imaginären Gläschen Wein über die Arbeit zu plaudern. Gerade habe ich unter mein Manuskript das Wort »ENDE« geschrieben und wollte mich der Beantwortung der an mich häufig gestellten Fragen widmen, meinem - neben meiner Familie – Lieblingsthema. (die Striche sind ungleich lang)*

1. »Warum spielen die Geschichten in den USA, wenn May B. Aweley in Berlin wohnt? Wäre es nicht zweckmäßiger, Berlin als Schauplatz zu nehmen?«, fragte mich eines Tages eine Rezensentin.

Die Antwort auf diese Frage ist verblüffend einfach. Es liegt an den Möglichkeiten, die sich mir eröffnen, wenn ich gedanklich in die USA auswandere. Jeder Schauplatz, den ein Erzähler für eine Geschichte wählt, hat einen besonderen Zauber.

Wenn Sie in diesem Sinne eine romantische Szene beschreiben wollten, würden Sie eher eine Ortschaft wählen, die vielleicht naturverbunden ist. Weil Sie den Leser in seiner Fantasie begleiten wollen, ohne sich unnötig in Details zu verlieren. Soll sich dagegen eine romantische Szene in einer lauten Lagerhalle abspielen, müssen Sie Ihren Zuhörer mehr an die Hand nehmen.

Persönlich bin ich gern eine Erzählerin, die die Fantasie der Zuhörer lieber nur leicht anstößt, als die Szenen detailgetreu vorzugeben. Daher habe ich manchmal einen gewollten Hang zu Stereotypen, wie zu diesen Schauplätzen.

2. »Wie kommt man zu den Ideen?«, fragen mich immer die Menschen, wenn sie über meine Leidenschaft für das geschriebene Wort erfahren.

Die erste Idee für ein neues Buch entsteht meist, während ich noch am alten Manuskript sitze. Auch im Fall des vorliegenden

Buches habe ich schon eine grobe Vorstellung, worum es in Mays drittem Thriller gehen wird.

Bis ich dann zum Recherchieren komme, ist die Idee bereits recht gut ausgereift, sodass ich schon deutlich gezielter nach nötigen Informationen suchen kann.

Die Ausarbeitung erfolgt meistens überall: von der Schwimmhalle über eine Fahrt hinterm Steuer meines Autos bis zu einer Schlange im Supermarkt, was merkwürdig aussieht, wenn ich meinen Notizblock aus meiner Tasche ziehe.

Doch diese Zeit muss einfach sein! Gute Ideen sind so kostbar wie Schmetterlinge – wenn man sie fliegen lässt, verschwinden sie für immer.

Das vorliegende Buch basiert beispielsweise auf Fakten, die in meiner Fantasie zu neuem Leben erweckt wurden. Es ist unmöglich, Ihnen die Fülle an Recherchen, die mehrere Wochen meiner Zeit in Anspruch nehmen, wiederzugeben. Dennoch kann ich versuchen, einige Punkte zu nennen, ohne den Anspruch auf Vollständigkeit zu erheben:

> *Retrograde Amnesie*, also Störung des Langzeitgedächtnisses, war die Grundidee des Buches, die mich von Anfang an fasziniert hatte. Neben einer Fülle an wissenschaftlichen Abhandlungen zu diesem Thema beeindruckte mich besonders der Fall von *Manfred Braun*, der nach einem Herzinfarkt aus dem Koma erwachte, ohne jegliche Vorstellung zu haben, was in den vergangenen 20 Jahren passiert war.

> *Albtraum im Operationssaal* war ein weiterer Fall, der meine Aufmerksamkeit fesselte. Laut eines Artikels geschähe es in einem bis zwei von 1.000 Fällen und kann zu einem weitgehenden Trauma führen. Da ich speziell für dieses Buch Informationen über einen Kaiserschnitt in Vollnarkose brauchte, setzte ich mich mit einer Anästhesistin zusammen – an dieser Stelle mein größter Dank.

Gifte: in diesem Buch - Gamma-Hydroxybuttersäure (K.-O.-Tropfen) oder Fluorwasserstoffsäure (Flusssäure) sind mein persönliches Steckenpferd, weil sie einige der Szenen glaubhafter machen. Scherzhaft denke ich manchmal darüber nach, was passiert, wenn meine dubiosen Anfragen (über PC oder Telefon) angezapft werden.

Illegale Organspenden. Nach wie vor ein ganz großes Thema in den USA.

Dort begeben sich die sog. »Broker« in die Slums zu den Ärmsten der Armen und versprechen ein Vermögen im Austausch für beispielsweise eine Niere. Das Geld ist flüchtig, die Folgen für die Patienten unkontrollierbar.

25% der Spender erhalten während der Spende eine ungenügende medizinische Versorgung, was sie unfähig zu einer erneuten Spende macht, sollten sie irgendwann eine Transplantation benötigen (Virtual Mentor, April 2008, Volume 10, Number 4: 229-234).

25% der Spender leben weniger als zehn Jahre nach der Operation; die Kosten der Transplantationen in Mexiko oder Costa Rica betragen ca. 50.000$, was rund ein Fünftel der Kosten in den USA ausmacht (TheNational, May 16, 2011). Das sind »nur« die offiziellen Zahlen; die Dunkelziffer dürfte deutlich höher ausfallen.

Illegale Adoptionen in Guatemala, USA, Indonesien (nach Flutkatastrophen) etc. Es gibt vielleicht kein weiteres Thema, das mir persönlich näher am Herzen liegt als der illegale Handel mit den schutzbedürftigsten der Erde: den Kindern. Ein bekannter Fall war der international kooperierende Händlerring International Child Care Organisation, dessen Büro in der Hamburger Innenstadt Kinder aus der Dritten Welt vermittelte. Es gab Preislisten für die Kinder, deren Spanne zwischen 12.500 € für einen Säugling und

8.500 € für ältere Kinder reichte. Ein amerikanisches Pendant dazu hieß AMREX und »handelte« mit russischen Kindern, die ebenfalls international »angeboten« wurden.

Was sind das für Kinder? Waisen aus den Ländern, die von Flutkatastrophen betroffen sind, geraubte Kinder aus Guatemala, oder einfach nur ungewollte Kinder, die an Kinderschieber geraten sind. Sie können lediglich beten, dass ihr Elend mit der Adoption endlich ein Ende findet. Kinder ohne Wurzeln und ohne Vergangenheit.

Die beschriebene Abteilung der Kinderonkologie gibt es zu meinem Bedauern tatsächlich, wenn auch die Informationen reichlich verfremdet worden sind.

Wie Sie sehen, brauche ich für mein Buch nicht besonders viel Fantasie. *Die Realität* schreibt deutlich grausamere Geschichten vor, als ich es je könnte. Doch meine Bücher enden meist glimpflich. Meine Aufgabe sehe ich darin, Ihnen eine realitätsnahe Geschichte zu erzählen, die Sie, wenn ich es geschafft habe, fesseln wird.

3. »Warum gibt es Mays Bücher bei keinem Verlag?«, ist eine beliebte Frage, die mir immer wieder gestellt wird.

Darauf antworte ich gern mit einer Gegenfrage. *Was ist besser: selbständig oder angestellt zu sein?*

Kommt darauf an, ist meine Lieblingsantwort. Meine Arbeit mag ich gern. Ich bin weder an bestimmte Formate, Inhalte, noch an besondere Zeiten gebunden. Daher gefällt mir die Arbeit als selbständige Autorin.

Um die Qualität meiner Bücher zu sichern, nehme ich mir gern einige Wochen für das Recherchieren und setze mich selten unter Druck wegen eines Abgabetermins. Sobald ich jedoch das Wort »ENDE« unter meine Manuskripte setze, beginnt der, sagen wir, anstrengende Teil meiner Arbeit.

Die Texte werden von meinen Lektoren korrigiert, was im Normalfall der Verlag übernimmt, ein Cover wird von mir erstellt, das Buch an Amazon geliefert und anschließend noch beworben. Auch diese Arbeit nimmt mehrere Wochen in Anspruch. Es ist ein nicht zu unterschätzender Knochenjob, der neben dem eigentlichen Ideengenerieren, Plotten (die Konstrukte immer wieder verwerfen und sich ärgern, weil sie nicht so werden, wie man sie geplant hatte) und Schreiben 50% der eigentlichen Arbeit einnimmt.

Die Belohnung bekomme ich dann, wenn ich in Ihren Rezensionen lese, dass ein halbes Jahr meiner Arbeit nicht für die Mülltonne war. Dass ich Sie, lieber Leser, amüsiert, zum Weinen gebracht oder einfach berührt habe.

Nun ist mein imaginäres Glas Wein, das ich mir zur Feier des Tages genehmigt habe, leer – ebenso wie meine Gedanken.

Dennoch fühle ich mich glücklich, weil ich einen weiteren Schritt vorangekommen bin. Morgen beginnt ein neuer Tag, an dem ich mein Manuskript an meine Lektorin weiterreichen werde, damit es Sie schnellstens in Form eines interessanten Buches erreicht.

MAY B. AWELEY
LAUF, SOPHIE
THRILLER

Ein Psychopath.
Ein Spiel.
Fünf tote Mädchen.

Als Sophie Pritchard ihre Wohnung verlässt, um einen Unbekannten zu treffen, ahnt sie es nicht. Sie wurde bereits zum Opfer eines grausamen Spiels auserwählt, das das FBI-Team an den Rand des Erträglichen bringt.

Denn irgendwo, tief im Wald, beginnt mit ihr die Jagd auf blutjunge Frauen.

MAY B. AWELEY

ERINNERUNG AUS GLAS

THRILLER

Du glaubst die Wahrheit über dein Leben zu kennen?
Die Wahrheit ist, dass dein Leben eine große Lüge ist.

Nach einem traumatisierenden Erlebnis mit ihrem Lebensgefährten Graham scheint das Schicksal es mit Anna Eliot, einer jungen Lehrerin aus North Fork, endlich gut zu meinen. Sie lernt den charmanten Robert Wright kennen, und ihr Traum vom Familienglück nimmt feste Konturen an.

Doch was wie eine Romanze anfing, endet in einem Albtraum, als nebenan ein Nachbar einzieht, der ihr von Anfang an unheimlich ist. Nach und nach zweifelt Anna an ihrem eigenen Verstand.

Und dann verschwindet eines Tages ihr geliebter Hund …

In eigener Sache

Es gibt viele Menschen, bei denen ich mich bedanken könnte, doch ich möchte Sie, lieber Leser, nicht langweilen.

Jeder Mensch, der selbständig arbeitet, weiß, wie wichtig die Liebe und die Unterstützung der eigenen **Familie** *und der engsten Freunde für die tägliche Arbeit ist. Ich habe die toleranteste und beste Familie der Welt.*

Einen ganz, ganz lieben Dank möchte ich meinen **Lektoren:** *der großartigen, lieben Elke Krüßmann, Sabine Steck und Aaron K. Archer widmen.*
Für das tolle Cover ist Sabine & Aaron verantwortlich.
Sie sind die geduldigsten, die schnellsten und die besten Menschen, die es je auf dieser Erde gibt. Ihr habt auch mal wieder einen fantastischen Job gemacht!

Für die medizinischen Tipps bedanke ich mich bei meiner Freundin Maria (Anästhesistin) und bei meiner Mutter, die ich über alles liebe.

Doch was wäre das beste Buch der Welt, ohne seine **treuen Leser?**
Nichts!
Daher gilt der größte Dank meinen Lesern, die mir ihre kostbare Zeit schenken, um meine Geschichte zu erzählen.

Ohne Euch alle - gäbe es dieses Buch nicht!